Iva Procházková, geboren 1953 in Tschechien, lebte zehn Jahre lang mit ihrer Familie in Deutschland und kehrte danach wieder nach Prag zurück. Seit vielen Jahren schreibt sie für Kinder und Jugendliche. Ihre Romane wurden für die Hans-Christian-Andersen-Medaille und den Katholischen Kinder- und Jugendbuchpreis nominiert und mit dem Friedrich-Gerstäcker-Preis, dem Evangelischen Buchpreis, dem Deutschen Jugendliteraturpreis und dem Luchs des Jahres ausgezeichnet.
Von Iva Procházková sind bei Fischer folgende Jugendbücher lieferbar: ›Wir treffen uns, wenn alle weg sind‹, ›Die Nackten‹, ›Carolina. Ein knapper Lebenslauf‹.

Weitere Informationen zum Kinder- und Jugendbuchprogramm der S. Fischer Verlage, auch zu E-Book-Ausgaben, gibt es bei *www.fischerverlage.de*

Iva Procházková

Orangentage

FISCHER Taschenbuch

MIX
Papier aus verantwortungsvollen Quellen
FSC
www.fsc.org
FSC® C083411

Erschienen bei FISCHER Taschenbuch
Frankfurt am Main, Juni 2014

Zuerst erschienen bei Sauerländer 2012

Druck und Bindung: CPI books GmbH, Leck
Printed in Germany
ISBN 978-3-7335-0002-3

So viele Menschen, so viele Welten. Das hatte Darek schon vor langer Zeit gelernt. Manche Welten berührten sich, manche waren weit voneinander entfernt, aber in allen herrschten Gesetze. Die Welten waren nicht immer im Einklang miteinander. Oft widersprachen sie sich und veränderten sich fortwährend. Mutters Welt war übersichtlich und hatte klar definierte Gesetze.

»*Es gibt Dinge, die man sich merken muss*«, lautete das erste und wichtigste Gesetz. Dicht auf den Fersen war ihm das zweitwichtigste: »*Bestimmte Sachen sollte man schnellstens vergessen.*«

»Woran erkenne ich, wann das erste und wann das zweite gilt?«, wollte Darek wissen.

»Du fragst einfach.«

»Dich?«

»Dich selbst natürlich.«

»Und wenn ich eine falsche Antwort kriege?«

»Dann darfst du die Schuld nicht auf andere schieben«, sagte Mutter und stellte dadurch das dritte Gesetz auf, möglicherweise das nützlichste von allen.

Nach außen hin sah es einfach aus. Bei näherer Betrachtung fand Darek aber doch noch einen Haken.

»Und wenn ich vergesse, was ich mir merken müsste, und mir merke, was ich vergessen sollte?«

Die Mutter gab ihm ein Stück Schnur. »Mach dir einfach einen Knoten.«

In ihrer Welt war kein Platz zum Herumirren und Zweifeln. Wer Mutters Gesetzen folgte und sich mit Knoten auskannte, der konnte den Weg nicht aus den Augen verlieren.

1.

Darek holte Luft und spuckte mit voller Kraft. Die Spucke landete auf Hugos Kinn und lief langsam an seinem Hals hinunter. Hugo wischte sie mit dem Arm ab.

»Du bist tot!«, brüllte er.

»Erst nach dir«, gab Darek zurück und sprang zur Seite, weil Hugo mit einem Knüppel in der Hand auf ihn losstürzte. Darek gelang es zwar, dem Schlag auszuweichen, aber Hugos Gewicht drückte ihn gegen die Friedhofsmauer. Sein Pullover zerriss beim Aufprall an einem scharfen, hervorspringenden Stein, der sich zwischen seine Schulterblätter bohrte. Darek zog zischend vor Schmerz die Luft ein und holte mit der Faust Richtung Hugos Kiefer aus. Bedauerlicherweise streifte er nur sein Ohr, weil Hugo im letzten Augenblick den Kopf weggedreht hatte.

»Hahaha!« Hugo täuschte einen krampfhaften Lachanfall vor. »Es kitzelt, du Trottel!«

»Ich werde dich noch mehr kitzeln, willst du?«

Anstatt zu antworten, holte Hugo wieder mit seinem Knüppel aus. Darek versteckte den Kopf hinter den Armen. Unmittelbar darauf verspürte er einen heftigen Schlag am linken Unterarm. Der Schmerz schoss ihm bis in die Fingerspitzen. Intuitiv stieß er Hugo sein rechtes Knie in den Schritt. Hugos Beine gaben nach, er knickte in der Taille ein. Darek sprang zurück, blieb jedoch aufmerksam in Kampfstellung. Denn es hätte auch bloß ein Trick von Hugo sein können, um dann umso kräftiger loszuschlagen. Doch als ihm der Knüppel aus der Hand fiel und sein Gesicht sich zu einer schmerzhaften Grimasse verzog, ließ Dareks Anspannung nach. Er begriff, dass der heutige Kampf zu Ende war. Schnell sammelte er die herumliegenden Hefte und Lehrbücher auf, stopfte sie zurück in den Schulranzen und begann rückwärts auf der Mauer entlangzulaufen, den Blick stets auf Hugo geheftet.

»Das hast du verdient, du Miststück!«, schrie er. Seine Stimme hörte sich unsicher, fast schuldbewusst an und das ärgerte ihn. Als ob nicht Hugo die Schlägerei provoziert hätte!

»Leck mich«, murmelte Hugo schwach durch die zusammengebissenen Zähne.

»Ich hab dir doch gesagt, du sollst meine Schwester in Ruhe lassen! Wenn du sie noch ein Mal anfasst, tret ich dir mit Anlauf in die Eier! Das nächste Mal richte ich dich so zu, dass du da drüben landest.«

Er deutete zum Friedhof, wo sich die Gräberlandschaft erstreckte, die jetzt, im Frühjahr, mit frischen Blumen geschmückt war. Einen der Blumensträuße hatten Darek und Ema vor zwei Tagen dort hingebracht. Ema hatte die gelben Tulpen mit Glitzerband umwickelt und noch eine große Schleife daraus gebunden. Darek gefiel diese grelle Dekoration nicht und er vermutete, dass sie auch der Mutter nicht gefiel, aber das war letztendlich egal.

»Verpiss dich, Arschgesicht!«, ertönte Hugos nicht mehr so geschwächte Stimme. Darek legte einen Schritt zu. Er kannte die Verbissenheit und die sich schnell wieder aufladenden Batterien von Hugo nur zu gut. Einmal, als sie sich hinter der Eisenbahnstrecke geprügelt hatten, war Hugo im Finale, kurz vor Dareks Sieg, mit solcher Wucht auf ihn gesprungen, dass sie beide auf den Kies des Bahndamms rollten. Hugo brach sich dabei den kleinen Finger und Dareks Handy war platt gedrückt.

Nein, nach einer weiteren Kampfrunde sehnte er sich definitiv nicht. Außerdem war es höchste Zeit, Ema abzuholen. In ein paar Minuten würde sie vor der Schule stehen, den Hals recken und abwechselnd nach rechts und links schauen – wie ein Huhn, das nach Körnern Ausschau hält. Sie war Hugo und anderen Kindern eine Quelle unerschöpflicher Belustigung. »Put … put … put … put!«, riefen sie ihr zu und äfften ihre ruckartigen Bewegungen nach. »Sieh da, ein Regenwurm, pick ihn, schnell!«

Jedes Mal, wenn Darek das Hohngelächter hörte, stritten zwei Gefühle in ihm. *Mach sie platt! Vermöbel sie! Polier ihnen die Fresse!*, empfahl die erste wilde Regung. Das andere Gefühl kam langsamer. Es bestand aus Müdigkeit und Missmut und enthielt auch Zorn auf

Ema. *Als ob sie nicht imstande wäre, einfach ruhig dort zu stehen und auf ihn zu warten! Oder den Weg nach Hause allein zu meistern!* Als Darek acht Jahre alt war, ging er überall allein hin und niemand wunderte sich darüber. Doch Ema war nicht wie er, sie ähnelte keinem Menschen, den er kannte. Sie war anders und er musste sich damit abfinden. Er musste sie lieb haben, wie sie war – hatte die Mutter gesagt. Nie hatte Darek mit ihr darüber diskutiert, aber oft überlegte er, ob man *Liebhaben* anordnen konnte.

»Lauf doch zu deiner bescheuerten Schwester, damit sie nicht von einem Dreirad überfahren wird!«, grölte Hugo hinter ihm her. Dann kam ein Stein geflogen, er verfehlte jedoch sein Ziel. Hugo war ein schwerer Brocken, aber zielen konnte er nicht, deswegen wurde er beim Fußball immer ins Tor gestellt. Darek hörte auf, sich umzublicken, und rannte Richtung Grafenschule los, deren abgeblätterter Schornstein hinter dem Hügel hervorschaute. Die Dachrinne war angerostet, der Putz bröcklig und auch sonst strahlte das Gebäude nur wenig Aristokratisches aus, aber es befand sich an der Stelle des ehemaligen Grafenhofs. Obwohl kaum jemand in Piosek sagen konnte, um welchen Grafen es sich eigentlich handelte und wo er sein Ende gefunden hatte, bemühte sich niemand um einen aktuelleren Namen für die Schule. Es war eine Grundschule; die älteren Schüler gingen in ein anderes Gebäude am Rand des Dorfes. Darek war diese Aufteilung nur recht. So war er wenigstens vormittags Ema los, musste ihr nicht in den Gängen begegnen und mit ihr die Pausen auf demselben Schulhof verbringen. Manchmal gelang es ihm, sie ganz zu vergessen. In solchen Momenten fühlte er sich leicht und sorglos. Er kickte oder schwang sich übers Klettergerüst und wetteiferte mit den anderen, wer die Hängebrücke kräftiger zum Schaukeln brachte. Aber wenn er sich mitten im Spiel an seine Schwester erinnerte, blieb ihm das Lachen im Hals stecken und er schaute sofort auf die Uhr, getrieben von der Furcht, zu spät zu kommen und dass Ema seinetwegen etwas zustoßen könnte. Diese Furcht verfolgte Darek überallhin, wie ein lästiger Hund, der sich nicht wegjagen ließ.

Wie er es vermutet hatte, wartete sie schon auf ihn. Sobald er um die nächste Ecke bog, tauchte Ema vor ihm auf. Sie stand ans Geländer gelehnt und sprach mit ihrer Klassenlehrerin, Frau Paterova. Darek verspürte Erleichterung. Die Anwesenheit eines Erwachsenen schüchterte die Spötter meistens ein. Sie trieben ihren Spaß gerne ungestört. So wie Hugo. Auf seinen Auftritt heute Morgen hatte er sich bestimmt schon zu Hause vorbereitet. Mit einer Schere in der Jackentasche hatte er sich im morgendlichen Tumult am Grundschultor unauffällig Ema genähert. »Es ist höchste Zeit, dir die Hörner zu stutzen«, hatte er verkündet. Bevor Darek verstand, was geschah, hob Hugo die Hand, in der er die Schere hielt, und schnitt Ema eine dicke Haarsträhne ab. Er lächelte dabei und Ema lächelte zurück, denn sie konnte sich nicht so schnell zusammenreimen, was passierte. Sie ahnte nicht, dass auf ihrem Kopf ein hässliches Gestrüpp entstanden war, das sie zur Zielscheibe noch blöderer Sprüche machen würde. Sie lächelte, weil ein Lächeln ihr spontanster Ausdruck war.

Auch jetzt lag es auf ihrem Gesicht. Sie hielt die Ranzengurte mit beiden Händen fest, schaute strahlend zur Lehrerin hoch und nickte immer wieder. Dabei bewegte sich ihr schief geschnittenes Haar auf und ab wie eine rote Bürste.

»Hallo!«, rief sie, als sie Darek erblickte. Sie lief ihm entgegen und umarmte ihn. »Was hast du mir mitgebracht?«

Jedes Mal fragte sie ihn, was er ihr mitbrachte. Sie dachte bestimmt, dass Darek nichts Besseres zu tun hatte, als sich nach Geschenken für sie umzusehen.

»Guten Tag«, grüßte Darek zuerst die Lehrerin. (»Vergiss nicht, anständig zu grüßen«, war eine von Mutters häufigsten Anweisungen gewesen, verkörpert durch einen der ältesten Knoten, die Darek je gemacht und später wieder gelöst hatte, weil ihm sowohl das Grüßen als auch das Einkaufen für Herrn Havlik inzwischen zur festen Angewohnheit geworden war.) Er griff in seine Hosentasche. Vorhin hatte sich eine Praline von Mischa dort befunden, jetzt konnte Darek leider nur noch ein Stück Kiefernrinde ertasten. Die Praline war weg. Er hatte sie wahrscheinlich am Friedhof bei der Schlägerei verloren. Statt der Praline reichte er Ema die Rinde. »Da, nimm!«

»Was ist das?«
»Ein Boot.«
Sie drehte die Rinde misstrauisch zwischen den Fingern. »Wo denn?«
»Drinnen.«
»Dann hol es raus.«
»Erst zu Hause.«
»Warum?«
Darek wollte gerade antworten, dass er ein Messer brauchte, um das Boot aus der Rinde herauszuholen, als ihm Frau Paterova die Hand auf die Schulter legte.
»Wir haben heute Morgen heftig geweint«, flüsterte sie voller Mitleid in sein Ohr. Wenn sie über Ema redete, hatte sie immer eine sanfte, leicht betrübte Stimme und verwendete die erste Person Plural. Beides war Darek höchst unangenehm.
»Weswegen?«, fragte er gereizt. Die Lehrerin berührte flüchtig ihren Scheitel, zog aber die Hand sofort wieder zurück, um Ema nicht an das abgeschnittene Haar zu erinnern – denn das war die Ursache für das morgendliche Weinen gewesen.
»Das wächst ja bald nach«, versicherte Darek betont sorglos. Paterovas Mitleid ging ihm auf die Nerven. Sie war lieb, wenigstens hatte es die Mutter behauptet. Trotz Emas »Problem« hatte sie sie in ihre Klasse aufgenommen und Darek wusste, dass sie seiner Schwester viel mehr Zeit als anderen Kindern widmete. Dennoch störte ihn etwas im Verhalten der Lehrerin. Sie unterschätzte Ema. Sie verlangte Sachen von ihr, die auch ein Schimpanse schaffen würde. Sie dachte das, was jeder in Piosek dachte: dass Ema debil war. Die Lehrerin würde dieses Wort niemals in den Mund nehmen, weil sie es für beleidigend hielt, doch ihre übertriebene Nachsicht beleidigte genauso.
»Heute haben wir im Unterricht ein Märchen gelesen«, erzählte sie Darek, schaute aber gleichzeitig Ema an. »Über eine Hexe, stimmt's? Kannst du dich erinnern, was sie gemacht hat?«
»Sie hat die Prinzessin verhext«, antwortete Ema nach kurzem Überlegen.
»Und wie ging es weiter?«

»Nirgendwie.«
»Weil wir es nicht zu Ende gelesen haben. Weißt du noch, was ihr als Hausaufgabe aufbekommen habt?«
Die Lehrerin blickte Ema ermutigend an und Ema presste ihre Faust gegen die Stirn. Das machte sie immer, wenn sie sich bemühte, aus ihrem Gedächtnis etwas auszugraben.
»Wir sollen uns selbst einen Schluss ausdenken!« Sie lächelte, glücklich darüber, dass sie sich erinnert hatte.
Die Lehrerin nickte. »Ja, ihr sollt einen passenden Schluss schreiben. Wenige Sätze genügen«, fügte sie hinzu. »Und wenn es für dich zu schwierig ist, mal einfach ein hübsches Bild zu der Geschichte.« Sie hob den Korb mit den Heften zum Korrigieren auf, öffnete die Tür ihres Wagens und winkte zum Abschied. »Tschüs, und schönen Nachmittag noch!«
»Auf Wiedersehen«, erwiderte Darek nur und packte Ema, die der Lehrerin nachlaufen wollte. Immer spielte sich das gleiche Drama ab: Ema weigerte sich, sich von den Menschen, die sie mochte, zu trennen. Sie fasste sie an der Hand, am Arm, um die Taille, hielt sich an Jackenzipfeln oder Ärmeln fest, quengelte und versuchte alles, um sie aufzuhalten. Auch jetzt zappelte sie so lange in Dareks Umklammerung, bis der Wagen mit der Lehrerin hinter der nächsten Kurve verschwunden war. Erst dann beruhigte sie sich und begann wieder das Stück Kiefernrinde in ihrer Hand nach dem darin versteckten Boot zu untersuchen.
»Wo ist es?«
»Da drin.« Darek hatte keine Lust, mit Ema zu plaudern, er wollte weiter über seine eigenen Dinge nachdenken. Doch das gelang ihm in Anwesenheit seiner Schwester selten. Sie ließ sich nicht abwimmeln.
»Wo genau?«, drängte sie. »Zeig mal!«
»Hier ist der Bug«, sagte er und zeigte auf den spitzen Vorsprung der Rinde.
»Was ist ein Bug?«
»Das Vorderteil.«
»Und wo ist das Hinterteil?«

»Hier!«, sagte er und gab ihr einen Klaps auf den Po. Sie holte zum Gegenschlag aus, aber er rannte voraus. Sie lief auf ihre unbeholfene Art hinter ihm her. Der Schulranzen hüpfte auf ihrem Rücken und sie schlackerte mit den Armen hin und her. *Nicht mal normal laufen kann sie! Sie hopst ja wie eine Krähe! Fehlt nur noch, dass sie krächzt!*, dachte er verdrossen und blieb stehen, um auf sie zu warten. Sie befanden sich ein Stück vom Laden entfernt, dem lebhaftesten Platz des Dorfes, und Darek wollte keine unnötige Aufmerksamkeit wecken. Er wusste, dass die umherstehenden Nachbarinnen am Ladeneingang die Hauptstraße und jeden, der dort entlangkam, im Visier hatten. Sie würden sowieso schon Emas neuen, struppigen Haarschnitt und Dareks zerrissenen Pullover bemerken und ihren Kommentar dazu abgeben. Am besten liefen sie schnell an ihnen vorbei, entschied er. Außerdem entdeckte er hinten auf dem Ringelweg Hanka. Über den Lenker gebeugt, kam sie vom Bahnhof geradelt und näherte sich der Kreuzung. Sie sah Darek noch nicht. Dies gab ihm Gelegenheit, sich die Haare in die Augen zu streichen und die gelangweilte Miene aufzusetzten, die er zu Hause vor dem Spiegel eingeübt hatte. Er wusste, dass ihn das älter aussehen ließ. Vor Hanka wollte er möglichst erwachsen wirken.
Ema blieb bei der Magnum-Werbung stehen.
»Kaufst du mir ein Eis?«, fragte sie.
Das Eis auf dem Werbefoto war auf die Maße eines Paddels vergrößert und der glänzende Schokoüberzug, auf dem Wassertropfen perlten, verführte zum Anbeißen. Es kam aber nicht infrage, dass man etwas derart Kostbares so einfach bekam. Noch dazu mitten in der Woche. Allerhöchstens als Belohnung für einen gut geschriebenen Abschlussaufsatz oder als Extraprämie vom Trainer für eine würdige Platzierung beim Jugendpokalkampf.
»Weißt du, was das kostet?«, antwortete Darek mit einer Gegenfrage.
»Wie viel denn?«
»Eine Stange Geld. Komm, wir gehen!«
Er fasste die Schwester an der Hand, doch sie riss sich los, stützte sich mit beiden Händen an der Werbetafel ab und öffnete den Mund. Es sah so aus, als wollte sie das Eis vom Foto weglecken.

»M – a – g – u – m«, buchstabierte sie langsam. »Kaufst du mir ein Magum?«
»Du hast das N ausgelassen. Es heißt nicht Magum, sondern Magnum«, verbesserte er sie und fügte mit einem erzieherischen Ton hinzu: »Wir haben noch nicht zu Mittag gegessen. Verkneif dir also das Eis.«
»Ich will kein Mittagessen, ich will ein Eis«, erwiderte Ema. »Dieses da!«
»Was ›ich‹ nicht alles will!«, schnauzte er sie an. Und um endlich weiterzukommen, schubste er sie leicht. Sie klammerte sich an der Werbetafel fest. Darek spürte, wie das Blut in seinen Kopf schoss. Er war drauf und dran, die Schwester anzuschreien, sie zu schütteln und mit Gewalt wegzuschleppen. Aber gerade das durfte er auf keinen Fall tun. Das wäre das Schlimmste überhaupt. Er musste einen anderen Weg finden. Am besten war es, sie zu beschummeln. Sie abzulenken, damit sie das Eis vergaß.
»Guck mal!«, rief er plötzlich »Hast du's gesehen?«
»Was?«
»Da drüben!«
Ema wandte sich um und heftete ihren Blick auf den Punkt, auf den er zeigte. Es war aber nichts zu sehen.
»Siehst du?«, fragte er und nahm sie bei der Hand. Diesmal riss sie sich nicht los.
»Was denn?«, hauchte sie mit einem angespanntem Gesichtsausdruck.
»Wir müssen näher hingehen«, sagte er und fühlte sich mies, wie immer, wenn er die Schwester betrog. Es war so einfach, sie an der Nase herumzuführen … Gerade das machte ihm ein schlechtes Gewissen. Aber es war die sicherste Methode, ihr Weinen und Schreien zu beenden. »Siehst du sie?«
»Wen? Wo? Was?«, wiederholte Ema und ließ sich Schritt für Schritt vom Rieseneis wegführen. »Wer ist dort?«
»Sie hat sich eben hinter dem Baum versteckt«, fuhr Darek fort, ohne die leiseste Ahnung zu haben, wovon er eigentlich sprach.
»Eine Katze?«

Er nickte erleichtert. Eine Katze war gut.
»Welche Farbe hat sie?«
»Lauf doch und sieh nach!«
Nun brauchte er Ema nicht mehr hinter sich herzuziehen, sie rannte von allein zur großen Pappel am oberen Ende der Hauptstraße. Dahinter war nur noch die Kneipe. Sie lag an der Kreuzung, von der rechts ein Weg hinunter zum Bahnhof und eine schmale Straße durch die Wiesen zu ihrem Bauernhof hinaufführte. Man nannte den Hof immer noch *die Genossenschaft*, auch wenn an die kollektive Landwirtschaft nur noch die Aufschrift LPG FORTSCHRITT über dem herausgefallenen Tor des Kuhstalls erinnerte. Jeden Tag blickte Darek darauf, aus dem Fenster seines Dachzimmers. Die Buchstaben waren durch Sonne und Regen verblichen und fast nicht mehr zu entziffern. Man konnte stattdessen auch MORDSCHNITT, FURZSCHLIFF, BORDCHRIST oder sogar HORTZUDRITT lesen. Es klang verwirrend und geheimnisvoll, wie die Sprache einer vergangenen Zivilisation.
»Hi, Darek!« Hankas Stimme ertönte in unmittelbarer Nähe und verursachte ein leichtes, angenehmes Frösteln bei ihm. Er drehte sich um.
»Hallo, Hanka.«
Seine vorbereitete gleichgültige Miene zerfiel schnell unter der Wirkung ihres Blickes. Die schwärzesten Augen weit und breit, Erbgut der Familie Bulis. Die Augen ihres Bruders Mischa waren auch sehr dunkel, aber ziemlich klein, sodass die Farbe nicht wirklich auffiel. Hankas Pupillen waren groß und uferlos. Man konnte sie nicht im Ganzen erfassen, denn früher oder später musste man ihrem Blick ausweichen, sonst würde etwas passieren. Darek war nicht klar, was passieren würde, er hatte es noch nicht ausprobiert.
»Bist du heute Nachmittag zu Hause?«, fragte sie und nahm den Fuß vom Fahrradpedal herunter.
»Keine Ahnung.« Er bemühte sich um die Wiederherstellung des gelangweilten Gesichtsausdrucks. »Warum?«
»Ich soll einen Stromkreis bauen. Für den Physikunterricht.«
»Herzlichen Glückwunsch!«
»Allein schaffe ich es nicht.«

»Doch, du schaffst es.«
»Bitte, bitte, Darek!«, bettelte sie und um ihrer Bitte Nachdruck zu verleihen, berührte sie mit dem Daumen die Klingel. Darek zögerte. Es tat ihm gut, sich bitten zu lassen. Hanka war ein Jahr älter, sie ging aufs Gymnasium und der Großteil ihres Lebens spielte sich in der Stadt ab. Dass sie kein Physik-Ass war, untergrub keineswegs ihr Selbstbewusstsein. Im letzten Herbst hatte Darek sie in Bruntal auf dem Marktplatz mit einer Gruppe von Mitschülern gesehen. Alle sahen sie gelassen aus und gaben mit jeder Bewegung zu erkennen, dass die Welt ihnen gehörte. Darek war damals vor einem Schaufenster stehen geblieben, weil er sich in seiner braven Cordhose und dem frisch gebügelten Hemd wie ein Idiot fühlte. Er war froh, dass Hanka ihn nicht bemerkte oder es zumindest vortäuschte.
»Also, um wie viel Uhr soll ich kommen?« Hankas Finger berührte wieder die Klingel, sie verlangte eine Antwort. »Wenn du nachmittags keine Zeit hast, kann ich auch abends vorbeischauen, kein Problem. Oder komm du zu uns.«
Sie sprach über die Zeit wie über etwas, über das man frei verfügen konnte. Etwas, das sich organisieren ließ. Dareks Zeit aber ließ sich nicht organisieren, weil zu viele Menschen und Umstände sie in Anspruch nahmen. Familienereignisse hatten die üble Angewohnheit, sich nicht anzukündigen. Man konnte sie nicht voraussagen und sich auch nicht gegen sie wehren. Höchstens fliehen konnte man. Aber sie holten einen sowieso ein.
»Komm um vier«, sagte er. Mitten am Nachmittag bestand mehr Hoffnung, dass der Vater nicht heimkam. Und wenn, würde er nüchtern sein oder aber gleich ins Schlafzimmer kriechen. Tagsüber schämte er sich für seine Sauferei.
»Pünktlich um vier bin ich bei dir«, dichtete Hanka und setzte sich wieder aufs Fahrrad. »Also tschüs, bis dann!«
Sie trat in die Pedale und radelte zügig los. Darek konnte nicht widerstehen – er wandte den Kopf, um ihr nachzuschauen. Sie fuhr leicht nach vorne gebeugt, ihr Haar flatterte im Wind, am linken Ohr schaukelte eine schwarze Spirale mit einem Kristalltropfen. Es sah aus, als ob ihr Ohr weinte. Darek überlegte, ob sie schon mal

jemanden geküsst hatte. Mit vierzehn und mit solchen Augen durfte man es annehmen, doch Darek hätte gern Gewissheit gehabt. Als er neulich Mischa gefragt hatte, war dieser nicht imstande, ihm eine befriedigende Antwort zu geben.

»Mann, sie erzählt mir nichts! Ich meine, keine Geheimnisse. Aber ein gegelter Affe aus Bruntal klebt dauernd an ihr«, verriet er ihm. »So ein krasser Angeber. Er ist sogar schon mal bei uns aufgelaufen.«

Das war eine interessante Information. Hanka hatte also nichts gegen *krasse Angeber*. Darek überlegte, ob es für ihn vielleicht von Vorteil wäre, die gelangweilte Miene abzulegen und stattdessen nicht mehr von Hankas Seite zu weichen …

»Darek! Schau mal, was ich habe!«

Er zuckte zusammen. Für ein paar Minuten hatte er Ema vollkommen vergessen.

»Wir nehmen sie mit nach Hause, ja? Guck mal, wie schön sie ist!«

Ema erschien im Gebüsch am Straßenrand und kam mit einer weißen Katze auf dem Arm langsam auf Darek zu. Sie strahlte über das ganze Gesicht und presste das Tier so fest an sich, dass ihre Hände unter dem zottigen Fell kaum zu sehen waren. Die Katze protestierte laut, doch Ema ging nicht darauf ein.

»Sie heißt Schneewittchen«, teilte sie Darek mit. Schon seit sie ganz klein war, hatte sie eine Schwäche für weiße Tiere: Katzen, Kaninchen, Lämmer, Hunde. »Schneewittchen Totalweiß.«

»Sie gehört uns nicht.«

»Wem gehört sie dann?«

»Ich weiß es nicht«, sagte Darek und zugleich schoss ihm durch den Kopf, dass diese Katze vielleicht doch ihm gehörte! Er hatte sie sich ja ausgedacht und aufgrund seiner Idee hatte sie körperliche Gestalt angenommen.

»Ich nehme sie mit«, verkündete Ema. Darek wollte schon etwas einwenden, aber dann zuckte er bloß mit den Schultern. Es war klar, dass die Katze früher oder später selbst einen Ausweg finden würde. Eher früher. Schon jetzt wehrte sie sich so vehement, dass Ema alle Hände voll zu tun hatte, sie festzuhalten.

Darek schenkte der Katze und der Schwester keine Aufmerksamkeit mehr und lief weiter. Als sie an der Kneipe vorbeikamen, warf er einen Blick hinein. Am Tisch nahe der Tür aß eine Gruppe Sägewerkarbeiter zu Mittag, daneben saß ein älteres Radfahrerpaar – ihre Fahrräder hatten sie vor dem Eingang abgestellt. Und Herr Mihule stand am Tresen und zapfte Bier. Er nickte zur Begrüßung, als er Darek sah. Darek erwiderte den Gruß und ließ seine Augen über die Stammtischecke schweifen. Sie war leer. Er fühlte sich erleichtert, allerdings nur mäßig. Dass der Vater nicht in der Kneipe saß, war im Großen und Ganzen erfreulich, doch so viel bedeutete es auch wieder nicht. Er könnte genauso gut im Bahnhofsimbiss hocken. Er hätte sich auch Schnaps bei Frau Gajdoschikova besorgen können, die in ihrer Küche neben Zwetschgen und Äpfeln alles brannte, was Zuckerspuren aufwies. Oder er hätte wegfahren können, um Arbeit zu suchen.

Die letzte Möglichkeit kam Darek am wahrscheinlichsten vor. Gelegenheitsjobs gegen geringen Verdienst, überwiegend auf dem Bau, waren meist in Ostrawa, in Opawa, ab und zu auch in Bruntal oder auf der polnischen Seite der Grenze zu ergattern. Wo auch immer man suchte, Arbeit war in Schlesien schwer zu finden. Als ob sie schnell verdampfte. Schnaps hingegen gab es jederzeit genug. Gleich nach Ostern waren Vater und eine Handvoll Männer noch vor der Morgendämmerung mit einem Minibus zur Jobbörse nach Ratibor aufgebrochen. Abends kehrte der Vater wieder nach Hause zurück – ohne Arbeit, ohne Laune, nur im Hemd. Er stank nach Alkohol und die Lederjacke mit warmem Futter, mit der er losgefahren war, war verschwunden. Als ihn Darek am nächstem Morgen danach fragte, riet der Vater ihm, sich um seinen eigenen Kram zu kümmern. Darek hakte nicht weiter nach. Ihm war klar, dass er sowieso nichts erfahren würde. Das, was der Vater nicht sagen wollte, bekam man nicht aus ihm heraus. Manchmal schwieg er tagelang und irrte wie ein Geist im Haus herum. Ein breitschultriger rothaariger Geist mit Stoppelbart und Sommersprossen.

Hinter der Kurve blieb Darek plötzlich wie angewurzelt stehen. Vor ihrem Hof stand ein fremder Wagen. Ein silberner BMW mit polnischem Kennzeichen. Er war blank poliert, sah neu und teuer aus, die schicken Felgen trugen keine Spuren von Schlamm. Darek ging näher heran und schaute durch die Windschutzscheibe hinein: üppig ausgestattetes Armaturenbrett, Sitze mit schwarzem Leder bezogen, am Rückspiegel die lächelnde Jungfrau Maria. Sie schaukelte noch leicht hin und her. Darek berührte die Motorhaube – sie war warm. Der oder die unbekannte Fremde musste erst eben angekommen sein. Warum? Zu wem? Die ganze Sache war so außergewöhnlich, dass Darek ein angenehmes Kribbeln empfand. Nach langen Wochen der Erstarrung, in denen sich seine Umgebung wie ein zusammengerollter Igel verhalten hatte und mit Ausnahme von Vaters Alkoholexzessen nichts los gewesen war, ließ dieses Auto nun hoffen.

»Komm«, forderte er Ema aufgeregt auf. »Jemand ist bei uns.«

Doch statt einen Schritt zuzulegen, blieb sie stehen und starrte den Wagen an. Die Katze in ihren Armen strampelte, maunzte empört und versuchte, herunterzurobben.

»Lass sie doch laufen!«, redete Darek auf die Schwester ein. »Oder willst du vielleicht total zerkratzt werden?«

Ema antwortete nicht. Wahrscheinlich hatte sie ihn gar nicht gehört. Wenn ein Gedanke sie beschäftigte, richtete sie all ihre Aufmerksamkeit darauf und war durch nichts und niemanden erreichbar. In solchen Momenten erinnerte sie Darek an ein ausgeschaltetes Empfangsgerät. Jetzt galt ihr ganzes Interesse dem silbernen Wagen. Der Rest der Welt existierte für sie nicht.

»Der ist klasse, oder?« Darek legte seine Hand erneut auf die strahlende Motorhaube. »Guck mal, das GPS-Gerät. Und das tolle Lenkrad. Komm, lass uns fragen, wem der Schlitten gehört!«

Ema rührte sich nicht vom Fleck. Darek ließ sie in Ruhe und steuerte aufs Haus zu. Hier brauchte er auf die Schwester nicht mehr aufzupassen. Oberhalb des Bauernhofs wohnte nur noch Herr Havlik und abgesehen von Traktoren und Holzerntemaschinen kam nur selten jemand vorbeigefahren.

Wahrscheinlich hat sich jemand verfahren, überlegte Darek, während er sich dem Haus näherte. Der Fahrer ist wohl hineingegangen, um sich nach dem richtigen Weg zu erkundigen, und gleich verschwindet er wieder.

In dem Moment vernahm er Stimmen. Sie ertönten durch die offenen Wohnzimmerfenster, was sehr erstaunlich war. Denn das Wohnzimmer, ein großer Raum mit einem Bücherschrank und einem Kachelofen, hatte seit einem Dreivierteljahr niemand mehr betreten. Ganz genau seit September, nachdem der Krankenwagen die Mutter weggebracht hatte. Im Winter war das Zimmer nicht einmal beheizt worden, man hatte es der Kälte preisgegeben. Es versteckte sich hinter Eisblumen an den Fenstern und schlummerte. Ein unbewohntes Wohnzimmer. Nur kurz vor Weihnachten schlüpfte Darek hinein, um aus dem Bücherschrank das alte Wichtelmännchenbuch zu holen, das Ema durchblättern wollte. Er war überrascht gewesen, wie fremd das Zimmer wirkte. Außer Mutters Strickjacke, die über einer Stuhllehne hing, konnte man hier nichts Persönliches entdecken. Dabei hatten sie hier so viel Zeit verbracht. Karten gespielt, Nüsse geknackt, sie hatten sich am Ofen gewärmt, und während der Vater kleine Reparaturen und Holzarbeiten erledigte, hatte Mutter ihnen vorgelesen. Es waren bestimmt Aberhunderte von Abenden, doch in der Erinnerung flossen alle in einen einzigen zusammen – erfüllt mit dem orangefarbenen Licht der Stehlampe und durchdrungen vom Fichtenholzduft. Beides, das Licht und der Duft, waren mit der Vergangenheit des Zimmers eng verbunden und hatten mit seiner gegenwärtigen Leere nichts zu tun. Die aus dem Fenster ertönenden Stimmen verkündeten eine Veränderung.

»Ohne eine Anfangsinvestition komme ich nicht hin, Anton«, hörte Darek den Vater sagen. »Ich muss ja Seil, Draht, Litze, Verankerungen, Pfosten und wer weiß was noch besorgen.«

»*Nieco* … einiges davon kriegst du von mir. Was fehlen sollte, kaufst du«, erwiderte eine andere Stimme. Auch wenn sie männlich war, klang sie sehr weich, manche Laute verwischten ineinander. Der polnische Akzent war unüberhörbar. »Alle Ausgaben verrechnen wir, *dobrze* … klar?«

»Wann legen wir los?«, fragte Vater.

»*Niebawem*. In etwa zwei Wochen.«

»Da muss ich mich aber schon verdammt beeilen.«

»Dein Darek … Wie alt ist er?«

»Im Winter ist er dreizehn geworden.«
»Schon? Mensch, das ist ein großer Bursche! Der hilft dir ganz bestimmt.«
»Wie viele sollen es sein?«
»Vorläufig zehn, *nie więcej*. Aber im Sommer bringe ich noch mehr. Man hat mir insgesamt zwanzig versprochen. Und sobald sie weg sind, kommt eine neue Lieferung. Glaub mir, das ist eine echte Goldgrube, Ota!«
Der Vater pfiff anerkennend. Worüber auch immer sie sprachen, die Zahlen schienen ihn beeindruckt zu haben. Darek blieb stehen. Dass sie ihn erwähnt hatten, weckte seine Neugier. War das nicht seltsam? Nicht nur, dass dieser Fremde namens Anton über Dareks Existenz Bescheid wusste und seinen Namen kannte, er rechnete obendrein auch noch mit seiner Hilfe. Wobei? Das wollte Darek sehr gern wissen, aber ins Wohnzimmer einzutreten und zu fragen, traute er sich nicht. Obwohl der Vater und Anton sich duzten, redeten sie immerhin über Arbeit und alles, was diese Arbeit betraf. Das war eine ernste, nahezu offizielle Angelegenheit, die auf keinen Fall gestört werden durfte.
»Wie hoch ist der Kaufpreis?«, fragte der Vater.
»Er bewegt sich zwischen …«
Im Zimmer wurde es still, man konnte nur Papierbögen rascheln hören. Darek lehnte sich mit dem Rücken gegen die Hauswand und war im Begriff, weiterzulauschen, als er Marta erblickte. Sie stand vor der Küchentür, die Hände in die Hüften gestemmt, und machte ein wütendes Gesicht.
»Ich wärme es nicht noch einmal auf!«, rief sie zur Begrüßung. »Man kocht ein Mittagessen für euch und ihr kommt im Schneckentempo!«
Darek löste sich von der Wand und kam zögernd auf sie zu. Im Inneren des Wohnzimmers hörte er wieder die weiche Stimme von Anton, jetzt sprach er aber zu leise, man konnte seine Worte nicht verstehen.
»Und Ema?«, fragte Marta, als Darek vor ihr stand. »Wo bleibt sie?«
Mit einer Kopfbewegung deutete er zur Straße. Er hatte keine Lust,

zu antworten. Selbst Marta anzuschauen, war für ihn anstrengend genug. Ihre Anwesenheit ging ihm auf die Nerven, ihre Speisen mochte er nicht und ihr Ton rief bei ihm aufsässige Reaktionen hervor. Sie war erwachsen, und gegenüber Erwachsenen verhielt er sich meistens höflich, dennoch war er versucht, ihr den Mittelfinger zu zeigen. Wahrscheinlich würde sie ihn noch nicht einmal beim Vater verpetzen. Eher würde sie alles daransetzen, allein mit ihm fertigzuwerden. Er überlegte, ob er sie, wenn es darauf ankäme, niederringen könnte. Sie war kleiner als er, schlank, hatte keine nennenswerte Muskulatur, konnte aber ganz schön wütend werden. Darek wusste, dass Wut in Schlägereien nützlicher als körperliche Stärke sein konnte.

»Wie war's in der Schule?«, fragte sie.

»Das geht dich nichts an«, gab er kurz und bündig zurück.

Marta wollte etwas einwenden, dann aber bemerkte sie seinen zerrissenen Pullover und fasste ihn am Ärmel. »Was hast du angestellt?«

»Dieselbe Antwort wie vorher«, sagte er und befreite sich mit einem Ruck aus ihrem Griff.

»Warte nur, bis dein Vater das sieht! Glaubst du, er kann es sich gerade jetzt leisten, Geld für neue Klamotten auszugeben?«

»Wieso sollte er mir neue Klamotten kaufen?« Darek verzog den Mund. »Ich flick den schon wieder zusammen. Bei einem zerrissenen Pulli geht das, bei einer versoffenen Lederjacke wohl kaum.«

»Werd nicht frech!«

»Jedes Mal, wenn ich die Wahrheit sage, behauptest du, dass ich frech werde. Soll ich also lügen? Ist Lügen artig?«

Sie kniff ihre Augen zu schmalen Schlitzen zusammen und presste die Zähne so stark aufeinander, dass ihre Kiefermuskeln hervortraten. Man merkte ihr an, wie gern sie ihm eine Ohrfeige verpasst hätte. Oder besser gleich zehn. Er setzte sein ganzes Talent ein, um sie zu provozieren. Mit jeder Begegnung, mit jedem Gespräch erhöhte sich die Spannung zwischen ihnen. Darek war sicher, dass der Augenblick des Kurzschlusses nicht mehr weit war. Er hatte sogar schon seinen Racheplan ausgearbeitet: Falls er von ihr eine Ohrfeige kriegen sollte, würde er nicht zurückschlagen, damit sie sich mies fühlte. Er wünschte, sie würde sich elend fühlen. So elend, dass sie nie wieder einen Fuß über ihre Schwelle setzte. Sollte sie ruhig im Postamt versauern – da störte sie ihn nicht. Aber sie hatte absolut kein Recht, bei ihnen zu Hause herumzulaufen, den Küchenschrank zu öffnen, die Töpfe auf den Herd zu stellen und sich Mutters Schürze umzubinden! Einmal ertappte Darek sie dabei, wie sie sich den Tee in die Tasse mit dem goldenen Schwan goss, die er Mutter zum Geburtstag geschenkt hatte. Er sprang auf und nahm ihr die Tasse so schnell weg, dass Marta es nicht schaffte, den Schnabel der Kanne aufzurichten, und ihm die Hand verbrühte. Nie wieder rührte sie die Schwantasse an, und er verarztete die Verbrennung bewusst nicht, damit sie sich noch möglichst lange daran erinnerte.

»Ich muss gehen«, sagte sie mit einem Blick auf die Uhr. »Das Fleisch und die Knödel sind im Backofen. Macht die Soße ganz langsam warm, sonst gerinnt sie. Dann schmeckt sie nicht gut.«

»Dann?« Darek prustete vor Lachen. »Sie schmeckt schon jetzt ätzend.«

»Woher willst du das wissen? Du hast sie doch noch gar nicht probiert.«

»Ich brauche den Dünnschiss nicht zu probieren! Mir wird speiübel, wenn ich ihn nur angucke!« Trotz des kämpferischen Tons passte er auf, dass er nicht zu laut sprach, damit der Vater durch das offene Fenster ihn nicht hören konnte. »Nichts von dem Fraß, den du uns je aufgetischt hast, war genießbar!«

Marta warf ihm einen wütenden Blick zu. Ihre Wangen wurden rot, ihr Atem ging schneller und unter ihrer Bluse hoben und senkten sich ihre Brüste. Darek war sich sicher, dass nicht die Natur sie geformt hatte, sondern schlaue Unterwäsche dafür sorgte. Marta machte noch einen Schritt auf ihn zu. Jetzt stand sie direkt vor ihm, Dareks und ihre Schulter berührten sich fast, die Augen der beiden waren auf gleicher Höhe. Er erwartete, dass sie ihn schubsen, schlagen oder ihn zumindest rütteln würde. Aber sie tat nichts, stand nur da und musterte ihn zornig.

»Als Kind habe ich gerne Indianer gespielt«, sagte sie nach einer Weile. Ihr Atem hatte sich inzwischen beruhigt, sie sprach mit Nachdruck, aber genauso leise wie Darek. Das, was sie ihm mitteilen wollte, war nur für seine Ohren bestimmt. »Ich habe mit Pfeil und Bogen geschossen, mir ein Paar Mokassins genäht, ich habe die Spuren der Tiere lesen gelernt. Eine Sache habe ich allerdings nie probiert.«

»Welche?«, fragte Darek gegen seinen Willen. Es interessierte ihn wirklich.

»Jemanden zu skalpieren«, antwortete sie und lächelte plötzlich so breit, dass ihre Wangen Grübchen bekamen. »An dir probier ich's mal aus.«

***

Meine Mutter. Ich sehe sie aus der Wurmperspektive, ich bin vier. Sie hängt Wäsche auf. Ihr Haar ist mit einem blauen Bändchen zu einem hohen Zopf zusammengebunden und trotzdem wallt es ihr bis auf den Rücken hinunter, so lang ist es.

»Sie wird Ema heißen«, sagt sie und berührt mit den Händen ihren runden Bauch. »Ema Lyskova, das klingt gut, oder?«

»Ema Lyskova«, wiederhole ich und beobachte den Bauch. Sie ist da drin, meine Schwester.

»Fass sie mal an«, ermuntert mich Mutter.

Ich gehe zu ihr und lege meine beiden Handflächen auf den geblümten Stoff ihres Kleides.

»Was macht sie gerade?«, frage ich.

»Sie schaut dich an. Wenn du dich bemühst, kannst du sie auch sehen.«

Ich nähere mich mit meinem Gesicht Mutters Bauch – so nah dran, wie es nur geht. Ich reiße die Augen auf. Die Blumen auf dem Kleid werden unscharf, sie haben keine feste Form mehr, sie sind zum bunten Nebel geworden. Ich sehe mir Ema Lyskova an.

»Ema, komm raus!«, fordere ich sie auf.

Mutter lacht. »Wir müssen ihr noch Zeit geben«, erklärt sie. »Eine Menge Zeit, um sich zusammenzubasteln. Sie ist noch nicht vollendet.«

»Wie, vollendet?«
»Sie arbeitet immer noch daran, alles beieinanderzuhaben, wenn sie geboren wird. Sie will gesund, schön und gescheit werden. Damit wir uns an ihr freuen.«
In einem starken Gefühlsausbruch umschlinge ich Mutters Bauch. Ich halte Ema Lyskova fest in meinen Armen und spüre, wie sie sich zusammenbastelt. Wenn sie vollendet ist, kommt sie heraus und alle werden mich ihretwegen beneiden.

***

Das Schnurren des silbernen Wagens verklang langsam in der Ferne, als der Vater in die Küche kam. Darek blickte schnell auf, um sein Gesicht zu sehen, hauptsächlich den Mund. An dem konnte er ablesen, in welchem Zustand sich sein Vater befand. Herabhängende Mundwinkel und ein schlaffes Kinn verrieten immer, dass er angetrunken war. Heute war das Kinn energisch vorgestreckt und die Lippen lächelten. Er war frisch rasiert und hatte ein weißes Hemd an, das er immer trug, wenn er in die Stadt fuhr.
»Guten Appetit!«, wünschte er.
»A-lle es-sen mit!«, erwiderte Ema. Sie trennte die einzelnen Silben voneinander, wie sie es sich bereits im Kindergarten angewöhnt hatte. Darek fiel ein, dass sie auf diese kindische Weise noch in zwanzig Jahren antworten würde. Er selber beschränkte sich auf ein Kopfnicken. Dabei überlegte er, ob er gleich nach dem unbekannten Besucher fragen sollte oder lieber damit wartete, bis sie aufgegessen hatten.
»Was gibt es heute Leckeres?« Der Vater nahm sich einen Teller und trat an den Herd.
»Das letzte Wort kannst du weglassen«, murmelte Darek.
Der Vater tauchte den Schöpflöffel in denTopf mit der Soße, kostete sie und schmatzte anerkennend.
»Der Soße fehlt nichts.«
Seine heitere Stimme löste bei Darek Entrüstung aus. Er ließ sein Besteck so laut auf den Teller fallen, dass Ema zusammenfuhr.

»Mama machte die Tomatensoße ganz anders«, verkündete er.
»Wie denn?«, fragte der Vater und setzte sich ihm gegenüber.
»Hundertmal besser.«
Der Vater schnitt ein Stück Fleisch ab. Er beförderte es in den Mund, zerkaute es sorgfältig und schluckte es mit einer zufriedenen Miene hinunter. Als ob er Mutters Kochkunst ganz vergessen hätte.
»Sogar ich kann so eine Pampe zustande bringen!«, schrie Darek auf und schob seinen Teller beiseite.
Vaters Blick fixierte ihn. Das Lächeln, das sich vorhin auf seinem Gesicht ausgebreitet hatte, verschwand. Seine Augen wurden streng.
»Hör auf, zu brüllen!«, befahl er in einem Ton, der Darek sofort gehorchen ließ. Vater schaffte es immer, ihn zu zähmen. Für eine Meuterei fehlte ihm der Mut. Nicht, dass er Vaters robuste Statur und enorme Kraft fürchtete – nein, er hatte eher Respekt vor dem, was Vater versteckte. Vor dem, was nicht zu verstehen war. Er wusste, dass hinter der scheinbaren Ruhe ein Sturmgebiet lag. Vater erlaubte niemandem, bis dahin vorzudringen, aber gelegentliches Donnern und einzelne Blitze ließen ahnen, was sich da alles noch verbarg.
»Es ist doch sehr nett von Marta, dass sie uns hilft, also kein Gemecker, klar?!«
»Ich meckere nicht.«
»Du sagst, dass sie nicht kochen kann. Das nennt man Gemecker.«
»Auch wenn es stimmt?«
»Es stimmt nicht! Mir schmeckt's. Und Ema ebenso. Du würdest es auch mögen, wenn du nur wolltest«, sagte Vater mit einer Bestimmtheit, die Darek verargerte. Woher wollte er wissen, was andere Menschen mochten und was nicht!
»Wenn ich nur wollte? Glaubst du echt, dass man sich zwingen kann, etwas gerne zu essen?«, fragte er spöttisch.
»Man kann alles, wenn man sich etwas anstrengt.«
Darek musste sich ein Lachen verkneifen. *Wieso säufst du dann?,* lag ihm auf der Zunge zu sagen. *Wie wäre es, wenn du dich auch etwas anstrengst und damit aufhörst?*
Stattdessen stopfte er sich lieber ein Stück Knödel in den Mund. Zanken konnte er mit Marta, ein Streit mit dem Vater kam nicht

infrage. Eine Weile aßen sie schweigend, nur das Geklirr des Bestecks, begleitet von Emas Schnaufen, war zu hören. Sie keuchte, weil sie mit dem Fleisch auf ihrem Teller kämpfte. Vater beugte sich vor, um ihr beim Schneiden zu helfen, und bemerkte dabei ihre Hände. Sie waren blutig verkratzt.

»Wie ist das passiert?«, fragte er.

Ema betrachtete einen Moment lang ihre Haut. Man konnte ihr am Gesicht ablesen, wie intensiv sie sich bemühte, sich an den Ursprung der Kratzer zu erinnern. Endlich dämmerte es ihr.

»Es ist von Schneewittchen«, antwortete sie.

»Von welchem Schneewittchen?«

»Von Schneewittchen Totalweiß.«

Der Vater schaute Darek fragend an.

»Sie hat eine Katze gefunden und wollte sie mit nach Hause nehmen«, erklärte er.

»Eine Katze? Und wo ist sie geblieben?«

Darek zuckte mit den Schultern. Es genügte doch, dass er auf seine Schwester aufpassen musste, für fremde Katzen war er hoffentlich nicht verantwortlich.

»Abgehauen«, antwortete er kurz.

Ema hörte auf zu essen. Erst jetzt, als es ausgesprochen war, begriff sie es voll und ganz. Sie schob ihre Unterlippe vor, runzelte unglücklich die Stirn. Als würde sie im nächsten Augenblick losschluchzen.

»Wir haben doch zwei Katzen«, sagte der Vater mit sanfter Stimme zu ihr, in dem Ton, der nur Ema vorbehalten war. »Reichen dir die etwa nicht?«

»Aber das Schneeeheewittcheeeheen waaahaar weiß!«, jammerte Ema.

»Es gibt Millionen von weißen Katzen«, entgegnete Darek und überlegte, womit er seine Schwester ablenken könnte. Doch der Vater kam ihm zuvor.

»Ich habe etwas für euch«, verkündete er.

»Was denn?«, fragte Ema und hörte sofort auf, ein weinerliches Gesicht zu machen.

»Eine Neuigkeit. Ein alter Freund von mir hat sie mir überbracht.

Ich habe ihn ewig nicht gesehen und heute sind wir uns zufällig in Opawa über den Weg gelaufen.«

»Anton?«, platzte es aus Darek heraus. Er war froh, dass sie endlich bei diesem Thema angelangt waren. Der Vater warf ihm einen überraschten Blick zu und Darek erklärte schnell: »Ich hab euch vorhin durchs Fenster gehört. Ihr habt drüber geredet, dass ich euch helfen soll. Wobei?«

»Das ist ja gerade die Neuigkeit. Du erfährst sie gleich.« Der Vater stand auf. Er lächelte schon wieder. »Wenn ihr mit dem Essen fertig seid, macht ihr den Abwasch und wartet auf mich im Hinterhof. Wir gehen zusammen hinauf auf die Wiese.«

»Warum? Was machen wir dort?«, wollte Ema wissen.

»Lass dich überraschen.« Der Vater streichelte ihr übers Haar, nahm den gestutzten Schopf zur Kenntnis, sah ihn eine Weile nachdenklich an, sagte aber nichts, zog nur seine Augenbrauen in die Höhe. Dann beugte er den Kopf und ging aus der Küche. Sämtliche Türrahmen, die Darek kannte, waren für den Vater zu niedrig, aufrecht konnte er nur durch das Eingangstor der Maschinenhalle gehen, wo er arbeitete. Wo es seit Wochen keine Arbeit mehr für ihn gab.

»Nehmt einen Bleistift und ein Stück Papier mit!« Er drehte sich im Flur noch einmal um. »Oder besser ein Notizbuch. Wir werden es brauchen.«

»Sollen wir zeichnen?«, fragte Ema.

Vater antwortete nicht. Darek hörte ihn die Treppe hinaufsteigen und den Kleiderschrank im Obergeschoss öffnen. Er würde das weiße Hemd ausziehen, es auf einen Bügel hängen, und bevor er den Schrank wieder schloss, würde er mit der Hand sorgfältig über die zerknitterten Ärmel streichen, so wie es Mutter immer gemacht hatte.

»Sollen wir zeichnen?«, wiederholte Ema.

»Na klar«, bejahte Darek, nur damit sie aufhörte zu fragen.

»Toll!«, freute sie sich. »Was denn? Was zeichnest du?«

»Schmetterlinge«, antwortete Darek ungeduldig. »Beeil dich!«

Er wischte seinen Teller mit dem letzten Stück Knödel sauber, stand auf und ließ Wasser in die Spüle laufen.

»Heute bist du dran, das Geschirr abzutrocknen.«

»Ich will aber abwaschen«, protestierte Ema. Der Abwasch machte ihr Spaß. Sie spielte dabei, schlug das Wasser mit dem Spülmittel zu Schaum und verteilte ihn in Gläser und Töpfe, die sie sofort wieder leerte, um sie aufs Neue füllen zu können. In ihr Spiel vertieft, vermochte sie eine glatte Stunde an der Spüle zu verbringen und war zum Schluss ganz nass. Durch die Küche schwebten dann Seifenblasen, doch das Geschirr blieb schmutzig.
»Abtrocknen ist doch viel besser«, versuchte Darek sie zu überreden.
»Wieso?«
»Weil ...« Er dachte darüber nach, wie er ihr diese langweilige Tätigkeit schmackhaft machen könnte. Auch ihm war eigentlich nicht klar, warum man das Geschirr abtrocknen musste. Wenn sie schon keine Spülmaschine besaßen, im Unterschied zu den Bulis und ein paar anderen Familien im Dorf, dann konnten sie doch die von Hand gespülten Teller und Gläser abtropfen lassen. Aber die Mutter hatte das Geschirr blitzeblank gemocht. »... weil du dafür dieses Geschirrtuch mit Erdbeeren kriegst!«
Mit dramatischer Geste holte er aus der Schublade ein mit Erdbeeren bedrucktes Geschirrtuch. Ema staunte nicht schlecht, sie rutschte vom Stuhl herunter und betrachtete die Erdbeeren mit Begeisterung, ja, sie roch forschend an ihnen. Dann fing sie an, die Konturen mit dem Zeigefinger nachzuziehen. Sie bewegte dabei ihre Lippen und murmelte etwas. Darek seufzte – das konnte lange dauern. *Murmelgedichte* nannte Mutter den leisen, eintönigen Wörterstrom, in den Ema hin und wieder ganz unerwartet wie in einen Schlaf fiel. Manchmal war er sehr leise, dieser Wörterstrom, ein anderes Mal lauter, aber nie konnte man etwas verstehen. Als Darek kleiner war, versuchte er Emas Murmelmonologe zu unterbrechen. Er bombardierte sie mit Fragen, kniff und kitzelte sie, nahm ihr absichtlich die Sachen weg, die sie sich anschaute. Es ärgerte ihn furchtbar, sie nicht zu verstehen. Er war überzeugt, dass sie es mit Absicht tat, dass sie mit ihm ein böswilliges Spiel trieb. Aber es war kein Spiel, das begriff er mit der Zeit. Ema konnte nicht böswillig sein, es lag außerhalb ihrer Fähigkeiten. Ihm wurde erklärt, dass die Art, wie sie sich benahm, Ausdruck einer geistigen Behinderung war. Mit Ungeduld,

Poltern oder sogar Strafen konnte man bei ihr gar nichts erreichen. Am besten wartete man ab, bis sie von selbst aus ihren seltsamen Trancezuständen wieder aufwachte.
Darek tauchte seine Hände ins Wasser und spülte den ersten Teller ab. Eins musste er zugeben: Marta hinterließ nie Schmutz oder Unordnung. Sie verhielt sich in der Küche so wie auf dem Postamt. Jedes Ding, das sie gebraucht hatte, stellte sie wieder an seinen Platz. Es war ein Wunder, dass sie es nicht abgestempelt oder mit einer Inventarnummer versehen hatte. Sie war sorgsam und geradezu besessen von Sauberkeit. Sie hatte sogar das Fenster geputzt. Die Nachmittagssonne strahlte kräftig herein und lockte nach draußen. Ein schriller Pfiff tönte aus der Ferne, auf dem Fußballplatz begann das regelmäßige Training. FC Piosek, die Nachwuchsliga. In letzter Zeit nahm Darek nur selten am Training teil, aber er konnte sich gut vorstellen, was sich auf dem Rasen abspielte. Die Jungs rannten, brüllten sich an, übten Kopfbälle und Freistöße. Hugo hüpfte im Tor, machte Liegestütze zum Aufwärmen, in seinem Unterleib klang wahrscheinlich immer noch die Erinnerung an den Tritt nach, mit dem Darek die Schlägerei beendet hatte. Bald würde die Vergeltung kommen, darauf konnte er wetten. Hugo schenkte ihm keinen Sieg für lange Zeit. Sie rauften immerfort. In Fortsetzungen. Darek überlegte, ob es so bis ins Unendliche weitergehen würde.
»Ich bin eine Zaubererdbeerenfee«, hörte er Ema hinter seinem Rücken trällern und schaute sich um. Sie hatte sich das Geschirrtuch über den Kopf gelegt, tanzte tolpatschig um den Tisch herum, rammte Stühle und lachte breit.
»Was kannst du hervorzaubern?« Er ließ sich auf ihr Spiel ein, erfreut, dass sie aus ihrer Traumwelt wieder zurückgekommen war.
»Alles. Ich erfülle dir zwei Wünsche.«
»Nur zwei?«
»Oder zwölf. Oder … eine Million.«
»Verarschst du mich?«
»Feen verarschen nicht«, sang sie mit fröhlicher Stimme.
»Gut. Dann wünsche ich mir, dass du das Geschirr abtrocknest«, sagte er.

»Feen haben kein Geschirr«, erwiderte sie. »Du musst dir etwas anderes wünschen.«
Das war zu viel für Darek. Er schmiss den Schwamm mit solcher Wucht in die Spüle, dass ihm das Wasser ins Gesicht spritzte.
»Ema!«, knurrte er warnend und wischte sich den Schaum aus den Augen. »Wenn du nicht sofort das Tuch vom Kopf nimmst und jetzt gleich die Scheißteller abtrocknest, dann … dann …« Er suchte nach einer geeigneten Drohung, ihm fiel aber nichts ein. Nichts, was er auch in die Tat umsetzen könnte. »… dann passiert was!«
Sie hörte auf zu tanzen. »Was passiert?«
»Das Schlimmste, was du dir vorstellen kannst!«, versicherte er ihr ernst.
Ema blieb mitten in der Küche stehen. Und ohne zu blinzeln, blickte sie wie versteinert vor sich hin. Der Erdbeerzauber war verschwunden. Sie nahm langsam das Geschirrtuch vom Kopf und griff nach einem abgespülten Teller. Darek beobachtete sie verlegen. Er würde wahnsinnig gern wissen, was sie sich vorgestellt hatte, was für sie *das Schlimmste* war. Doch er ahnte, dass er es nie erfahren würde. Ihre Vorstellungen waren für ihn genauso unzugänglich wie ihre Murmelgedichte.
»Ich trockne ab«, verkündete sie nach einer Weile. Das fröhliche Trällern war verflogen, sie sprach bedrückt. »Passiert das Schlimmste jetzt nicht?«
»Nein«, antwortete er und spürte, wie ihm ihr verängstigter Blick den Hals zuschnürte. Ganz egal, auf welche Weise er mit seiner Schwester umging, am Ende fühlte er sich immer wie ein gemeiner Schuft. »Es passiert nicht.«

***

Das Dorf war von Wiesen umgeben. An manchen Stellen stiegen sie bergan und grenzten an den Wald. An den unteren Hängen gab es Kuhweiden und weiter oben, auf den steilen Matten, grasten Schafe.
»Nehmen wir die Abkürzung?« Darek drehte sich zu seinem Vater

um, der mit Ema hinter ihm ging. Der Vater nickte. Darek bog vom Hohlweg ab und folgte einem schmalen, sich aufwärts windenden Pfad. Er riss einen Grashalm aus, steckte das Ende zwischen die Zähne und kaute an ihm herum. Die Sonne schien, ein paar Wolken kratzten an den Berggipfeln mit den letzten Schneeresten, darunter lagen die Wiesen. Sie wechselten ihre Farbe je nach Jahreszeit. Jetzt leuchteten sie hahnenfußgelb. Darek kannte neun Wiesen in der Nähe von Piosek, jede hatte ihren eigenen Namen. Zwei davon waren im Besitz der Familie Lysko: die Raue Wiese und die Hasenwiese. Die Raue war acht Hektar groß, die Hasenwiese ein wenig kleiner.

»Auf welche gehen wir?«, rief Darek über die Schulter.

»Auf die Raue.«

Vor Dareks Geburt, in der Zeit, die in der Schule als die Epoche des Aufbaus des Kommunismus bezeichnet wurde, war den Menschen der gesamte landwirtschaftliche Besitz enteignet worden. Dareks Urgroßeltern wurden damals gezwungen, nicht nur das Acker- und Weideland, sondern auch den Hof samt Vieh, allen Maschinen, Geräten und Lebensmittelvorräten an den Staat abzugeben. Die Erbauer des Kommunismus hatten geschworen, produktiver zu wirtschaften und die Armut nicht nur in Schlesien, sondern überall abzuschaffen. Außerdem hatten sie versprochen, alle Bürger zu Mitbesitzern des zusammengestohlenen Eigentums zu machen. Nach vierzig Jahren der gemeinsamen Wirtschaft besaß angeblich keiner etwas, und das Gut, zu Urgroßvaters Zeiten fürsorglich gepflegt, schrie nach einer gründlichen Sanierung. Der Großvater sagte, dass die Genossen sogar vorgehabt hatten, es abzureißen. Dass die Familie Lysko heute wieder im Hof lebte, verdankte man der Tatsache, dass die Epoche des Aufbaus des Kommunismus ein jähes Ende genommen hatte. Sie war nur ein paar Jahre vor Dareks Geburt beendet worden – und trotzdem schien ihm diese Zeit so weit weg zu sein, als wäre es eine ferne Vergangenheit. Sein Verhältnis zu ihr war genauso unpersönlich wie zum Trojanischen Krieg. »Was denkst du, es dauerte länger als der Trojanische Krieg! Noch dazu haben sie behauptet, dass wir im glücklichen Frieden und Wohlstand leben«, wandte die Mutter ein, als er ihr sein Gefühl anvertraute. »Sei froh,

dass du es nicht miterleben musstest. Halte in Ehren, was du hast.«
Darek war sich nicht sicher, ob er das zurückgegebene Gut in Ehren halten wollte, oder wie die Gemeinschaftskundelehrerin sagte, die vielen Freiheiten, von denen die Leute früher nicht einmal zu träumen gewagt hatten. In den Dokumentarfilmen, die im Unterricht vorgeführt wurden, sah man keine Freiheit. Dort gab es Panzer und Soldaten und eine Menge Maschendrahtzäune, es gab marschierende Kinder mit Pionier-Halstüchern, einen toten Studenten, der sich aus Verzweiflung mit Benzin übergossen und angezündet hatte, es gab Statuen der politischen Führer, so groß wie Aussichtstürme, und Menschen, die vor irgendetwas endlos Schlange standen. Auch wenn diese Schwarz-Weiß-Filme düster wirkten, sie riefen kaum Rührung bei Darek hervor. Das waren alles fremde Leute. Er wünschte, wenigstens ein bekanntes Gesicht zu erhaschen, am liebesten das seiner Mutter. Ob er sie erkannte, wenn sie in der Reihe der Pioniere gestanden hätte? Hatte sie schon damals langes Haar? Wie verhielt sie sich in diesem Krieg-und-nicht-Krieg? Es würde ihn interessieren, was sie spielte, was sie dachte. Wovor sie Angst hatte. Sie hatte selten von der Vergangenheit gesprochen und Darek hatte vor, sie einmal gründlich zu befragen. Leider war er nicht mehr dazu gekommen.
»Lass uns bei den Bienenstöcken vorbeigehen«, hörte Darek Vaters Stimme hinter sich. »Ich will in den Honigraum hineinschauen.«
Die Bienenstöcke befanden sich am Rande des Waldes. Der kürzeste Weg dahin führte über die Wiese, aber das Gras war zu hoch, an manchen Stellen reichte es Darek bis zur Taille, und so kehrte er lieber auf den Pfad zurück.
»Wann mähen wir?«, fragte er.
»Kommt darauf an«, antwortete Vater ausweichend.
»Worauf?«
»Wir werden sehen.«
»Was werden wir sehen?« Darek vibrierte geradezu vor Neugier. Er wollte endlich Vaters Neuigkeit erfahren. Sie hatten schon ein ganzes Stück der Strecke zurückgelegt, standen hoch über dem Dorf und Vater schwieg fast die ganze Zeit. Höchstens mit Ema unterhielt er sich. Sie pflückte Löwenzahn und wollte, dass er ein

Kränzchen daraus flocht. Vater bemühte sich, aber es gelang nicht so richtig.

»Du musst lange Stiele pflücken«, wies er sie zurecht.

»Was werden wir sehen?«, hakte Darek nach. »Worauf kommt es an?«

Vater kam näher und blieb stehen. »Was nützt uns Heu und Gras?«

»Wir brauchen es für die Hühner und Kaninchen, oder nicht? Und den Rest nimmt uns Herr Janosch ab.«

»Es zahlt sich nicht aus.«

Vaters Blick wanderte über die Wiese. Sie wogte im Wind, mit dem goldenen Schaum der Hahnenfuß- und Löwenzahnblüten an der Oberfläche.

»Wir kriegen dafür Milch und Käse von Janoschs. Du hast gesagt, es ist besser, als sich um eine eigene Kuh kümmern zu müssen«, erinnerte ihn Darek. Vater war der geschickteste Mensch, den er kannte, aber ein Bauer war er nicht. Er hatte seine Kindheit in Ostrawa verbracht, hatte Schreiner, später noch Mechaniker gelernt, aber auf den Hof waren er und die Mutter erst nach der Hochzeit gezogen. Ackerbau und Viehzucht waren für sie böhmische Dörfer, sie hielten nur Hühner und Kaninchen. Und Vater hatte seine Bienen, aber das war ein Hobby, dem er sich bereits in der Stadt gewidmet hatte. Mutter verriet Darek, dass er heimlich ein Bienenhaus im kleinen Hain hinter der Plattenbausiedlung aufgestellt hatte. Wenn er eine Genehmigung beantragt hätte, hätte er keine gekriegt. Also hatte er es auf eigene Faust getan und den Bienen jeden Tag in der Morgendämmerung einen heimlichen Besuch abgestattet.

»Jetzt, da es keine Arbeit gibt und die Mutter … da ich allein zurechtkommen muss, sollte ich besser rechnen lernen«, sagte er. »Diese Wiesen lassen sich auf verschiedene Art nutzen.«

»Auf welche, zum Beispiel?«, fragte Darek und ganz plötzlich schoss es ihm durch den Kopf. Er wusste bereits, was der Vater antworten würde.

»Zum Beispiel für Pferde.«

Dareks Herz begann schneller zu schlagen. Gerade eben hatte er Angst davor gehabt, von Vaters Neuigkeit womöglich enttäuscht zu sein. Jetzt musste er zugeben, dass er ihm unrecht getan hatte. Pferde, das war ja ein Ding!

»Meinst du das ernst?«, stieß er aus. »Woher nehmen wir das Geld dafür?«

Vater suchte einen flachen Stein aus und setzte sich. Ema schüttete sofort die gepflückten Blumen in seinen Schoß.

»Anton hat mir angeboten, sein Geschäftspartner zu werden.«

»Würdet ihr eine gemeinsame Firma haben?«, fragte Darek und setzte sich neben ihn. »Wollt ihr hier eine Reithalle bauen?«

»Das gerade nicht.«

»Eine Pferdezuchtfarm?«

»Eher etwas wie … wie …« Der Vater suchte nach einem passenden Ausdruck. Er fand ihn nicht, also versuchte er es über einen Umweg: »Erinnerst du dich noch, wie ich die Truhe für Frau Bulisova restauriert habe?«

»Klar – ich hab dir doch dabei geholfen«, antwortete Darek. In seinem Gedächtnis hatte sich diese gemeinsame Arbeit bis ins kleinste Detail festgesetzt. Es war eine alte Truhe aus Zwetschgenholz gewesen, noch immer schön, aber vom Zahn der Zeit und vom Holzwurm angenagt. Vater und Darek hatten mehrere Abende am Kachelofen gesessen, hatten Bretter und Latten gesägt, gehobelt, geleimt, poliert und Vater hatte neue Intarsien eingelegt. Die grobe Arbeit hatten sie eigentlich in der Werkstatt hinter der Küche gemacht, doch Darek erinnerte sich so gern an die gemeinsamen Abende im Wohnzimmer, dass er die Geschichte dorthin versetzte. Dies tat er oft: Er veränderte in seinem Gedächtnis den Ort und den Verlauf der Ereignisse, wie es ihm passte. Er wusste, dass es Betrug war, weil er den Geschehnissen eine Bedeutung verlieh, die sie nicht gehabt hatten, aber das war ihm egal. Die Vergangenheit existierte nicht mehr, es gab sie nur in der Erinnerung und jeder durfte damit umgehen, wie er wollte. Wie es für ihn gut war.

»Solange die Truhe kaputt war, hätte man dafür keinen Heller bekommen«, sagte der Vater. »Aber wir haben sie so restauriert, dass sie im Bruntaler Schloss ausgestellt werden könnte.«

Darek nickte.

»Sie steht bei den Bulis im Esszimmer«, sagte er. Das erinnerte ihn an Hanka und ihren Stromkreis. Er schielte zur Uhr an Vaters Handgelenk. Sie zeigte kurz vor halb vier.

»Und dasselbe machen wir mit den Pferden«, erklärte Vater.

Darek lachte auf. »Wir werden sie restaurieren?«

»Eine Menge Leute wollen für ein paar Piepen kranke, verwahrloste oder einfach nur alte Tiere loswerden. Sie wollen sich nicht mehr um sie kümmern. Wir kaufen sie, päppeln sie auf und …« Er verstummte.

Darek wartete, aber der Vater war in Gedanken und er hatte keine Eile, seinen Satz zu Ende zu bringen.

»… und?«, half Darek nach. »Was machen wir mit den Pferden dann?«

»Dann verkaufen wir sie übers Internet oder direkt bei einer Auktion.«

Ema hatte schon vor einer Weile aufgehört, Blumen zu pflücken, jetzt kniete sie im Gras nieder und hörte zu.

»Was heißt Augention?«, fragte sie.

»Eine Auktion ist eine Versteigerung. So etwas wie eine Ausstellung, wo sich jeder anschaut, was du anbietest. Du verkaufst dann an den, der am meisten bezahlt«, erklärte Vater.

»Wie viel ist am meisten?«, fragte Ema.

»Es kommt darauf an, für welches Pferd.«

»Für ein weißes.«

»Die Farbe ist nicht das Wichtigste.«

»Was ist das Wichtigste?«

»Mehrere Dinge.« Darek spürte, dass die Befragung den Vater nervös machte. Wahrscheinlich deswegen, weil er von Auktionen, Ausstellungen und der Welt der Pferde keinen blassen Schimmer hatte. Er antwortete zögerlich. Und umso eifriger widmete er sich dem Blumenkränzchen. »Man bewertet alles: das Aussehen, die Rasse, Gesundheit, das Alter, die Konstitution …«

»Was ist das?«

»Der Körperbau. Jedes Pferd hat andere Beine, eine andere Halsform, ein anderes Maul … so wie wir Menschen.«

Ema lachte vergnügt. Sie kroch auf den Knien zu Darek und legte ihre von der Löwenzahnmilch klebrigen Hände an seine Wangen.

»Öffne dein Maul«, forderte sie ihn heiter auf.

»Lass das!« Darek wich mit dem Kopf zur Seite und sah den Vater an. »Wie kannst du denn Pferde verkaufen, wenn du dich damit nicht auskennst? Wirst du es lernen?«

»Etwas lerne ich ganz bestimmt«, antwortete Vater. »Vor allem kann ich mich aber auf Anton verlassen. Der arbeitet mit Pferden seit jeher. Er kennt sich aus, hat viele Kontakte hier und noch mehr in Polen. Mit Anton an der Seite bin ich zuversichtlich, der hat nämlich ziemlich viel Grips im Kopf.«

Vor Dareks Augen tauchte der teure BMW mit Ledersitzen auf. Wenn Anton nicht viel Grips im Kopf hätte, hätte er sich sicherlich nicht eine solche Kutsche leisten können.

»Ich baue die Scheune zum Stall um«, fuhr der Vater fort. »Da passen sechs oder sogar acht Boxen rein. Aber ich will die Pferde hauptsächlich draußen weiden lassen.«

»Sag mal, was genau werden wir tun?«, fragte Darek. Er konnte mit dem neuen Projekt immer noch nicht viel anfangen. Welche Arbeit wartete auf sie? Würden sie Pfleger, Züchter oder so etwas wie Cowboys werden?

»Erst einmal zäunen wir ein Stück Wiese ein, wo wir sie drauflassen. Für den Anfang habe ich an diesen Zipfel gedacht.«

»Wie viele Pferde sollen es sein?«

»Acht oder neun. Mal sehen, vielleicht werden wir sie aufteilen müssen, damit sie sich nicht gegenseitig verletzen. Wenn sie das Gras hier abgeweidet haben, lassen wir sie ein Stück weiter.«

»Und was ist im Winter? Womit werden wir sie dann füttern? Sie fressen bestimmt zentnerweise Hafer …«

»Eins nach dem anderen. Bis dahin haben wir genug Zeit«, unterbrach Vater die Fragerei. »Hast du etwas zum Schreiben mit?«

Darek holte einen Stift und sein altes Heft mit der Aufschrift ***Vorbereitung fürs Gymnasium*** aus der Tasche. Die meisten Seiten waren unbeschrieben. Kurz nachdem er das Heft gekauft hatte, erkrankte die Mutter und die Vorbereitung für die Aufnahmeprüfung machte keinen Sinn mehr.

»Miss die Entfernung von diesem Stein bis zu der hohen Birke«, sagte Vater und reichte Darek eine aufgerollte Schnur zum Messen. Er selber klappte das Heft auf, legte es auf die Knie und fing an zu schreiben.

Darek lief auf die Birke am Rand der Wiese zu. Beim Laufen spulte er die Schnur ab. Er fühlte sich glücklich. Endlich geschah etwas! Endlich war der Vater so wie früher. Ganz wie früher natürlich nicht, aber er war nicht mehr so verschlossen. Sein Gesicht verriet Interesse, etwas, das er in den letzten Monaten verloren zu haben schien. Er lachte mit Ema, flocht ein Kränzchen für sie, blickte lebhaft umher. Man konnte sehen, dass er seine Umwelt wahrnahm und wieder Kontakt zu ihr suchte. Der gläserne Blick, das lange Schweigen und die heruntergezogenen Mundwinkel waren weg. Er pfiff sogar leise vor sich hin, was immer höchste Zufriedenheit andeutete. »Papa pfeift wieder, es sieht nach gut Wetter aus«, pflegte Mutter zu sagen und zwinkerte Darek zu. Beide wussten aus Erfahrung, dass Vaters gute Laune meist in einen Ausflug, einer Runde Monopoly, einen Aquapark-Besuch oder in einen anderen Familienspaß münden würde.

»Hundertvierundzwanzig und etwas!«, rief Darek. »Fast hundertfünfundzwanzig Meter!«

»Das bedeutet mindestens zwanzig Pfähle und auf der gegenüberliegenden Seite noch mal so viel. Jetzt messen wir die längere Seite – von hier bis zum Weg!«

Während sie auf der Wiese herumgingen und Vater die gemessenen Ergebnisse notierte, stellte sich Darek vor, wie es wohl mit den Pferden sein würde. Bevor Herr Havlik sein Bein verlor, setzte er Darek ein paarmal auf den Pferderücken und ließ ihn im Hof umherreiten. Das gefiel ihm, wobei er aber auch ein bisschen Angst hatte. Darek spürte schon das Schaukeln des warmen Tierkörpers, die Muskelbewegungen und die raue Mähne unter seinen Fingern, er stellte sich die Pferdeohren vor und wurde ganz aufgeregt. Pferde waren schön, aber auch groß und unberechenbar. Würde Darek es lernen, mit ihnen umzugehen? Auf ihn kamen jede Menge neue Pflichten zu, das war klar – der Vater würde ihn einspannen. Zugleich würde aber Dareks Ruf im Dorf steigen. Die Jungs würden ihn anflehen, die Pferde striegeln und verpflegen zu dürfen, um zur Belohnung einen kleinen Ausritt machen zu können. Hugo würde sich zwar bestimmt nicht zum Anflehen herablassen, aber zumindest würde ihn der Neid zerfressen. Und Mischa und Hanka … Das Geläut der Kirchenglocke riss Darek aus seinen Überlegungen.

»Ich muss gehen!«, rief er dem Vater zu. »Ich hab was vergessen!«

Von hier aus konnte man nur das Dach und die hintere Mauer des Bauernhofs sehen, aber Darek wettete darauf, dass Hanka bereits vor der Tür stand. Sie war stets pünktlich.

»Was hast du denn vergessen?«, fragte der Vater.

»Ich habe versprochen, einen Schaltkreis zu bauen.« Er hoffte, dass sich der Vater mit dieser unvollständigen Antwort zufriedengab. Doch er hoffte vergeblich.

»Für die Schule?«

»Für Hanka.«

»Hanka Bulisova?« Es war eine unnötige Frage, denn es wohnte keine andere Hanka als die Hanka der Familie Bulis in der Nähe. Vater verstand, denn er wollte gleich darauf wissen: »Warum hilft Mischa ihr nicht?«

Darek zuckte die Achseln und reichte dem Vater die Maßschnur.

»Soll ich Ema mitnehmen?«

Vater schaute unschlüssig zu Ema hinüber. Er nahm sie nur ungern zu den Bienenstöcken mit. Sie war tollpatschig, passte nicht auf, wohin sie trat. Sie fasste alles an und war schon öfters gestochen worden.

»Ich komme nicht mit, ich will bei Papa bleiben.« Sie setzte sich das Löwenzahnkränzchen auf und nahm Vater bei der Hand. »Machen wir einen Blumenstrauß für Mama?«

Sie sagte es so unvermittelt, dass Vater stockte. Er blinzelte ein paarmal, als ob ihn eine plötzliche Erinnerung eingeholt hätte, dann nickte er schweigend. Darek empfand Erleichterung. Emas Anwesenheit war für ihn nicht mehr wegzudenken. Sie begleitete ihn überallhin und machte alles mit, sodass er sie manchmal gar nicht mehr wahrnahm. Doch wenn er sie mal für eine Weile loswurde, war es herrlich. In solchen Momenten durchdrang ihn ein so starkes Freiheitsgefühl wie am ersten Ferientag.

»Ich bin dann mal weg.«

»Wehe, du bringst die Werkstatt durcheinander!«

Darek lief los. Er wusste nicht warum, aber er erhoffte sich etwas von diesem Treffen. Ob Hanka sich ebenfalls etwas erhoffte? Natürlich abgesehen von einem funktionierenden Schaltkreis! Während er bergab rannte, kehrten seine Gedanken immer wieder zur Vaters Frage zurück. Warum bat Hanka nicht Mischa, ihr zu helfen? Er war doch ihr Bruder, war zuvorkommend und in mancher Hinsicht sogar geschickter als Darek. Er baute ununterbrochen Modellflugzeuge und im Keller hatte er eine imposante Eisenbahn mit mehreren Zuggarnituren, Bahnhöfen und Signalampeln installiert. Vielleicht hatte sein Vater ihm ein wenig geholfen, aber der war eigentlich ständig unterwegs und auf Dienstreisen. Mischa musste den wesentlichen Teil der Arbeit allein gemacht haben. Und jetzt, da seine Schwester einen popeligen Schaltkreis bauen musste, war auf einmal Dareks Hilfe gefragt? Er wusste nicht, was er davon halten sollte, aber unangenehm war es ihm nicht.

»Bin schon da!«, rief er, als er das Fahrrad von Hanka in der Einfahrt erblickte. Im Laufen wischte er noch schnell die kleben gebliebenen Grashalme von seinem T-Shirt herunter. Das Haar ließ er vorerst noch über der Stirn flattern. Wenn er unten am Fuße des Hügels war, würde er es sich in die Augen streichen.

***

Hanka – die erste Begegnung. Es ist die überraschende Feststellung, dass Mischa eine Schwester hat. Ich stehe vor dem Weihnachtsbaum in ihrem Esszimmer, Frau Bulisova stellt Tassen auf den Tisch, bringt Tee.

»Mischa kommt gleich. Möchtest du eine Schokoladenfigur?«, fragt sie mich.

Ich nicke.
»Such dir eine aus.«
Ich bin sechs, geniere mich. Bei Bulis zu Hause bin ich nur selten und jedes Mal ziere ich mich. Ihr Haus ist so schön. Auch der Weihnachtsbaum ist prachtvoll geschmückt, mit einem elektrischen Goldstern auf der Spitze und mit Kunstschnee bespritzten Blättern. An den Zweigen baumeln unzählige Schokoladenfiguren und ich bin ratlos, welche ich mir aussuchen soll. Auf einmal stürmt Hanka ins Zimmer. Sie muss uns von draußen gehört haben.
»Das Christkind schmeckt am besten«, sagt sie und pflückt eifrig kleine, mollige Christkindfiguren vom Baum. An den Zweigen bleiben Bändchen mit kleinen Fetzen der Stanniolhülle hängen und der ganze Baum bebt.
»Hanka, Schatz, pass doch auf«, ermahnt Frau Bulisova sie mit sanfter Stimme.
»Da, nimm!« Hanka schüttet die abgerissenen Figuren in meine Hände. Einige fallen zwischen meinen Fingern hindurch. Ich bücke mich, um sie aufzuheben, es fallen weitere. Hanka geht in die Hocke und hilft mir, sie aufzusammeln.
»Ich heiße Darek«, stelle ich mich vor. (Eine fast genauso wichtige Anweisung wie *»Vergiss nicht, anständig zu grüßen.«*) »Darek Lysko.«
»Weiß ich. Ich kenne dich, du bist mit meinem Bruder befreundet«, sagt sie und beobachtet mich nachdenklich. »Vielleicht könntest du auch mein Freund sein.«
Ich mustere sie verlegen von der Seite. Sie sagt, sie kennt mich, aber ich habe ihre Existenz bis heute nicht so richtig zur Kenntnis genommen. Ich habe immer nur mit Mischa gespielt – wir brauchten sonst niemanden zum Spielen.
»Ich bin älter«, betont Hanka. Das ist offenbar von höchster Wichtigkeit für sie. »Viel älter! Ich bin schon sieben und zwei Monate. Und du?«
»Sechs«, antworte ich leise, beschämt. Um ihrem Blick auszuweichen, wickele ich ein Christkind aus und beiße ihm den Kopf ab.
»Sechs ist okay«, sagt Hanka wohlwollend. »Ich konnte mit sechs schon lesen. Kannst du lesen?«

»Ein bisschen.«
»Wenn du in der Schule etwas nicht verstehst, dann sag es mir. Ich erkläre es dir.«
Ich weiß nicht, ob ich mich von ihrem freundlichen Angebot beleidigt oder geschmeichelt fühlen soll. Schließlich entscheide ich mich für die zweite Möglichkeit.
»Kannst du das hier lesen?«, frage ich und zeige auf die winzigen Buchstaben auf der Stanniolhülle.
Hanka beugt sich darüber. »Hergestellt von Opavia GmbH«, liest sie. »Dort arbeitet mein Vater.«
»Er macht Schokolade?«, frage ich überrascht, denn Mischa hat diese höchst spannende Tatsache nie erwähnt. Wenn ich jedoch im Nachhinein darüber nachdenke, fällt mir ein, dass er immer etwas zum Naschen bei sich trug.
»Er macht keine Schokolade, er ist Manager.«
»Ach so!« Ich versuche, mir nicht anmerken zu lassen, dass ich keine Ahnung habe, was das Wort bedeutet. Hanka schaut mich forschend an. Sie kann offensichtlich nicht nur Buchstaben, sondern auch Gedanken lesen.
»Weißt du, was ein Manager ist?«
Ich schüttele den Kopf.
»Warum fragst du mich dann nicht?«
Ich schweige. Sie ist so groß, so ungehemmt! Ihre Selbstsicherheit nimmt mir den Rest meines eigenen Selbstvertrauens.
»Manager heißt eigentlich Direktor«, klärt sie mich auf. »Es ist nicht ganz, aber fast das Gleiche.«
Mir geht ein Licht auf: »Deswegen habt ihr so viele Christkindfiguren!«
»Wir bekommen sie mit Rabatt.« Hanka neigt sich zu mir herüber und flüstert, damit ihre Mutter sie nicht hören kann: »Manche laufen mir nur wegen Süßigkeiten nach! Aber auf solche Blödmänner stehe ich nicht.«
»Ich auch nicht«, stimme ich ihr zu, weil mir nichts Besseres einfällt.
»*Mein* Freund muss Mut haben«, verkündet Hanka entschieden und ihr Blick bohrt sich so tief in mich hinein, dass ich mich an einem

Stück Schokolade verschlucke. Dann geht sie und lässt mich allein zurück. Ganz rot und halb erstickt von der Christkindfigur überlege ich, ob ich eine Chance habe, Hankas Freund zu werden.

***

In der Werkstatt kroch eine Spinne die Wand entlang. Vor dem Kalender blieb sie stehen und zögerte, ob sie eine Abkürzung oder den Weg um den Kalender herum nehmen sollte. Schließlich krabbelte sie auf das April-Blatt mit dem Bild eines Bulldozers. Das war ein Fehler, denn sie lief geradewegs in das Glas, das Hanka sich im nächsten Augenblick samt dem Kalender als Deckel vor die Augen hielt.

»Eine Kreuzspinne«, sagte sie, »eine ganz speckige.«

»Schmeiß sie aus dem Fenster.«

»Ich überlege, ob ich sie nicht töten soll. Weiß du, wie vielen Fliegen ich damit das Leben retten würde?«

»Nur, dass Fliegen kein Glück bringen«, bemerkte Darek und schloss ein Ende des Drahtes an die Batterie ein. »Spinnen schon. Deswegen haben sie acht Beine – um es umhertragen zu können.«

»Kannst du es beweisen?«

»Reicht meine Behauptung nicht aus?«, fragte er.

»Jede Behauptung braucht einen Beweis.«

»Dann nimm die Spinne mit nach Hause. Ich schenke sie dir.«

»Was soll ich denn mit ihr anfangen?«

»Halt sie warm, zu füttern brauchst du sie nicht. Lass sie frei herumlaufen, im Keller, auf dem Dachboden oder in der Küche …«

»Bäh!« Hanka schüttelte sich vor Ekel.

»… und sie bringt dir tonnenweise Glück, du wirst sehen«, beendete er seinen improvisierten Vortrag und war froh, gerade noch die Kurve gekriegt zu haben. Gespräche mit Hanka waren nicht einfach. Sie beschäftigte sich ernsthaft mit Dareks spontan geäußerten Gedanken, stellte seine Antworten infrage und hatte für jede Behauptung einen Gegenbeweis. Es war ihm unmöglich, mit ihr so ausgelassen zu quatschen und zu lachen wie mit Mischa. Er musste

dauernd daran denken, dass sie älter war und aufs Gymnasium ging, wo sie bestimmt vielen interessanten Menschen begegnete.
»Lauf ruhig weg, ich habe genug Glück, auch ohne deine acht Beine!«, sagte sie zum Abschied zu der Spinne und beförderte sie zum Fenster hinaus. Dann hängte sie den Kalender wieder auf, wobei ihr Blick kurz den Bulldozer streifte. Sie hob das Blatt hoch und schaute sich das nächste an. Darauf war ein Tunnelschild abgebildet. ***Schlesischer Berg- und Maschinenbaubetrieb – Ihr Partner für die Zukunft,*** stand darunter.
»Wie läuft's bei deinem Vater?«, fragte Hanka. »Hat er Arbeit gefunden?«
Darek schüttelte den Kopf.
»Wann wurde er eigentlich entlassen?«
»Er wurde nicht entlassen. Wenn die Aufträge kommen, wird er wieder arbeiten. Vielleicht schon morgen«, antwortete er in einem schärferen Ton, als er gewollt hatte. Es war ihm nicht klar, warum, aber immer wenn er über die berufliche Situation seines Vaters und damit indirekt über die finanzielle Lage der Familie ausgefragt wurde, stellte er sie rosiger dar, als sie war. Er brauchte kein Mitleid, schon gar nicht von Hanka. Von Hanka wollte er respektiert werden.
»Hol mir mal eine kleine Glühbirne«, sagte er, während er einen alten Schalter auf einem Brett festschraubte. »Am besten, du nimmst sie aus der Taschenlampe.«
»Und wo finde ich die Taschenlampe?«
»Sie muss irgendwo im Regal liegen.«
Hanka fing an, in den Schubladen und Kisten zu wühlen. Darek beobachtete sie aus den Augenwinkeln. Im Herbst war sie noch größer als er gewesen, aber in den letzten Monaten hatte er aufgeholt. Hoffentlich merkte sie es. Sie nahm wohl auch Notiz von seinem kräftigen Adamsapfel und seiner günstig veränderten Stimme, die schon genauso tief wie die von Vater war, sodass sie häufig am Telefon verwechselt wurden. Doch die wesentlichste Verwandlung hatte sich bei ihm im Intimbereich abgespielt und nur Darek allein wusste davon. Er wurde männlicher. Er war *unten* gewachsen und

das erfüllte ihn mit noch größerem Stolz als seine tiefe Stimme oder der markante Adamsapfel. Er brauchte damit nicht herumzuprahlen wie einige seiner Mitschüler, aber es verstärkte sein Selbstbewusstsein. Hin und wieder ertappte er sich dabei, durch die verborgene Reife ein Gefühl von Überlegenheit zu spüren und bei Auseinandersetzungen toleranter als früher vorzugehen – er hatte es nicht mehr nötig, sich etwas zu beweisen. Die einzige Ausnahme waren die Schlägereien mit Hugo. In diesem Punkt blieb alles beim Alten. Sie gingen sich bei jeder Gelegenheit erbarmungslos an den Kragen und ein Ende war nicht abzusehen.

»Die leuchtet nicht.« Hanka hatte die Taschenlampe auseinandergeschraubt, sie nahm die Glühbirne heraus und untersuchte sie im Gegenlicht. »Ich glaube, sie ist kaputt.«

»Gibt es da keine andere?«

Hanka machte sich wieder auf die Suche, während Dareks Blick nachdenklich über die Werkstatt wanderte. Wer sagte denn, dass der Stromkreis eine Lichtquelle enthalten musste? Unter der Werkbank stand eine Schachtel voll ausgedientem Spielzeug. Die meisten Sachen waren zerbrochen oder es fehlten Teile. Darek hockte sich hin und holte eine alte Plastikmuschel heraus, die er bei einer Werbetombola im Kaufhaus Breda gewonnen hatte. Er erinnerte sich, dass die Muschel schmetternd *Happy birthday* gesungen hatte – immer wieder, in einem fort. Dann war die Batterie leer und die Muschel landete in der Schachtel mit anderem alten Kram. Jetzt konnte man sie wieder gebrauchen. Darek nahm sie auseinander, untersuchte das Innenleben und schloss Drähte an die Kontakte an.

»*Happy birthday to you!*«, brüllte die Muschel ihren Glückwunsch. Hanka, die gerade eine Blechdose durchsuchte, ließ sie vor Schreck fallen. Aus der Dose kroch eine weitere Spinne heraus. Ohne nachzudenken, hob Hanka den Fuß und trat auf sie.

»Ups, Verzeihung!«, entschuldigte sie sich bei Darek. »Eine automatische Reaktion, die ich nicht steuern konnte.«

Er zuckte mit den Achseln.

»Du trampelst auf deinem Glück herum.«

»Ich habe dir doch gesagt, dass ich genug davon habe.«

Hanka kam näher und sah strahlend die singende Muschel an. Sie drückte auf den Schalter, die Muschel verstummte mitten im Wort. Sie drückte noch einmal, die Muschel brüllte aufs Neue. Hanka sprang Darek begeistert an den Hals.
»Danke, danke, danke!«
»Gern geschehen.«
»Mit Sicherheit habe ich den originellsten Schaltkreis der ganzen Klasse! Ich kriege eine Eins!«, freute sie sich. Sie korrigierte sich jedoch sofort: »Ich meine, wir kriegen. Haben wir nicht gemeinsam daran gearbeitet?«
Darek nickte zerstreut. Er war unfähig, etwas anderes als ihre Arme wahrzunehmen. Sie schlangen sich um seinen Hals und er hoffte, diese Umarmung würde möglichst lange andauern. Er kam sich vor, als wäre er mit Hanka gemeinsam in einen Schal gewickelt. Sie roch angenehm nach etwas, das er kannte, aber im Moment nicht zu identifizieren vermochte. Eigentlich war die Situation nicht neu für ihn, er hatte sie sich oft vor dem Einschlafen ausgemalt. Nicht exakt so wie jetzt, seine Vorstellungskraft hatte sie in allen möglichen Varianten angeboten, aber etwas war immer gleich geblieben: der enge Körperkontakt zwischen ihnen beiden.
»Darf ich es also mitnehmen?«, fragte Hanka und löste gleichzeitig ihre Umarmung. Sie wich einen Schritt zurück und nahm ihren Duft mit.
»Nein, darfst du nicht«, sagte er ironisch, um seine Enttäuschung zu überspielen. Er begriff, dass er eine Chance verpasst hatte. Er hätte etwas tun sollen, ihr einen Kuss geben oder es zumindest versuchen. Höchstwahrscheinlich wäre sie nicht empört gewesen. Vielleicht hatte sie sogar darauf gewartet. Jedenfalls war es jetzt zu spät dafür. Er schob ihr die Unterlage mit dem Schaltkreis hin und fing an, das Werkzeug und die abgezwickten Drahtreste, die auf dem Boden verstreut waren, aufzuräumen.
»Darek?«
Er blickte hoch. Hanka sah ihn mit funkelnden Augen an.
»Ihr kommt doch hier ins Netz, oder?«
Er nickte, als ob das die selbstverständlichste Sache der Welt sei. In

Wirklichkeit gab es heftige Diskussionen zwischen Vater und ihm zu diesem Thema. Für Darek war der Anschluss ein absolutes Muss, aber der Vater sah das nicht ein.
»Wozu soll das gut sein?«, fragte er. »Dieser ganze Kram zockt einem nur die Kohle ab!«
Seit seiner Lohnkürzung reduzierte er die Haushaltskosten, wo es nur ging. Das Auto benutzte er selten, alle Glühbirnen hatte er durch Energiesparlampen ersetzt, Zeitschriften gestrichen, die Zeitung nur samstags wegen der Stellenanzeigen gekauft, den Fernseher abgemeldet. Ihn auf sein kaputtes Handy anzusprechen, traute sich Darek erst recht nicht. Vater besaß zwar selbst ein Handy und hatte es früher auch ganz normal benutzt, doch in letzter Zeit lud er seine Karte nicht mehr auf und drosselte sogar das Telefonieren aus dem Festnetz aufs Minimum. Er sparte bei allem – nur auf Alkohol, meistens den billigsten, konnte er nicht verzichten. Er kam sonst mit seinen Trauerausbrüchen nicht klar, die ihn überfielen und die er hartnäckig herunterzuspülen versuchte.
Wenn Vater trank, ging ihm Darek aus dem Weg. Er wartete jedes Mal, bis Ema eingeschlafen war, kroch in die Flurecke oberhalb der Treppe, wo sich der Computer befand, und für zwei Stunden, manchmal auch für noch länger, tauchte er in die gefährliche Welt von Starship Ranger, kämpfte gegen das Böse im Universum oder herrschte in Lost Kingdoms. Ein anderes Mal spielte er Meisterliga, klicke sich durch Lieder und Spots auf Youtube und surfte ziellos im Netz. Wenn er dann todmüde und mit geröteten Augen ins Bett kroch, hatte er ein schlechtes Gewissen. Er wusste, dass seine Mutter eine solche Zeitverschwendung nie geduldet hätte. Aber sie war nicht mehr da und niemand anders interessierte sich dafür, wie Darek seine Abende gestaltete. Was den Vater anging, seine Einwände hatte er bis jetzt immer widerlegen können. Besonders nachdem Darek für ihn im Netz einen zwar befristeten, aber anständig bezahlten Job auf dem Bau gefunden hatte – der diente ihm seitdem als Argument für die Nützlichkeit des Anschlusses. Heute kam unerwartet ein weiteres dazu: Pferdemarkt und Versteigerungen.

»Ich habe dich bei Facebook gesucht«, sagte Hanka, »aber da bist du nicht.«
Darek setzte eine schuldbewusste Miene auf. »Mist, du hast meinen Charakterfehler aufgedeckt! Und ich habe gehofft, du kommst nicht dahinter.«
»Hör auf, über Facebook kann man alles Mögliche machen.«
»Klar, zum Beispiel einen Schaltkreis bauen.«
»Haha«, belohnte sie seinen Humorversuch. »Wenn du nicht bei Facebook bist, dann kennt dich keiner. Es ist, als wenn du nicht existierst. Über Facebook kannst du deine Meinung äußern, du kommst mit einer Menge von interessanten Leuten in Kontakt, kannst ihre Fotos anschauen, Videos … Hast du noch Zeit? Ich zeig dir etwas.«
Darek schaute durchs Fenster. Noch war der Vater nicht zurück. Bis zu den Bienenstöcken konnte er von hier aus zwar nicht sehen, aber auf dem Weg am Hang war niemand.
»Dann komm mit.« Er führte Hanka die Treppe hinauf und dabei wurde ihm bewusst, dass er sie zum ersten Mal mit auf sein Zimmer nahm. Bisher war sie nur unten im Flur oder höchstens in der Küche gewesen Es kam ihm vor, als würde er jetzt ein Stück seiner Privatsphäre preisgeben. Er schaltete den Computer ein und während dieser hochfuhr, räumte Darek eilig die herumliegenden Spiele-CDs weg, damit Hanka sie nicht sah. Vielleicht fand sie ihn ja kindisch. Zum Glück achtete sie gar nicht darauf und schaute sich neugierig das Obergeschoss an.
»Gemütlich«, sagte sie. »Total romantisch!«
Darek zuckte verlegen die Schultern. Falls *gemütlich* alte Holzbalken und *romantisch* Zwielicht bedeutete, dann hatte sie recht. Das Obergeschoss war unter der Dachschräge eingequetscht, auf Gang und Treppe fiel durch kleine Fenster Licht. Zu Zeiten der Urgroßeltern gab es hier einen Speicher, in der Epoche des Aufbaus des Kommunismus hatten die Genossenschaftsbauern zwei Büros unter dem Dach aufgebaut. Eines hatte der Vater nach der Hochzeit in ein Schlafzimmer verwandelt, das zweite wurde Darek zuteil. Später hatte man ein Stück davon für Ema abgetrennt.

»Wo ist dein Zimmer?«, fragte Hanka. »Kann ich es sehen?«

»Wenn du willst«, antwortete er gleichgültig, in Wirklichkeit aber war er froh, Hanka vorführen zu können, wie es bei ihm aussah. Er hatte sein Zimmer allein eingerichtet, ohne fremde Hilfe hatte er Wände gestrichen und Dielen lackiert und aus einem alten Webstuhl ein Bücherregal gemacht. Es Hanka zu zeigen, war fast besser, als ihr etwas über sich zu erzählen. Er öffnete die Tür und ließ sie eintreten.

»Immer noch romantisch?«, fragte er und nickte Richtung Fenster, hinter dem der zerfallene Kuhstall mit der Aufschrift FORTSCHRITT zu sehen war. Hanka würdigte den Stall nur eines kurzen Blickes. Etwas anderes fesselte ihre Aufmerksamkeit.

»Das ist deine Mutter, oder?« Sie trat an das Foto über dem Schreibtisch und besah es sich aus nächster Nähe. Es war ein Schnappschuss aus seiner Kindheit. In einem viel zu engen T-Shirt und einer gestreiften Hose saß er auf Mutters Schoß und sah wie Obelix aus. Seine krapfenartigen Backen strahlten vor Zufriedenheit und sein Haar, glatt nach hinten gekämmt, ließ die sowieso dominante Stirn noch deutlicher hervortreten. Vater hatte das Bild eingerahmt und aufgehängt. Darek ließ es an der Wand, um dem Vater eine Freude zu machen. Mutter trug auf dem Foto ein Hemd und eine Jeans, was ihm überhaupt nicht gefiel. Er mochte sie lieber in Erinnerungen, in denen sie ein Kleid anhatte, am besten das blaue.

»Sie war unglaublich schön«, bemerkte Hanka, den Blick immer noch auf das Bild geheftet.

»Das war sie«, stimmte Darek zu.

»Wie ist sie eigentlich …?« Hanka ließ den Satz unvollendet, aber Darek wusste, was sie meinte.

»An Leukämie«, sagte er. Es klang seltsam. Magisch. Als ob sich hinter dem Wort keine Krankheit versteckte, sondern ein Wesen aus einem Fantasyroman.

»Die Nase und das Kinn hast du von ihr, weißt du das? Aber die Stirn …«

Hanka zog die Mundwinkel nach oben. Ihr Lächeln verdarb ihm die Laune. Er kannte seine Stirn nur zu gut, brauchte dazu keine Kommentare. Natürlich war sie gigantisch. Furchtbar hoch und darüber hinaus noch kastenförmig. Er kaschierte das durch sein nach vorne gekämmtes Haar, aber das half nicht lange. Das Haar verselbstständigte sich jedes Mal, flatterte wild und machte auf die Stirn bereits aus der Ferne aufmerksam. Sie sah wie eine Schultafel aus, mühelos würde der ganze Text der Nationalhymne draufpassen. Und wenn man klein und eng schrieb, dann vielleicht sogar eine ganze Ballade wie der *Erlkönig*.

»Okey-dokey? Wurde mein Zimmer abgenommen?«, fragte er, um weitere Überlegungen zu seinem Schädelbau zu stoppen.

Hanka schaute sich nochmals im Zimmer um. »Eine perfekte Bleibe«, sagte sie anerkennend. Sie rückte mechanisch den Lampenschirm gerade, grinste den verschwitzten Ronaldinho auf dem Poster an, hob das Etui mit der Mundharmonika auf. Es war mit einer Schnur umwickelt. Darek streckte den Arm danach aus, aber zu spät – Hanka untersuchte schon die Schnur.

»Lernst du Knoten?«, fragte sie. »Das ist der Schlick, oder? Und das ist der Bulin, den haben wir bei den Pfadfindern gelernt. Kannst du den Franziskanerknoten?«

Darek nickte, schüttelte aber sogleich den Kopf. Er zögerte mit der Antwort. Dass die Knoten keine Pfadfinderübung waren, sondern jeder von ihnen eine unverwechselbare Bedeutung hatte, das wussten nur er und seine Mutter. Er hatte den Knoten sogar Namen gegeben. Der erste, älteste hieß *Ema, die Unvollendete*. Er war so fest zugezogen, dass er sich nicht mehr lösen ließ. Den widerlichen Knoten an dem einen Ende nannte er *Hugo Scheißschlappschwanz*. Er hatte ihn weit weg von den anderen gebunden und betrachtete ihn mit Abscheu, aber aus dem Gedächtnis konnte er ihn nicht löschen. Der vielfache Knoten in der Mitte gehörte dem Vater. Es war unmöglich, ihn zu übersehen, aber er ließ sich nicht so einfach benennen. Wenn Darek mit seinen Fingern darüberstrich, konnte er die einzelnen Windungen kaum voneinander unterscheiden. Er war ein komplizierter und unlesbarer Knoten. In der Schnur gab es noch weitere Knoten verschiedener Art und Größe, manche fest und beständig, andere locker, damit man sie losbinden konnte, wenn ihre Zeit vorbei war.

Hankas Aufmerksamkeit verlagerte sich von den Knoten auf die Mundharmonika. Sie hob sie an die Lippen und entlockte ihr einige schwankende Töne.
»Kannst du spielen?«, fragte sie Darek.
»Ganz wenig«, antwortete er. Hanka reichte ihm das Instrument mit einer aufmunternden Geste. Darek spürte, wie ihm die Röte ins Gesicht stieg. Opa hatte sie ihm zum Geburtstag geschenkt und Darek hatte sich an den langen Winternachmittagen ein paar Lieder beigebracht, aber immer nur für sich selbst. Höchstens Ema hatte er sie vorgespielt. Ihm fehlte das Selbstbewusstsein, vor einem Publikum aufzutreten.
»Vielleicht ein anderes Mal«, sagte er.
»Warum?«
»Ich hab jetzt keine Lust«, redete er sich heraus, legte die Mundharmonika wieder ins Etui und wickelte die Schnur darum.
»Was wolltest du mir denn zeigen?«
Hanka ging zurück auf den Flur.
»Wenn du dich bei Facebook registrierst, können wir viel mehr in Kontakt sein«, sagte sie.
Darek fand, dass das völliger Schwachsinn war. Im engsten Kontakt waren sie, wenn sie ganz nah beieinanderstanden, sich anschauten und – wie vorhin – sich Hankas Arme um seinen Hals schlangen. Aber sie hatte vielleicht etwas anderes gemeint, was er nicht verstand, sodass er sich lieber seine Einwände verkniff.
Sie setzte sich an den Computer und ihre Finger flogen über die Tastatur.
»Kannst du mit geschlossenen Augen tippen?«, fragte Darek.
»Schon möglich, ich habe es nie probiert. Eigentlich experimentiere ich in anderen Bereichen.«
»In welchen?«
»Ich fotografiere und es macht mir Spaß, die Bilder weiterzubearbeiten. Ich erstelle auch Collagen. Auf Facebook habe ich eine kleine Galerie angelegt. Ich bin gespannt, was du dazu sagst. Warte, wir sind gleich da … Guck mal!«
Der Monitorhintergrund wurde erst dunkel, nachher wässrig blass,

schließlich erschienen darauf konzentrische Kreise, die nach außen wanderten. In der Mitte tauchte ein Mädchenkopf auf. Man konnte kein Gesicht sehen, nur den Nacken und das Haar – halb schwarz, halb blond. Am linken Ohr hing eine kleine Spirale mit einem Kristalltropfen. Darek blickte hinüber zu Hanka.

»Bist du das?«, fragte er.

»Woran hast du mich erkannt?«

Er zeigte auf den Ohring.

»Du würdest jede Menge Mädchen finden, die solche Ohrringe tragen. Man kann diesen Schmuck in jeder Drogerie für ein paar Heller kaufen«, sagte sie und gab mit ihrem Zeigefinger dem echten, nicht digitalen Kristalltropfen einen Schubs, der ihn schaukeln ließ.

»Wer hat dich fotografiert?«

»Ich. Mit dem Selbstauslöser, vom Stativ. Grafisch habe ich es auch selber bearbeitet.«

»Warum schwarz-weiß?«

»Du hast einen brauchbaren IQ, vielleicht kommst du dahinter«, antwortete sie und klickte auf die schwarze Hälfte des Kopfes. Düstere Fotos blitzten über den Bildschirm. Darek erkannte den Bahnhof in Ostrawa und davor ein älteres Obdachlosenpaar mit Zahnruinen im Mund. Er erkannte die von der Überschwemmung fortgespülte Brücke in Piosek, einen ertrunkenen Hund im Schlamm, es präsentierten sich Gruben, Halden, Bergwerktürme, Schrottplätze, meterhohe, sich türmende Abfallberge und Gesichter, die in ihren Augen und Falten Hoffnungslosigkeit trugen. Manche Fotos wurden mit Sprechblasen versehen. Das Ganze musste Hanka unglaublich viel Zeit gekostet haben.

»Hast du alles alleine gemacht?«

Hanka nickte. »Was sagst du dazu?«

»Ziemlich depressiv.«

»Es gibt Tage, an denen ich die Welt so sehe und ich kann dagegen nichts machen. An anderen Tagen wiederum badet in allen Seelen die Sonne.«

Sie klickte auf die helle Hälfte des Kopfes und vor Darek öffneten sich ganz andere Bilder – voller Licht.

»Schwarz und weiß, weiß und schwarz, das wechselt dauernd«, sagte Hanka. »Nie hält eine Farbe sehr lange. Genauso wie eine Stimmung. Hast du es auch schon bemerkt?«
Darek schüttelte den Kopf. Er war verwirrt und wusste nicht, was er sagen sollte. Keinen der üblichen Sprüche wie *klasse, super, geil, krass* oder *gigantisch* fand er passend. Hankas Fotosammlung war einzigartig und authentisch, er fühlte sich geschmeichelt, dass sie sie ihm vorführte. Ihm würde so was Originelles nie einfallen. Neben ihr kam er sich völlig unkreativ vor. Zum Glück hatte er sich nicht überreden lassen und sein beschränktes Harmonikarepertoire vorgespielt. Er hätte sich absolut lächerlich gemacht. Egal, wie er es drehte, es gab nichts, womit er sie beeindrucken konnte. Zu alledem war er noch ein Jahr jünger. Jetzt gratulierte er sich, vorhin in der Werkstatt nicht den Versuch unternommen zu haben, sie zu küssen. Damit hätte er sich endlos blamiert. Er fasste den Entschluss, sich gleich am Abend bei Facebook zu registrieren und ein interessantes Profil zu erstellen. Vorausgesetzt, ihm fiel etwas Interessantes ein …
»Tolle Bilder, sehr eigen … ich meine, sehr persönlich. Ich mag sie«, sagte er schließlich und senkte den Kopf. Er tat, als ob er den Spielestapel ordnen wollte, in Wirklichkeit aber spürte er, wie ihm die Röte ins Gesicht schoss. »Wie oft aktualisierst du die Seite?«
»Als ich sie gegründet habe, habe ich mir gesagt, dass es eine Art Tagebuch sein würde, das ich immer ergänze, wenn ich mich irgendwie verändert habe.«
»Wie oft veränderst du dich denn?«
Hanka sah Darek verwundert an.
»Dauernd«, sagte sie.

***

Die Wohnzimmertür, an der sie ein Dreivierteljahr vorbeigegangen waren, als ob sie nicht existierte, stand den ganzen Tag sperrangelweit offen. Nach dem Abendessen setzte sich Vater mit Heft und Taschenrechner dort hin, schrieb etwas und rechnete konzentriert. Ema und Darek setzten sich zu ihm.

»Ich bin sicher, man kann nichts dabei verlieren!« Vaters Ton nach zu urteilen, musste er vor allem sich selbst überzeugen. »Wenn ich jetzt vierzig Riesen investiere, kriege ich sie bis Herbst viermal zurück.«

Darek blickte von den Hausaufgaben auf.

»Wo willst du denn vierzigtausend Kronen hernehmen?«

»Mutter und ich haben einiges gespart, eine Art eisernen Vorrat. Bis jetzt habe ich das Geld nicht angefasst, es war für schlimmere Zeiten gedacht ... aber dies ist eine verdammt gute Investition. Ich würde mich fast strafbar machen, wenn ich es ablehnen würde.«

»Steckt Anton genauso viel Geld rein?«, fragte Darek. Obwohl er den Geschäftspartner von Vater noch nicht zu Gesicht bekommen hatte, sprach er von ihm wie von einem alten Kumpel.

»Noch mehr. Mindestens doppelt so viel. Aber vergiss nicht, dass wir die Wiesen zur Verfügung stellen und die meiste Arbeit erledigen.«

Vater legte den Taschenrechner zur Seite, schaute Darek an und zwinkerte verschwörerisch. Darek erwiderte das Zwinkern. Er freute sich, dass Vater ganz offen mit ihm über seine Pläne sprach und mit seiner Hilfe rechnete.

»Mama wäre bestimmt einverstanden«, sagte Darek, um den Vater zu ermutigen. »Sie mochte Pferde gern. Sie sagte, dass sie heilende Kräfte besitzen. Sie und Herr Havlik haben oft darüber gesprochen. Herr Havlik behauptet, Pferde wurden uns vom Erzengel Zachariel geschenkt.«

»Herr Havlik labert wirres Zeug«, erwiderte Vater. »Hast du ihm seinen Einkauf nach Hause gebracht?«

Darek nickte schweigend. Es ärgerte ihn, dass Vater es erwähnte. Zweimal die Woche trug er die Einkaufstaschen vom Laden den Hügel hinauf, hatte es noch nie vergessen, aber er wollte nicht daran erinnert werden. Dadurch wurde sein freiwillig gemachtes Versprechen zu einer unangenehmen Pflicht.

»Ein Pferd ist ein Nutztier – nicht mehr und nicht weniger. Es hat keinen Heiligenschein, besitzt keine übernatürlichen Kräfte, und besonders intelligent ist es auch nicht«, verkündete Vater resolut.

Dareks Bemerkung hatte ihn sichtbar verstimmt. Er legte das Heft und den Taschenrechner in die Schublade und stand auf. »Nur, dass Menschen fortwährend allerlei Unsinn ausbrüten. Sie können die Dinge nicht einfach so hinnehmen, wie sie sind. Immer müssen sie ihren Hirnkram daran aufhängen!«

Er machte ein paar Schritte und blieb neben Ema stehen, wo Mutters Strickjacke mit immer noch aufgekrempelten Ärmeln über dem Stuhl hing. An dem Septembertag, an dem Mutter von einem Rettungswagen ins Krankenhaus gebracht wurde, war es warm gewesen. Sie hatte die Jacke ausgezogen und über den Stuhl gehängt. Darunter trug sie nur eine leichte Sommerbluse und trotzdem stand ihr der Schweiß im Gesicht. Darek erinnerte sich daran, wie sie sich mit dem Unterarm die Stirn abgewischt hatte.

»Wie sieht eine Hexe aus?«, fragte Ema plötzlich und blickte zu Vater hoch. Wie immer, wenn ihre Köpfe so nah beieinander waren, fiel Darek die verblüffende Ähnlichkeit auf. Die gleichen blauen Augen, die gleiche mit Sommersprossen übersäte Haut, der gleiche Nasenrücken. Nur das Haar von Ema war heller und ihr wuchs auch kein Bart.

»Welche Hexe?«

»Eine böse.«

Der Vater zuckte mit den Schultern.

»Wie ein hässliches Weib, soweit ich weiß. Aber ich weiß nicht viel über Hexen«, sagte er. »Wozu willst du das wissen?«

»Ich soll eine zeichnen. Für morgen – als Hausaufgabe.«

»Darek hilft dir.«

Ema sah Darek fragend an.

»Mal ihr eine Warze«, sagte er knapp.

»Wo?«

»Auf die Nase oder aufs Kinn, ist doch egal!«

Darek war empört, wie selbstverständlich er von Vater die Verantwortung für Emas Hausaufgaben zugeschoben bekam. Als ob Darek nicht selbst Schulbücher auf dem Tisch liegen hatte!

»Ist das so richtig?«

Ema schob ihm das offene Heft zu. Die letzte Seite war dicht bekritzelt. Das Einzige, was Darek in dem Wirrwarr erkennen konnte, war ein Auge.

»Wo ist die Warze?«, fragte er.

»Hier natürlich!« Ema zeigte auf ein gekrakeltes Etwas.

»Und was ist das da?«

»Der Mund.«

Darek übergab Vater das Heft in der Hoffnung, dass er sich nun wirklich hinsetzen und mit Ema arbeiten würde – so, wie es Mutter täglich getan hatte. Mit ein bisschen Mühe könnte er sie dazu bringen, einen oder zwei Sätze in Blockschrift hinzukriegen. Aber Vater kam es überhaupt nicht in den Sinn. Er stand nur da und räusperte sich. Es klang künstlich, als hätte er sich gar nicht räuspern müssen.

»Das sieht doch jeder, dass das ein Mund ist«, bemerkte er und Darek war klar, dass er Emas Hausaufgabe so schnell wie möglich loswerden wollte. »Zeichne noch einen Besen und ab die Post!«

Er legte das Heft vor Ema auf den Tisch, ging ans Fenster und wieder zurück, rieb sich die Hände, steckte sie in die Hosentaschen. Im nächsten Augenblick zog er sie aber wieder heraus und schaute auf sein Handgelenk.

»Das kann doch nicht wahr sein, schon acht Uhr!«, wunderte er sich. Sein nervöser Blick wanderte über die Vorhänge mit Mutters selbstgemachtem Batikmuster, über die toten Fliegen auf dem Boden, über die Bücherregale, auf denen eine alte, dicke Schicht Staub lag. Mit einem Seufzen schüttelte er den Kopf und steuerte hastig auf die Tür zu.

»Ich schau mal kurz bei Mihule vorbei. Ein kleines Bier vom Fass kann nicht schaden.«

»Ich gehe mit«, sagte Ema. Sie legte den Stift hin und schob ihren Stuhl zurück.

»Das kommt gar nicht infrage! Bis du das Bild fertig hast, bin ich wieder zurück«, bremste Vater sie. »Und wenn ihr wollt, können wir dann etwas spielen.«

»Das Gruselschloss?«, platzte Ema heraus.

Vater nickte. »Abgemacht.«

»Oder Meermory!«

»Das ist eine noch bessere Idee. Ich weiß gar nicht, wann ich das letzte Mal Memory gespielt habe. Du wirst mich bestimmt schlagen!«

Auf der Schwelle blickte er sich noch einmal um.

»Ich trinke nur eins, um den Durst zu löschen, und bin gleich wieder da!«, versprach er und zwinkerte abermals verschwörerisch. Diesmal erwiderte Darek das Zwinkern nicht. Er beugte sich über das Biologiebuch und blieb reglos sitzen, bis die Haustür zuklappte. Dann sah er durchs Fenster, wie Vater mit den Händen in den Taschen schnell hinter der Wegbiegung verschwand.

»Bestimmt werde ich Papa schlagen … ganz bestimmt«, wiederholte Ema.

»Mach erst mal dein Bild fertig.«

Ema hob den Stift und zeichnete eifrig ein paar Linien. Dabei zerknitterte die Seite und bekam einen Riss.

»Gut gemacht.« Darek verzog spöttisch den Mund.

»Das ist nicht gut«, wimmerte Ema. Sie verstand keine Ironie. »Das ist kaputt!«

Darek ignorierte ihr Gejammer. Er blätterte im Biologiebuch bis zu der Seite, die sie gerade durchnahmen, und versuchte, sich zu konzentrieren. Botanik machte ihm keinen Spaß. Er fand das langweilig, wenig dramatisch. Natürlich hatten sich die Pflanzen über Millionen von Jahren entwickelt, ihre Organe waren genauso schlau wie die von Tieren, sie ernährten und vermehrten sich oft auf sehr spannende Art und Weise – aber aus Dareks Sicht verlief das Ganze unerträglich langsam und unspektakulär. Wenn sich ein Raubtier Nahrung besorgte, war es ein aufregender Kampf, der sich miterleben ließ. Wenn durch Graswurzeln Wasser und Mineralien zum Stängel transportiert wurden, konnte man das auf keinen Fall als mitreißend bezeichnen. Es regte die Fantasie nicht an. Darek hatte es ein paarmal versucht. Er hatte Klee oder Wegerich gepflückt, das Grünzeug angeguckt und sich vorgestellt, wie die Fotosynthese wohl ablief. Doch während er sich zwang, über die Bedeutung der Pflanzenwelt oder auch über erneuerbare Energien nachzudenken, beobachtete er viel lieber eine vorbeilaufende Ameise. »Es kommt nicht darauf an, was du beobachtest, sondern wie aufmerksam du es beobachtest. Ohne Aufmerksamkeit entdeckst du die kosmischen Zusammenhänge nicht«, pflegte Herr Havlik zu sagen. »Und kosmische Zusammenhänge gibt es überall, sogar in Hühnerscheiße oder in der Pfütze vor der Tür. So mancher ist überall gewesen, hat alles gesehen und ist trotzdem stockblöd geblieben.«

Darek merkte auf einmal, dass Emas Gejammer aufgehört hatte. Er schaute auf. Sie saß über ihr Heft gebeugt und starrte die angerissene Seite an. Tränen kullerten ihr über die Wangen.

»Warum heulst du?«, fragte Darek, nach außen hin ganz ruhig, aber innerlich fürchtete er Emas Tränen. Meistens hatten sie keine große Bedeutung, doch manchmal waren sie Vorboten von stundenlangen Weinanfällen. Dann rollte sich Ema wie ein Igel zusammen, hielt sich die Ohren zu, zitterte am ganzen Körper, manchmal bepinkelte sie sich sogar. Mutter hatte sich in solchen Momenten immer zu helfen gewusst. Geduldig saß sie neben ihr, sprach mit leiser Stimme, streichelte sie, fuhr zärtlich mit den Fingern durch ihre Haare. Schließlich beruhigte sich Ema immer, nahm die Hände von den Ohren und richtete sich benommen auf. Sie trank ein Glas Wasser, ließ sich die brennenden Augen auswaschen. Schnell vergaß sie dann wieder alles und in ihr Gesicht kehrte das Lächeln zurück.

»Was ist? Warum heulst du?«, wiederholte Darek mit beherrschter Stimme seine Frage. Er fügte sogar eine Prise Verdrossenheit hinzu, um zu zeigen, dass er selbst keinen Grund zur Verzweiflung sah. »Ist es wegen der Zeichnung?«

Ema nickte. Zwei Tränen fielen auf das Heft und bildeten auf dem Papier eine dunkle, liegende Acht. Die Schlinge der Unendlichkeit …

»Weißt du was? Hör auf zu plärren, ich habe eine Idee«, sagte er. »Reiß das Blatt raus!« Er wusste, dass, wenn er es selber machte, Ema nur noch mehr weinen würde, so aber fand sie es bestimmt ganz amüsant.

»Ganz?«, nuschelte sie. »Ganz herausreißen?«

»Klar, mach schon! Schwupps!«, befahl er. Seine Entschlossenheit ermutigte Ema. Sie nahm das Blatt mit der misslungenen Zeichnung

und riss es aus dem Heft heraus. Darek zerknüllte es und steckte es in die Hosentasche.
»Perfekt! Jetzt merkt die Lehrerin nicht, dass du etwas vermasselt hast«, sagte er. »Die Hexe war sowieso beschissen. Kannst du nicht was anderes zeichnen?«
»Was denn?«
»Was denn, was denn! Lass dir was einfallen!«
»Die verzauberte Prinzessin?«
»Klingt schon besser.«
Ema sah Darek ratlos an. Dann schoss ein neuer Schwall Tränen aus ihren Augen.
»Aber ich hab sie nicht gesehen! Ich weiß niiiicht ...«, lamentierte sie, »... wie ihr Fuuuuß aussieht!«
Darek prustete laut los. »Ihr Fuß? Ich dachte, Prinzessinnen haben zwei Füße. Diese hat nur einen? So wie Herr Havlik?«
»Sie hat zwei Füße«, antwortete Ema nach kurzer Überlegung. »Aber nur einen Schuh. Einen roten. Der andere ist ... ist im Laden geblieben ... als die Hexe sie verzaubert hat. Und der Mann der Prinzessin war Schuster ...«
Ema weinte nicht mehr. Sie presste ihre Faust gegen die Stirn und versuchte, sich an Einzelheiten der Geschichte zu erinnern. Darek dämmerte inzwischen, dass er das Märchen kannte. Vor zwei Jahren hatte Mutter es genau in diesem Zimmer von Anfang bis Ende vorgelesen und Ema hatte gespannt zugehört. Sie hatte es inzwischen nur vergessen. Zwei Jahre bedeuteten eine ganze Ewigkeit für sie.
»Was ist dann passiert?«, fragte er.
»Die Prinzessin musste der Hexe dienen.«
»Und wie ging's aus?«
»Das weiß ich nicht.«
»Denk dir was aus!«
»Aber was?«
Darek schob seinen Stuhl zurück. Es überstieg seine Kräfte, ruhig sitzen zu bleiben und zu warten, bis in Emas Gehirnzellen etwas in Gang kam. Jedes Mal wenn er sah, wie angestrengt sie nach den einfachsten Lösungen suchen musste, kribbelte es ihn im ganzen

Körper vor Ungeduld. Am liebsten hätte er Ema an der Schulter gepackt und die Antwort aus ihr herausgeschüttelt, doch das hatte ihm Mutter strengstens verboten.

»Glaubst du, dass die Hexe die Prinzessin getötet hat?«, fragte er, überging den Schreck in Emas Gesicht und fuhr erbarmungslos fort: »Du hast doch gesagt, sie war böse. Da hat sie sie wahrscheinlich umgebracht.«

»Hat sie nicht!«

»Wieso nicht?«

»Weil sie ... Sie wurde vom Schuster gerettet.« Ema hatte die Lösung gefunden.

»Bingo! Und was war weiter?«

»Dann ... sind sie zusammen nach Hause gegangen.«

»Und die Hexe wurde kaltgemacht! Sie haben sie abgemurkst, oder?« Darek erwartete, dass sie nicken würde. Aber Ema schüttelte kategorisch den Kopf.

»Warum nicht?«, hakte er nach. »Sie war doch böse!«

»Aber die beiden doch nicht«, erklärte Ema.

»Ach so.« Er schämte sich wegen seiner Blutrünstigkeit. »Dann zeichne es einfach.«

»Was?«

»Ema!«

Ein Schmerz bohrte sich in seinen Kopf. Er presste die Zähne zusammen und atmete ganz langsam aus. Der Druck ließ nach.

»Zeichne doch mal die Prinzessin und den Schuster«, sagte er möglichst sanft. »Wie sie heimgehen.«

»Ich weiß doch nicht, wo sie wohnen!« Sie war schon wieder unglücklich. Darek griff nach dem Bleistift und zeichnete ein Viereck in Emas Heft.

»Da wohnen sie. Das ist ihr Haus.«

Ema lachte. »Das ist kein Haus! Es hat kein Dach.«

»Mach es doch selber!« Er ließ den Stift fallen. »Es ist deine Hausaufgabe!«

Ema beobachtete eine Weile das Viereck. Dann nahm sie aus dem Federmäppchen einen roten Stift heraus und fing mit leisem Gemurmel an, das Dach zu zeichnen. Darek atmete auf. Alles deutete darauf hin, dass sie jetzt einen Moment lang selbstständig arbeiten würde. Er schaute kurz das Biobuch an, war aber nicht mehr in der Lage, sich wieder zum Lernen hinzusetzen. Viel lieber würde er den Computer einschalten und mit der Erstellung seiner Facebook-Seite anfangen. Doch solange Ema wach war, hatte es keinen Sinn.

Er stellte sich ans Fenster und sah auf die leere Straße hinunter. Die Asphaltoberfläche war nach dem Winter vom Streusalz weiß geworden und voller Schlaglöcher.

»Wir haben einen Strauß für Mama gepflückt«, hörte Darek Emas Stimme hinter sich.

»Habt ihr ihn zum Friedhof gebracht?«, fragte er.

»Nein, Papa mag den Friedhof nicht.«

»Was habt ihr also damit gemacht?«

Im Zimmer breitete sich Stille aus. Darek brauchte sich nicht umzudrehen, um zu wissen, dass Ema, die Faust gegen die Stirn gepresst, intensiv nachdachte. Nach mehreren Sekunden ertönte endlich der befreiende Schlag auf die Tischplatte und Emas fröhlicher Aufschrei.

»Ich weiß es! Wir haben ihn den Kaninchen gegeben!«

»Das würde Mama gefallen«, sagte Darek.

»Das *gefällt* Mama«, korrigierte Ema ihn. »Sie hat es mir gesagt. Und weißt du, was sie mir noch gesagt hat?«

»Weiß ich nicht.« Darek drehte sich immer noch nicht um. In die Dämmerung hinauszuschauen, war angenehm. »Was hat sie dir gesagt?«

»Dass ich dich gern habe.«

2.

Er vergrub seine Finger im Gras, riss ein großes Büschel samt Erde heraus und holte aus. Dabei zuckte es schmerzhaft in seinem Arm. Als Hugo ihn zu Boden geworfen hatte, war Darek auf den Bordstein gefallen und hatte sich den Ellbogen verstaucht.

»Aus dir mach ich Hackfleisch!«, schrie er und warf. Obwohl er sich in einer ungünstigen Position befand, traf er Hugo so wuchtig am Adamsapfel, dass er sich verschluckte.

»Du …! Hast du noch nicht genug, Eselsarsch?«

Hugo stürzte sich auf ihn und im nächsten Augenblick kugelten sie den Hügel hinunter. Sie waren ineinandergekeilt und zischten sich gegenseitig wütend ins Gesicht.

»Schlappschwanz!«

»Drecksack!«

»Willst du wieder ’n paar in die Eier?«

»Dir scheiß ich vorn Koffer!«

Am algenüberwucherten Teich gelang es Darek, sich am Ufergestrüpp festzuhalten. Er richtete sich auf, und während Hugo noch ein Stück weiter hinunterrutschte, begann Darek seinen linken Schuh zu suchen. Aber sosehr er sich auch umschaute, er konnte nur niedergetrampeltes Gras und oben auf dem Weg ihre Sporttaschen sehen.

»Da! Nehmt, Fröschlein! Lasst es euch schmecken!«, ertönte es plötzlich hinter ihm. Von einer bösen Ahnung befallen, drehte er sich hastig um. Hugo, Dareks Schuh in der Hand, stand am Ufer und grinste.

»Untersteh dich!«, kreischte Darek so aufgebracht, dass sich seine Stimme überschlug.

»Wie’s der Herr befiehlt!«

Hugo holte aus und warf den Schuh in die Mitte des Teichs, wo er unter dem grünen Algenteppich verschwand.

»Ich hoffe, er war bio«, heuchelte er besorgt. »Dass den Fröschen davon nicht übel ...«
Darek ließ ihn nicht ausreden. Er rannte auf ihn zu, um ihn umzurennen. Doch Hugo war vorbereitet. Er packte Darek und schleuderte ihn heftig von sich. Darek verlor das Gleichgewicht und stürzte in den Teich. Der Schlamm unten am Grund war warm, samtweich, und nachdem Darek ihn aufgewirbelt hatte, drang ihm nicht wenig davon in die Ohren und in den Mund, ja sogar in die Augen.
»Hugo, ich ...«, er nieste, der Schlamm spritzte aus seiner Nase, er schmeckte ihn an der Zungenwurzel, »... ich bringe dich um!«
»Erst nächstes Mal. Ich muss jetzt nach Hause.«
Hugo kraxelte bereits den Hügel hinauf. Dabei pfiff er provokativ, als ob es ihn keineswegs beunruhigte, Darek im Rücken zu haben. Oben angelangt, griff er seine Sporttasche und verpasste Dareks Tasche einen Fußtritt. Er strahlte Zufriedenheit aus: Seine letzte Niederlage wurde mit Zinsen heimgezahlt. Nun durfte er das Siegergefühl bis zur nächsten Kampfrunde genießen.
»Die Rechnung folgt!«, rief Darek eher der Form halber hinter ihm her und kroch ans Ufer. »Freu dich schon mal drauf!«
Unter der Dusche auf dem Fußballplatz wusch er sich den Dreck ab, rieb den Schlamm von Shorts und T-Shirt, wusch sich die Haare und putzte sich gründlich die Nase. Den übrig gebliebenen Schuh putzte er nicht, sondern warf ihn in den Mülleimer. Ihm war klar, dass er den anderen nie aus dem Teich würde herausfischen können. Erst eine Woche zuvor hatte er die Sportschuhe vom Vater bekommen. Aus festem Leder, mit verstärkten Spitzen, waren sie besonders gut auf der Wiese bei den Pferden zu tragen. Sie reichten bis über die Knöchel, sodass die Grashalme keine Chance hatten, einzudringen. Man rutschte damit auch nicht aus den Steigbügeln. Jetzt würde Darek wieder die alten, abgetretenen Latschen tragen müssen und dem Vater ... Er hatte keine Ahnung, was er dem Vater erzählen sollte.
Er entschied sich für den Kirchweg. Das war zwar ein Umweg, er führte aber an Höfen und Gärten entlang, wo er nicht so vielen Leuten wie auf der Hauptstraße begegnen würde. Er hatte keine

Lust, sich anstarren zu lassen und die spöttischen Fragen der Nachbarn zu beantworten. Man sah ihm an, dass er sich geprügelt hatte. Sein Ellbogen war angeschwollen und voller Schrammen, ein Ohrläppchen blutete. Darek wischte es sich immer wieder ab, es blutete jedoch unaufhörlich weiter und nervte ihn.

»Verdammte Kacke!«, schimpfte er vor sich hin. »Das zahl ich ihm richtig heim!«

Während er sich langsam nach Hause schleppte, überlegte er, wer diesmal den Streit provoziert hatte. Der Auftakt dazu war gegen Ende der ersten Halbzeit erfolgt, als Darek den Ball nach einer weiten, ungenauen Flanke erwischte. Da er gerade gut stand, rannte er, ohne jemandem den Ball zuzuspielen, Richtung gegnerisches Tor. Sie spielten gegen Bretnov, es stand 1:1 unentschieden und Darek hatte die Zwangsvorstellung gehabt, noch vor der Pause das führende Tor schießen zu müssen. Aber er hatte es verballert. Einer der Bretnov-Verteidiger, ein Lulatsch mit dem Spitznamen Satellit, hing wie eine Klette an Darek, zwang ihn, die Richtung zu ändern, und nahm ihm schließlich den Ball vor den Füßen weg. Ein anderer Spieler nutzte die Lücke in der Pioseker Abwehr und innerhalb weniger Sekunden landete der Ball hinter Hugos Rücken im Netz. In der zweiten Halbzeit kämpfte Dareks Mannschaft verbissen, aber der Ausgleich gelang nicht mehr. Niemand regte sich darüber auf; bis zum Ende der Saison standen noch etliche Spiele auf dem Plan, in denen sie sich behaupten konnten, doch Hugo war außer sich vor Wut. Er schäumte wegen des Tors und schob die Verantwortung dafür Darek zu. Der wollte wiederum die Schuld nicht alleine auf sich nehmen. Bereits in der Umkleide hatten sie sich die ersten Beschimpfungen an den Kopf geworfen, weiter ging's draußen mit kräftigen Stößen, und bevor sie den Hügel über dem Teich erreichten, schlugen sie mit den Sporttaschen aufeinander ein. So nahm die Prügelei ihren üblichen Lauf.

»Na? Wie habt ihr gespielt?«

Darek schaute auf. Zwischen den Hecken radelte Mischa auf ihn zu. Seine Füße standen nicht auf den Pedalen, sie streiften den Boden auf dieselbe Weise, wie er es immer tat, wenn er keine

Eile hatte, sondern nur so im Dorf herumtrödelte. Vor Darek hielt er an.

»Blöd.«

»Wie blöd?«

»Um ein Tor verloren.« Darek hatte es nicht nötig, Mischa etwas vorzumachen. »Ich war scheiße im Angriff.«

»Oder der Torwart war scheiße im Schnappen.«

Fußball war für Mischa die große Unbekannte. Er war nicht dafür gebaut, hatte keine Ahnung von den Spielregeln, aber als Dareks bester Freund stand er felsenfest und unter allen Umständen hinter ihm.

»Habt ihr euch schon wieder gegenseitig die Fresse poliert? Hat Hugo dir das Ohr eingerissen? Was ist mit deinem Ellbogen?«, fragte er Darek und nach einer Pause stellte er noch eine Frage, die heikelste: »Wie sagst du das deinem Vater?«

Darek hob die Achseln. Das Thema Schlägerei war zu Hause unzählige Mal durchdiskutiert worden. Manchmal hatte sich Vater um einen einlenkenden Ton bemüht, ein anderes Mal hatte er die Nerven verloren und Darek angebrüllt, und hin und wieder hatte er ihn mit Schweigen bestraft. Es hatte gar nichts bewirkt, denn es stand nicht in seiner Macht. Vater konnte nicht ahnen, wie tief die Wurzeln dieser Feindschaft reichten. Nur die Mutter hatte es gewusst.

»Komm, lass uns zu mir gehen«, schlug Mischa vor. »Die dreckigen Klamotten tun wir in die Waschmaschine und du ziehst Shorts und ein T-Shirt mit langen Ärmeln von mir an, um den Ellbogen darunter zu verstecken. Hanka ist zu Hause, sie wird dein Ohr verarzten.«

Wenn er den letzten Satz nicht gesagt hätte, hätte Darek das Angebot angenommen. Mischa hatte ja recht. Mit ein bisschen Glück würde Vater nichts merken, und in ein paar Tagen, falls er nach den neuen Sportschuhen fragen sollte, würde Darek den Verlust durch eigene Nachlässigkeit erklären. Man würde den Schaden nicht in den Zusammenhang einer Schlägerei stellen. Aber die Vorstellung, dass Hanka ihn in diesem entwürdigenden Zustand sah, war für Darek unerträglich. Er schüttelte den Kopf.

»Keine Panik, es ist nicht so schlimm«, versicherte er Mischa. »Der Atommüll wird sich dadurch nicht vermehren.«

Der Spruch war von Herrn Havlik, der ihn immer dann verwendete, wenn er Schmerzen im amputierten Bein hatte. Er grinste dabei verächtlich. Darek hatte sich die Redewendung und das Grinsen zu eigen gemacht – er kam sich cool dabei vor, wie ein echter Kerl.

»Soll ich mit zu den Pferden kommen?«, fragte Mischa.

»Wenn du Zeit hast.«

Darek hatte keine Ahnung, wie er ohne Mischas Hilfe zurechtkommen sollte. Sie nannten es *zu den Pferden gehen*, aber in Wirklichkeit war damit Arbeit gemeint. Das tägliche Striegeln, Wasser nachfüllen, Pferdekot aufsammeln, das gemähte Gras wenden und zusammenrechen beanspruchte eine Menge Zeit. Zum Reiten kamen sie selten. Das war auch der Grund, warum das Interesse der Kinder aus der Nachbarschaft, die anfangs ganz Feuer und Flamme gewesen waren, nach einiger Zeit merklich abkühlte. Sie begriffen schnell, dass es auf der Wiese mehr Maloche als Vergnügen gab. Außerdem waren Lyskos Pferde keine Prachtstücke. Es war eine Ansammlung von neun müden Exemplaren, eines merkwürdiger als das andere. Darek hatte das gleich bemerkt, als sie gebracht worden waren. Es handelte sich um ältere, schlecht ernährte Tiere in einem jämmerlichen Zustand. *Hast du etwa prämierte Champions erwartet, du Spinner?,* hatte er sich voller Spott gefragt, aber im ersten Moment kamen ihm sogar die Tränen, so enttäuscht war er. Vor dem Vater und vor Ema ließ er sich aber nichts anmerken. Hugo jedoch sagte seine Meinung laut und vernehmlich: »Pfui, sind das hässliche Klepper!« Das hörte eine Gruppe von Mitschülern, die auf den Hof geschlendert gekommen waren, um eine Inspektion der Neuankömmlinge durchzuführen. »Ich würde keines der Gerippe geschenkt bekommen wollen!«

Doch der erste Eindruck täuschte. Es gab beträchtliche Unterschiede von Tier zu Tier. Ausgemergelt waren sie alle, manche hatten scharf hervorstehende Augenbrauenbögen und unter dem Fell zeichneten sich deutlich ihre Rippen ab, und dennoch bewegte sich jedes einzelne von ihnen anders. Darek erkannte bald, dass die Stute, von

Anton »Waliserin« genannt, kein gewöhnliches Pferd war. Sie hatte einen schwungvollen Gang, lange, gut gelagerte Schultern und schwang schön locker im Rücken. Der muskulöse Hals trug einen Hechtkopf mit großen, sanften Augen. Ihr auffälligstes Merkmal aber war die Farbe. Als *fasttotalweiß* bezeichnete Ema sie begeistert. Ganz weiß war nur die vordere Hälfte der Stute. Auf der Kruppe, dem Rumpf und den Hinterbeinen konnte man bei näherem Hinsehen bräunliche Flecken entdecken. Doch die hinderten Ema nicht daran, sich sofort in Waliserin zu verlieben. Sie flocht Zöpfe in ihre Mähne, brachte ihr Essensreste vom Tisch und knutschte sie auf die Nase.

Dareks Aufmerksamkeit wurde dagegen von einem dunkelbraunen Hengst angezogen. Als er aus dem Anhänger gestiegen war, sah sein Fell abstoßend dreckig aus, die Mähne war voller Knoten und verfilzt, aber sein edler, gerader Kopf auf seinem schönen Hals war nicht zu übersehen. Er bevorzugte es, abseits von den anderen zu stehen, und pflegte das rechte Vorderbein immer ein wenig anzuheben, als wollte er es schonen.

»Er heißt Krokant«, sagte Anton und klopfte dem Hengst sanft den Hals. »Eine großpolnische Rasse mit arabischem und englischem Blut in den Adern. Seine Brüder sind ausgezeichnete Rennpferde. Krokant kann leider nicht mehr an Wettrennen teilnehmen, da er nach einer Sehnenentzündung einen verformten Huf hat. Schau mal!«

Furchtlos hob er Krokants rechtes Vorderbein an – der Huf war an der Innenseite deutlich schief getreten.

»Tut es ihm weh?«, fragte Darek.

»Wie soll ich das wissen? *Nieco* stört ihn das bestimmt, deswegen belastet er das Bein nicht. Zwing ihn vorerst nicht in den Trab. Ich hole einen Tierarzt, der schaut sich ihn erst mal an. Wenn du ihn ordentlich abbürstest und durchfütterst, dann wird aus ihm ein richtiger Prachtkerl, du wirst sehen!«

Anton sprach fließend tschechisch, wenn auch mit starkem Akzent. Es hörte sich an, als ob er ein Gebet verrichtete oder jemanden anflehte. Fand er den richtigen tschechischen Ausdruck nicht, half er sich mit einem polnischen aus, das passierte aber selten und wurde jedes Mal von einem entschuldigenden Lächeln begleitet.

»Außer Polnisch und Tschechisch spreche ich noch Slowakisch, Ukrainisch, Litauisch und Italienisch«, zählte er an den Fingern ab. »In jeder dieser Sprachen kann ich mich verständigen, aber in jeder fehlt mir ab und zu ein Wort. Pferden ist das wurscht. Sie verstehen alles, reagieren vor allem auf den Tonfall. Die Hauptsache ist, keine Angst zu haben. Man muss das Pferd vorher ansprechen, erst dann berühren. Und nähere dich immer von vorne, sodass es dich sehen kann, kapiert?«

Als Anton den letzten Hengst, Herkules, gebracht hatte, blieb er mit Darek bis in den späten Nachmittag am Rand der Weide stehen. Anton erzählte, dass er auf dem Land, in der Nähe von Kattowitz, aufgewachsen war. Nach dem Tod seines Vaters heiratete die Mutter nach Ostrawa. Anton wechselte in die tschechische Schule und dort lernte er Dareks Vater kennen.

»Ich kannte dort niemanden, aber Ota, dein Vater, fiel mir gleich auf, weil sein Kopf rot wie eine sowjetische Fahne war. Nur Hammer und Sichel fehlten«, erzählte er weiter. »Nie zuvor hatte ich so rotes Haar gesehen. Es hat mich beeindruckt. Ich bin auf dem Schulhof zu ihm gegangen und fragte, ob wir Freunde werden wollen. ›Warum nicht‹, antwortete er nur. ›*Rozumiesz*‹, als ob ich ihm eine Hälfte von meinem Pausenbrot angeboten hätte! Und die Freundschaft dauert bis heute an – auch wenn wir uns mal längere Zeit nicht sehen.«

Anton hatte versprochen, dass Darek, wenn er bei den Pferden half, nach dem Verkauf auch einen Anteil bekommen würde. Man könne nicht im Voraus wissen, wie viel, aber er würde nicht leer ausgehen.

»Kauft sie denn überhaupt jemand?«, fragte Darek voller Zweifel. Er wollte sich nicht in die Angelegenheiten von Vater und Anton einmischen, aber beim Anblick der abgemagerten, schäbigen Tiere konnte er seine Bedenken nicht verhehlen.

»Darauf kannst du wetten!«, versicherte ihm Anton mit einer Bestimmtheit, dass Darek keine weiteren Fragen mehr stellte. Sowohl Vater als auch Anton waren erwachsene Männer und man durfte vermuten, dass sie wussten, was sie taten. Sie hätten zweifellos nicht in ein unsicheres Projekt investiert. Als sie später an jenem Tag alle zusammen mit dem silbernen BMW nach Bruntal zu einem festlichen Abendessen fuhren, Vater eine riesige Portion Eis bestellte, Anton lustige Geschichten aus der Kindheit zum Besten gab und auf der Rückfahrt Darek das letzte Stück bis Piosek ans Steuer ließ, löste sich sein anfängliches Misstrauen endgültig auf. Er nahm sich vor, all seine Kraft einzusetzen und die unansehnlichen Gäule in hübsche, gesunde Tiere zu verwandeln.

Gleich am nächsten Tag machte er sich an die Arbeit und gab sich wahrlich Mühe. Er bemerkte, dass ein gutes Drittel der Pferde überreizt war, sich blutig scheuerte oder biss. Auf Herrn Havliks Rat hin hatte Darek sich angewöhnt, den unruhigen Tieren das Fell mit einer Kardätsche zu bürsten, ihre Beine mit Essig abzuwaschen, um sie von den Eiern der Dasselfliege und von Milben und Haarlingen zu befreien. Er kämmte ihnen die Mähne und verlas den Schweif, reinigte die befallenen Stellen, rieb Öl ein und entfernte Schorfe. Die ersten Ergebnisse stellten sich bald ein. Die Pferde wurden ruhiger, die gereizte Haut und die entzündeten Augen heilten schnell. Jetzt, einen Monat später, konnte jeder sehen, dass die Tiere zugenommen hatten und nicht nur ihr Fell, sondern auch ihre Laune viel besser geworden war.

»Das bewirkt die Schokolade. Kakao enthält Kalium, Magnesium, Kalzium und weitere wichtige Mineralstoffe. Eine positive Wirkung von Opavia Schokoriegeln auf die Gesundheit konnte die Wissenschaft bis heute nicht eindeutig nachweisen, doch mir und den Pferden bekommen sie gut!«, behauptete Mischa. Seine Taschen waren immer voller Süßigkeiten, die er mit den Pferden teilte. Die Pferde hatten sich an seine Extrarationen gewöhnt, sodass sie gierig angelaufen kamen, sobald sie ihn auf dem Weg erblickten, und alle futterten dann glücklich gemeinsam. Mischa hatte die seltene Gabe, stets zufrieden zu sein, und gab die gute Laune freigebig an seine Umgebung weiter.

»Du kannst dich auf die Fahrradstange setzten«, bot er Darek an, während er im Zickzackkurs zwischen den Zaunpfählen herradelte und sich mit den Füßen abstieß. Heute kaute er weder etwas, noch fischte er Süßigkeiten aus den Taschen.

»Es lohnt sich nicht mehr«, lehnte Darek sein Angebot ab. »Wir sind gleich da.«

»Hast du schon die Schlacht der Samurai gezockt?«

»Nur ein wenig, gestern. Das Feature mit dem Ändern der Grafik ist echt gut.«

»Wie weit bist du?«

»Ich hänge immer noch im ersten Level rum. Die Brücke lässt mich nicht durch.«

»Dort bin ich auch fast eine Woche rumgegammelt. Pass bloß auf, sie gehört zu Kawamuras Abwehrlinie! Du musst den mittleren Pfeiler kaputt machen, dort haben sie ein Artefakt.«

»Was für eines?«

»Die Kaiserfahne. Zerhack sie mit dem Schwert und sie verpissen sich.«

»Komme ich dann über die Brücke?«

»Da gibt es noch ein Schutztor, das du durchqueren musst, um einen krassen Buff zu kriegen …« Mischa lachte aufgeregt. Wenn er über Computerspiele sprach, war er in seinem Element. Es gab kaum einen Titel, über den er nicht Bescheid wusste. Hunderte von Spielen hatte er selbst ausprobiert, in manchen war er teuflisch gut. Ohne wertvolle Spielzeit zu verlieren, konnte er lauernden Gefahren ausweichen, er zog halsbrecherische Manöver durch und entlarvte im Nu raffinierte Tricks. Er verspottete die gestellten Fallen und behielt die Strategie der geknackten Levels bis ins letzte Detail im Gedächtnis, sodass er für Darek eine unverzichtbare Stütze war. »… Kawamura bildete seine Soldaten nicht für den Nahkampf aus, sie kommen nicht in deine Reichweite, kapierst du? Sie haben Gewehre, Kanonen und Gatlings – die geben dreihundert Schuss pro Minute ab. Wenn du am Tor bist, aktiviere mit Shift die Windverteidigung und du kriegst Full Health. Dann baut sich eine unsichtbare Mauer um dich auf, die den Beschuss total abwendet, aber du musst genug Kaiserschädel eingesammelt haben, sonst hört das in der Mitte der Brücke auf und du bist am Arsch. Spielst du für Takamori?«

»Für Hidejoshi.«
»Gut, dann brauchst du kein Seppuku zu machen.«
»Was ist Seppuku?«
»Saigō Takamori muss sich den Bauch aufschlitzen, als Führer der Rebellen darf er nicht in die Hände der Kaiserarmee fallen.«
»Und was, wenn er gewinnt?«
»In der Schlacht von Shiroyama wurden die Samurai plattgemacht. Logisch, sie waren nur ein paar Hundert gegen eine Viertelmillion!«
»Aber wenn du schon im Voraus weißt, dass du nicht siegen wirst, wie kannst du denn Spaß daran haben?«, wunderte sich Darek. »Es geht doch immer um den Sieg.«
»Nicht immer. Hier kommt es darauf an, *wie* du kämpfst! Du darfst dir nicht in die Hosen machen, musst dein Niveau halten! Und vor dem Ende kann man doch nicht wissen, wie es am Ende ausgeht – mit aboluter Sicherheit, meine ich. Vielleicht wird deine Taktik so überwältigend sein, dass du den Lauf der Geschichte veränderst und die Schlacht von Shiroyama mit einer kaiserlichen Niederlage endet. Mann, stell dir das vor! Japan wäre dann kein Kaiserreich, sondern eine Samurairepublik oder so was. Wäre das nicht völlig abgefahren? Eigentlich wollte ich auch mal den Sieg genießen und hab auf der Seite der Kaiserheere gekämpft. Es war kotzlangweilig«, erzählte Mischa. »Irgendwann nach dem dritten Level bin ich zu den Samurai übergelaufen.«
Er stieg vom Fahrad ab, da sie inzwischen die Einfahrt erreicht hatten. Darek blickte sich schnell im Hof um, ob der Vater schon zurückgekommen war. Am Morgen war er mit drei weiteren Männern in die Fabrik aufgebrochen, alle gemeinsam in einem Wagen, um Fahrtkosten zu sparen. Sie waren gut gelaunt gewesen, Vater hatte vor sich hin gepfiffen. Nach langer Zeit sah es hoffnungsvoll aus: Die Betriebsleitung hatte alle zu einer Versammlung in der Maschinenhalle zusammengerufen und unter den Angestellten hatte sich herumgesprochen, dass ein großer Auftrag in Sicht sei, der wieder Arbeit bringen würde. Bevor sie losfuhren, hatte Vater sich noch aus dem Wagen gelehnt und gerufen: »Wir machen ein Fest! Ich bringe eine Torte mit!« Und Ema hatte ihm vom Küchenfenster aus zugewunken.

Jetzt waren die Fenster zu, das Haus und der Hof still. Als Darek näher kam, sah er, dass das Auto im Unterstand hinter der Scheune stand.

»Vater ist schon zurück«, sagte er leise. »Warte hier, ich krieche unauffällig hinein und ziehe mich schnell um, damit er nichts merkt. Willst du ein Stück Torte?«

»Was soll die blöde Frage? Bring ruhig einen dicken Batzen mit«, forderte Mischa ihn auf. »Ich leide seit gestern unter Zuckermangel. Mutter hat Tagesrationen eingeführt. Du wirst nicht glauben, was sie zu mir gesagt hat. Der Reifen müsse weg. Der Reifen! Ich bin doch kein Fettie, oder?«

»Ich finde dich genau richtig. Du würdest komisch aussehen, wenn du dünner wärst«, antwortete Darek und ging Richtung Hauseingang. Doch noch bevor er im Flur verschwinden konnte, öffnete sich die Küchentür und eine veilchenfarbene Bluse und Marta kamen heraus. Sie musste Darek durch das Fenster erblickt haben. Wie gewöhnlich empfand er ein stechendes Zucken im Magen, das ihre Anwesenheit immer bei ihm hervorrief. Sie kam nicht jeden Tag, und nachdem sie gekocht hatte, verschwand sie schnell wieder, weil sie im Postamt zu tun hatte, aber jedes Mal hinterließ sie etwas Beunruhigendes in der Luft, eine leichte, kaum wahrnehmbare Brise, die durch die Küche wehte und unbemerkbar Mutters Spuren wegwischte. Darek fürchtete, dass sie eines Tages ganz verfliegen würden. Er wusste aber nicht, wie er sich dagegen wehren konnte.

»Na, wie habt ihr gespielt? Habt ihr gewonnen?«, fragte sie und lehnte sich an den Türrahmen. Ihre lässige Körperhaltung erzürnte Darek. Sie benahm sich wie zu Hause. Er kniff seine Lippen zusammen und wollte schweigend an ihr vorbeischleichen, doch sie packte ihn am Ellenbogen.

»Autsch!«, schrie er auf.

»Zeig mal, wurdest du gefault?«

Sie war es ihm nicht wert, großartige Lügen aufzutischen. Im Gegenteil, er genoss es, sich ihr in möglichst schlechtem Licht zu zeigen.

»Ich habe mich mit Hugo Scheißschlappschwanz geprügelt.«

Er erwartete Vorwürfe, Empörung, wütende Worte, doch Martas Blick wanderte nur missmutig von seinem blutigen Ohr bis hinunter zu den schlammbeschmierten Füßen.
»Mach dich frisch«, sagte sie leise, »damit dein Vater dich nicht so sieht.«
»Ist mir schnuppe, wie er mich sieht«, entgegnete er. Auch wenn er nicht in Mischas Richtung schaute, war ihm klar, dass er ihn beobachtete und jedes Wort hörte. Darek wollte nicht eingeschüchtert vor ihm dastehen. »Es ist meine Privatsache, auf welche Weise ich die Rechnungen begleiche! Mich kümmern Vaters Angelegenheiten doch auch nicht!«
»Sollten sie aber vielleicht.«
Martas Ratschläge gingen ihm noch mehr auf die Nerven als ihr Essen und ihre beflissene Fürsorge. Er sprach ihr jegliches Recht ab, sich in sein Leben einzumischen. Falls Vater dachte, dass Marta für ihn und Ema unverzichtbar war, hatte es keinen Sinn, mit ihm darüber zu streiten, aber Darek konnte wunderbar ohne ihre Soßen, geputzten Fenster, gebügelten Hemden und pädagogischen Sprüche leben.
»Danke für den Tipp«, entgegnete er ironisch. »Wozu wäre das gut?«
»Wenn dich dein Vater ein bisschen interessieren würde, könntest du zum Beispiel fragen, warum er schon so früh zurück ist.«
»Da würde ich bestimmt etwas Umwerfendes erfahren«, erwiderte er höhnisch. »Lass mich raten: Es gab keinen Stau auf dem Opawa-Ring! Richtig?«
Marta schenkte seinem Gespött keine Aufmerksamkeit.
»Du würdest erfahren«, sagte sie in bewusst ruhigem Ton, hinter dem Darek jedoch Anspannung vernahm, »dass seine Firma Insolvenz angemeldet hat. Weißt du, was das bedeutet?«
Darek hob die Achseln.
»Das bedeutet Massenentlassungen. Kein Zwangsurlaub, keine Kurzarbeit und kein reduzierter Lohn mehr, sondern endgültiger Rausschmiss. Dein Vater ist mit zweihundertsiebzig anderen Menschen ohne Arbeit. Denk mal darüber nach, wie es ihm wohl gerade geht!«
Darek spürte, wie sich alles in ihm zusammenzog. Nach dem morgendlichen Optimismus, nach der triumphalen Abfahrt in die Fabrik

und der versprochenen Feier mit Torte war es eine unerwartet kalte Dusche. Er stand regungslos da und starrte Marta an. Eine Weile erwiderte sie seinen Blick, dann drehte sie sich um und ging wieder zurück in die Küche.

»Ich fürchte, deine Prügelei wird seine Laune nicht verbessern!«, rief sie ihm noch über die Schulter zu, bevor ihre veilchenfarbene Bluse hinter der Tür verschwand.

***

Der letzte Schritt. Ich halte mich am Geländer fest und setze mich auf die Rutsche. Die lange Bahn windet sich nach unten, ich starre sie an und habe Angst. Gleichzeitig freue ich mich. Beide Gefühle hängen zusammen, ich weiß nicht, welches überwiegt. Ich bin sieben, kann gerade erst schwimmen. Vater hat mir die große Rutsche strengstens verboten. Zum Beweis, dass er es ernst meinte, hob er sogar den Zeigefinger: *Verstanden*? Verstehen und wollen, das sind zwei ganz unterschiedliche Dinge. Die Versuchung ist für mich zu groß, ich kann nicht widerstehen.

»Was denn nun? Rutschst du, oder glotzt du nur herum?«, höre ich eine ungeduldige Stimme hinter meinem Rücken. Ich nehme meinen ganzen Mut zusammen, stoße mich ab … rutsche! Das fließende Wasser treibt mich immer schneller, die Welt rast steil an mir vorbei und ich rutsche durch die scharfen Kurven in die Tiefe. Mein Herz schlägt vor Erregung bis zum Hals. So etwas habe ich noch nie erlebt. Es wäre toll, wenn es ewig dauern könnte, wenn dieses Gefühl nie nachlassen würde! Doch die Rutsche hat, wie alles, ein Ende. Meine Freude verwandelt sich allmählich in Panik. Unter der Mündung der Rutsche ist das Wasser bestimmt sehr tief. Was, wenn ich nicht wieder auftauche? Was, wenn ich auf jemanden drauffalle? Was, wenn jemand auf mich drauffällt? Was … was … was…

»Vorsicht!«, kreische ich. Meine Stimme ist dünn, sie verklingt restlos im Getöse des Aquaparks. Erschrocken sucht mein Blick Vater und Mutter mit Ema im Planschbecken, aber das Gelände ist groß und unüberschaubar. Ich kann keine Gesichter ausmachen – das

Chlorwasser beißt in den Augen, alles fließt ineinander. Nur mühsam erkenne ich das sich rasant nähernde Ende der Rutsche. Ich werde nach oben katapultiert und fliege mehrere Meter durch die Luft, drehe mich wie ein Propeller und dann platsche ich ins Becken. Ich sinke zum Grund. Vorher, auf der Rutsche, hatte ich vergessen, tief einzuatmen, jetzt geht mir die Luft aus. Verschwommen sehe ich Körper, Arme und Beine überall. Sie bilden ein Hindernis zwischen mir und der Welt dort oben, der Welt, in der man atmen kann. Es scheint mir, dass ich nie durchkomme, und das erfüllt mich mit Panik. Ich ertrinke! Hysterisch fuchtele ich mit den Armen, trete Wasser, und mit Verzweiflung sehe ich Luftbläschen an meinem Gesicht aufsteigen. Plötzlich packt mich ein starker Arm und zieht mich nach oben. Im Nu ist mein Mund oberhalb der Wasseroberfläche. Ich atme gierig ein und drehe den Kopf zu meinem Retter.

»Papa!«, stoße ich überrascht aus. »Wie hast du mich gefunden?«

»Ich habe dich nicht aus den Augen gelassen.«

»Echt? Die ganze Zeit? Hast du gesehen, dass ich auf die Rutsche gegangen bin?«

Vater nickt. Seine borstigen Haare kleben ihm am Kopf, sie sehen wie eine rote Kappe aus.

»Wieso hast du mich hochgelassen?«, staune ich.

»Was blieb mir anderes übrig? Es war deine Entscheidung.«

Wir schwimmen gemeinsam zum Rand des Beckens, Vater schweigt, seine kräftigen Arme schneiden ruderartig durchs Wasser. Ich fühle mich klein, schwach und schuldig.

»Ich mach das nie wieder, Papa«, nuschele ich leise.

»Warum nicht?«

»Du hast es mir doch verboten.«

»Und du hast auf mein Verbot gepfiffen.«

»Ich wollte es einmal ausprobieren«, erkläre ich. »Nur ein Mal.«

»Und – hat es dir gefallen?«

»Ich hatte Angst, aber … es war toll.«

»Da du es nun schon ausprobiert hast und es toll findest, wirst du es trotz Verbot immer wieder versuchen. Also, von mir aus rutsch, bis deine Badehose durchgewetzt ist.«

Macht er Witze? Ich schiele ihn an, aber sein Gesicht ist ernst.
»Und was, wenn ich ertrinke?«
Er hat schon den Beckenrand erreicht, steigt aus dem Wasser. Jetzt erst merke ich, dass die kleine Tasche mit Dokumenten, Geld und weiteren wichtigen Sachen um seine Hüfte befestigt ist. Er muss meinetwegen so eilig ins Becken gesprungen sein, dass ihm keine Zeit blieb, sie abzulegen.
»Wenn du ertrinkst, tja, dann hast du halt Pech«, sagt er lässig und knufft mich in die Backe. »Dann kannst du wohl nicht mehr rutschen.«

***

Herkules machte einen Abstecher zum Waldrand. Er raste unter tief hängenden Fichtenästen durch, sodass Darek sich auf seinen Hals legen musste, dann trabte er, ohne angespornt werden zu müssen, quer über die Wiese zurück und bog in sicherer Entfernung vom elektrischen Zaun ab. Noch nie war er bis an den Zaun gelaufen – vermutlich hatte er früher mal eine schmerzhafte Erfahrung mit elektrischem Strom gemacht. Anton hatte Darek erzählt, dass der ursprüngliche Besitzer das Pferd im Gelände gut geritten habe, aber dann sei er gestorben und der Hengst habe mehrmals den Besitzer wechseln müssen. Herkules musste Kutschen mit Touristen ziehen, Stämme und Klötze aus dem Wald schleppen und wurde vor den Pflug gespannt. Anton hatte ihn in Skaryszew auf dem Markt als Einspannpferd gekauft, doch er erkannte gleich, dass mehr in ihm steckte. »Er ist dreizehn, und abgesehen davon, dass er wie ein Knochengerüst aussieht, *calkowicie*, ist er in Ordnung. Schau dir mal die Mähne an!«
Anfangs teilte Darek seine Begeisterung nicht. Herkules' Mähne kam ihm wie ein fusseliger Schal aus dem Secondhandladen vor. Nicht einmal die Farbe konnte man bestimmen. Erst nach gründlichem Waschen und tagtäglichem Kämmen stellte sich heraus, dass sie silbergrau, seidig und üppig war. Das Fell hatte einen etwas helleren Ton, und Darek stellte fest, dass die einzelnen Haare nicht

grau, sondern weiß und schwarz gemischt waren. Herkules war ein ruhiges Pferd. Er hatte schon so viel erlebt, dass er sich vor nichts mehr fürchtete. In der Herde war er praktisch vom ersten Tag an als Führungshengst anerkannt, ohne sich den Status erkämpfen zu müssen. Sogar Krokant, der größer und jünger war, ging ihm von alleine aus dem Weg.

»Ho!«, rief Darek, sobald sie unter dem Hang angelangt waren, und parierte den Hengst zum Schritt durch. Schon vorher, als Mischa im Sattel gesessen und Darek die beiden beobachtet hatte, konnte er sehen, wie Herkules den Anweisungen willig folgte. Von allen neun Pferden war er am meisten am Reiten interessiert. Herr Havlik, der jeden Tag zur Weide humpelte, um vom Zaun aus stundenlang die Pferde zu beobachten, meinte, dass Herkules einen Charakter mit großem C hatte. »Welche Dressur ein Pferd genossen hat, was es draufhat, wie es mit seiner Gesundheit steht, das zeigt sich meistens erst nach gewisser Zeit«, behauptete er. »Aber den Charakter eines Pferdes sowie eines Menschen erkenne ich auf den ersten Blick.«

Herr Havlik hätte sogar ohne Weiteres Ema auf Herkules reiten lassen, aber sie hatte ihre Waliserin und mochte offensichtlich kein anderes Pferd. Auch jetzt saß sie auf ihrem breiten weißen Rücken, lächelte beglückt, die Hände in die Mähne der Stute gekrallt. Mischa longierte sie vor dem Schuppen. Als er sah, dass sich Darek auf Herkules näherte, hob er den Daumen.

»Klasse! Mal abgesehen davon, dass er mit dir ein Stück durch den Wald gefegt ist, bist du der King!«, schrie er ihm zu. Es hatte sich bei ihnen inzwischen eingespielt, nach jedem Ausritt eine Bewertung abzugeben, meistens in einem witzig-ironischen Ton.

Ema schwieg, wandte nicht einmal den Kopf. Sie schien Darek gar nicht wahrzunehmen. Ihre ganze Aufmerksamkeit war auf Waliserin und die schaukelnde Bewegung gerichtet. Darek erinnerte es an ihre Trancezustände und ihre Murmelgedichte, mit dem Unterschied, dass sie auf dem Pferderücken nicht vor sich hin flüsterte, sondern nur veträumt lächelte.

Unweit vom Schuppen lehnte Herr Havlik an der Koppelumzäunung. Er begrüßte Darek gleich mit einer kritischen Anmerkung.

»Richte dich auf, du buckliger Fiedler!«, rief er. »Ist etwas mit dem Sattel?«
»Nein, der passt gut.«
»Er rutscht nach hinten, oder? Vielleicht sollten wir es mit einem Vorderzeug versuchen. Außerdem scheinen deine Steigbügel recht kurz zu sein. Probier es mit zwei Loch länger, dann sitzt du tiefer.«
»Mir gefällt es so.«
»Deinen Fersen aber nicht, die heben sich zu weit. Und wenn du Aussitzen übst, mach lieber ein bisschen langsamer. Sonst hoppelst du nur oben herum und krachst ihm immer wieder in den Rücken.«
Darek ritt bis an die Umzäunung, hielt an, streichelte Herkules am Hals und sprang herunter. Er war stolz. Richtig satteln konnte er zwar noch nicht, aber das Reiten machte ihm keine Probleme mehr, egal, was Herr Havlik darüber dachte. Darek hatte von ihm zwei alte Sättel geschenkt bekommen, verschiedene Trensen, Zügel und Longen. Alles war sauber, das Leder geölt und die Metallteile ohne Rost. Das Zubehör war sorgfältig gepflegt worden, obwohl Herr Havlik nicht mehr reiten konnte und seit Jahren keine Pferde mehr hatte. Als Zugabe bekam Darek unaufhörlich Ratschläge von ihm, ob er wollte oder nicht, und wurde schonungslos auf seine Anfängerfehler hingewiesen.
»Beim leichten Sitz musst du bei jedem zweiten Schritt mit dem Arsch aus dem Sattel gehen! Bis zwei kannst du doch zählen, oder? Und den Oberkörper mehr mitschwingen lassen!«
»Es geht nicht.«
»Quatsch, du bist doch kein Kartoffelsack! Hast du denn gar keine Muskeln? Und wenn du bergauf reitest, vergiss nicht, die Zügel lang zu lassen, damit das Pferd ein bisschen Freiraum hat. Sonst kommt es gar nicht hoch«, murrte er.
»Wollen Sie damit sagen, dass ich die Zügel zu kurz genommen habe?«
»Viel zu kurz, junger Mann, viel zu kurz.«
»Dann haben Sie schlecht hingeguckt«, verteidigte sich Darek. »Oder es war von ferne nicht zu sehen.«
»Ich habe Augen wie ein Falke. Und in die Ferne sehe ich besonders

gut. Der arme Herkules konnte seinen Rücken gar nicht aufwölben, das habe ich genau gesehen. Und denk mal an seinen Hals! Er braucht einen beweglichen Hals, um ihn als Balancierstange einzusetzen, ist das klar, junger Mann?«

Wenn Herr Havlik ihn mit »junger Mann« titulierte, betonte er damit das eigene Alter und seine lange Erfahrung. In solchen Momenten hatte es keinen Zweck, mit ihm zu streiten. Außerdem wusste Herr Havlik mit absoluter Sicherheit, was ein Pferd brauchte und was nicht. Dazu bediente er sich Argumente, die man nicht widerlegen konnte, weil sie nicht von dieser Welt waren.

»Das Pferd ist ein Engelwesen, schreib dir das hinter die Ohren. Es braucht unsere Liebe und gibt uns dafür seine Flügel.«

»Und woran erkennt das Pferd, dass ich es liebe?«

»An jeder Menge Dinge – daran, wie du es anschaust, in welchem Ton du mit ihm sprichst, wie du es sattelst und trenst, wie du reitest. Was denkst du, warum kommen wir Menschen mit zwei Beinen zur Welt? Damit wir gut auf dem Pferd sitzen können! Mir ist leider nur noch eins geblieben, aber ich sage dir, wenn ich es schaffen würde, in den Sattel zu kraxeln, würde ich sofort wieder ausreiten!« Er hinkte auf Krücken ganz nah an Herkules heran.

»Du bist ein kluges Kerlchen«, brummelte er zärtlich und streichelte den Hengst an der Schulter. »Ein Prachtkerl bist du, ein richtiger Prachtkerl!«

Der Hengst drehte den Kopf zu ihm. Er wusste schon, was kommen würde. Herr Havlik öffnete seine Umhängetasche, holte einige Brotwürfel heraus und legte sie auf seinen Handteller.

»Für Süßigkeiten kann ich kein Geld ausgeben, aber einen Laib gutes Brot kann ich mir immer noch leisten«, erzählte er Herkules und sah wohlwollend zu, wie der Hengst das trockene Brot mit seinen weichen Lippen aufnahm und es weiter zwischen die Kiefer schob. Zwei andere Pferde bemerkten die einladende Umhängetasche, spitzten die Ohren und näherten sich langsam. Herr Havlik humpelte sicherheitshalber ein Stück zurück und lehnte sich gegen den Schuppen. Er war schon einmal auf der Wiese umgefallen, als er der mausfalbenen Stute ausweichen musste, die plötzlich einen Schreck bekommen hatte. Seitdem passte er auf, dass er sich in Reichweite immer abstützen konnte.

»Wie geht es deinem Vater?«, fragte er, während er das trockene Brot an die Pferde verteilte.

»Er wurde heute gefeuert.« Darek errötete, denn es hörte sich irgendwie gemein an. Als ob die Entlassung den Vater auf seltsame Weise degradierte, ihn in ein fragwürdiges Licht stellte. Darek war das unangenehm, deswegen fügte er schnell hinzu: »Angeblich wurden zweihundertsiebzig Leute rausgeschmissen.«

»Elende Scheiße«, platzte Herr Havlik heraus. »Und es ist kein Ende in Sicht!«

»Ein Ende wovon?«

»Von der Krise. Zuerst haben wir die globale Finanzkrise gehabt, daraus haben wir uns eine Wirtschaftskrise gezüchtet und die ist jetzt in eine Schuldenkrise übergegangen ... Auf den Namen kommt es nicht an, die Krise bleibt, was sie ist.«

»Und was ist sie?«

Darek kannte selbstverständlich den Begriff; in letzter Zeit hörte man ihn von allen Seiten, in allen möglichen Abwandlungen, doch die genaue Bedeutung hatte ihm noch niemand begreiflich gemacht.

»In der Medizin bezeichnet die Krise die entscheidende Phase einer Krankheit. Eine akute, ernsthafte, manchmal sogar lebensbedrohliche Situation, ohne die keine Chance auf Genesung besteht. Zuerst allerdings – und das ist der Haken an der Sache – muss man einsehen, dass man krank ist. Es gibt Kranke, die ihre Krankheit abstreiten und auf alle Heilungsversuche wütend reagieren. Solche Irren können und wollen wahrscheinlich auch nicht gesund werden.«

Wenn der Vater hier gewesen wäre, hätte er längst auf dem Absatz kehrtgemacht. Er hielt Herrn Havliks Gerede für Quatsch mit Soße. Darek dagegen fand Herrn Havlik ungewöhnlich und hörte ihm gern zu. Es war faszinierend, zu verfolgen, wie er auf absurdesten Umwegen schließlich doch noch ans Ziel kam.

»Ich kenne niemand, der nicht gesund werden wollte. Sie schon?«, fragte Darek, öffnete den Sattelgurt und hob den Sattel von Herkules' Rücken. »Kranksein macht doch keinen Spaß!«

»Wie man's nimmt. Einem Kranken wird viel Aufmerksamkeit und Mitgefühl entgegengebracht. Schau mal, nachdem mein Bein amputiert worden war, hast du angefangen, für mich einkaufen zu gehen. Manchmal packt Frau Gajdoschikova aus Mitleid eine Banane oder ein Stück Kuchen in meine Einkaufstasche – das finde ich gar nicht übel. Schon klar, Kranksein ist lästig und geht den meisten Menschen auf den Wecker. Doch nach einiger Zeit gewöhnt man sich an die Untätigkeit und Hilfsbedürftigkeit. Man hat sogar Angst, dass sie einmal zu Ende gehen könnte.«
»Und was hat das mit der Krise und meinem Vater zu tun? Wollen Sie vielleicht sagen, dass er hilflos ist? Da liegen Sie total daneben!«, schnauzte Darek ihn an. »Vater hat schon einen neuen Job gesucht, bevor er entlassen wurde! Er hat immer wieder auf dem Bau gearbeitet, im Wald, im Sägewerk…! Und Angst hat er auch nicht! Von seinen Ersparnissen hat er die Pferde gekauft, die Scheune zum Stall umgebaut und mit mir zusammen fünfzehn Hektar Wiese umzäunt! Das nennen Sie untätig?«
Seine heftige Wortattacke erschreckte Herrn Havlik.
»Nein, überhaupt nicht! Ich habe keineswegs deinen Vater gemeint«, versuchte er Darek zu beruhigen. »Ich habe … Wie soll ich es sagen … Es betrifft die ganze Gesellschaft. Wir alle sind krank.«
»Wie meinen Sie das?«
»Wenn wir eine Arbeit verrichten sollen, fragen wir immer zuerst, was wir dafür kriegen. Umgekehrt aber, wenn wir nicht getan haben, was zu tun war, wenn wir pfuschen, jemanden reinlegen, uns schlichtweg wie Arschlöcher benehmen, kommen wir gar nicht auf die Idee, zu fragen, was wir dafür kassieren. Und das ist krank. Es gibt nämlich nichts umsonst…«
Er verstummte mitten im Satz. Darek blickte sich um. Der silberne BMW kam den Hohlweg entlang. Er zog einen Anhänger mit einem großen Pferde-Logo und der Aufschrift ***Horse Buddy*** hinter sich her. Anton fuhr, den Arm aus dem Fenster lehnend, im Schritttempo und wich vorsichtig Löchern aus. Er winkte ihnen heiter zu.
»*Dzień dobry!*«
Darek winkte zurück.

»Guten Tag!«, erwiderte er den Gruß. Dann erinnerte er sich, dass ihm Anton letztens das Du angeboten hatte, und korrigierte sich: »Hallo, Anton!«
Herr Havlik sagte nichts, nickte nur kaum wahrnehmbar. Er mochte Anton nicht. Zumindest seinem Gesichtsausdruck war klar zu entnehmen, dass er keine große Sympathie für ihn hegte. Er zog den Mund schief und begann, mit höchster Aufmerksamkeit seine mit Pferdespeichel besudelte Hand abzuwischen.
»Ich bringe zwei Neulinge!«, rief Anton und deutete mit dem Daumen hinter sich auf den Pferdeanhänger. »Ist dein Vater irgendwo in der Nähe?«
»In der Werkstatt«, antwortete Darek. Es klang so, als ob Vater in der Werkstatt Dringliches zu tun hatte, aber in Wirklichkeit machte er Ordnung in vorbildlich geordneten Schubladen, sortierte die bereits hundert Mal sortierten Holzschrauben, rollte aufs Neue die zusammengerollten Kabel, putzte das blank geputzte Werkzeug. Als Darek vorhin in die Werkstatt gekommen war, um seine Hilfe anzubieten, hatte ihn Vater nur mit einer Geste abgewiesen und klargemacht, dass er allein sein wollte.
»Soll ich ihn holen?«
»Wir schaffen es auch ohne ihn. Hilfst du mir beim Ausladen?«, fragte Anton und hielt an. »Die Pferde sind sicher durstig nach der langen Fahrt. Ich bringe sie aus Lodsch her. Gib ihnen gleich Wasser, sobald sie draußen sind.«
»Sind das Hengste oder Stuten?«
»Eine Stute und ein Wallach. Ich würde sie vorerst abseits halten, man kann nie wissen, wie die anderen auf sie reagieren werden.«
Darek nickte. Vor zwei Wochen hatte Vater den Teil der Wiese, den die Pferde abgegrast hatten, abgetrennt und zusammen mit Darek von Pferdeäpfeln gereinigt. Inzwischen konnte man wieder hier und da frisch nachgewachsenes Gras und leuchtend rosarote Thymianpolster sehen.
»Wir lassen sie dort drüben, da haben sie Platz genug und auch Wasser.«

Darek zeigte Anton, wo er mit dem Wagen hinfahren sollte, und öffnete den Zaun. Er beeilte sich. Nicht nur, dass er auf die neuen Pferde neugierig war, er wollte sie ausladen und auf die Weide lassen, bevor Vater auftauchte. Er wollte ihm zeigen, dass er sich auf ihn verlassen konnte. Wahrscheinlich würde der Zuwachs Vater aufmuntern und seine Laune verbessern, aber sicher war das nicht. Manchmal schien es Darek, dass Vater für die Pferde nicht so viel Begeisterung entwickelte wie er, Ema, Mischa oder Herr Havlik. Er kümmerte sich um sie und verrichtete notwendige Arbeiten, doch er streichelte sie nie, sprach sie nicht an und es lockte ihn anscheinend überhaupt nicht, mal in den Sattel zu steigen. Am Anfang hatte Darek gedacht, dass Vater trotz seiner Kraft ein kleines bisschen Angst hatte, allmählich wurde ihm aber klar, dass es keine Angst war, sondern eine merkwürdige Art von Strenge. Er hielt absichtlich Abstand zu den Pferden. Als Waliserin beim Striegeln den Hals zu ihm drehte, um ihre Streicheleinheiten einzufordern, gab er ihr eine Möhre, ohne sie zu berühren, und setzte seine Arbeit fort. Er kam nie einfach so auf die Wiese oder auf die Pferdekoppel, immer nur, wenn Arbeit anlag. Die aber machte er sehr sorgfältig.
»Die Mausfalbe hat Schnupfen und schüttelt ständig den Kopf. Seit ein paar Tagen frisst sie nicht richtig. Vielleicht ist sie gegen den blühenden Raps allergisch«, sagte er neulich beim Abendessen und es war ihm anzumerken, dass er sich wirklich Sorgen machte. Ein anderes Mal lobte er Herkules, dass er zugenommen habe und seine Rippen nicht mehr sichtbar seien. Das stimmte und es bewies wieder einmal Vaters praktischen Sinn, aber diese Bemerkungen verrieten nicht, ob er die Pferde mochte. Für Darek blieb er in dieser Hinsicht, so wie in vielem anderen, ein Rätsel.
»Wir führen *po pierwsze* Papa Schlumpf hinaus«, sagte Anton, öffnete die Hängerklappe und entfernte die hintere Stange. »Weißt du, warum er so heißt?«
»Klar, er hat einen Bart.«
»Genauso wie du.« Anton grinste. »Und was für eine Mütze trägt Papa Schlumpf?«
»Eine rote natürlich.«

»Kannst du dir vielleicht einen passenderen Namen für diesen Schmalzie vorstellen?«
Im Inneren des Anhängers drehten sich zwei Köpfe zu ihnen um. Der linke gehörte einer schwarzen Stute, der rechte einem fuchsfarbenen Kleinpferd. Seine rote Mähne leuchtete sogar im Halbdunkel ganz knallig.
»Geh zur Seite«, wies Anton Darek an. »Du brauchst nichts zu machen, pass nur auf, dass er nicht schräg aussteigt.«
Anton band das Pferd los und führte es langsam rückwärts heraus. Es musste nicht einmal den Kopf hinunterbeugen. Es war klein, hatte einen kurzen Hals, einen tonnenförmigen Rumpf und eine steile Kruppe mit einem tief angesetzten Schweif. Es zeigte kein Interesse an der neuen Umgebung. Nachdem Anton ihn auf die Wiese gebracht hatte, bog Papa Schlumpf den Hals nach unten und begann sofort zu fressen.
»Seine Mutter war ein Huzule, deswegen ist er so klein«, erklärte Anton. »Er wurde von Kindern in einem Ferienlager geritten, war aber nicht brav. Er hat immer wieder nach ihnen geschnappt, sogar richtig gebissen, also musste er weg. Gefällt er dir?«
Darek nickte zögernd. Um ehrlich zu sein, kam Papa Schlumpf ihm eher komisch vor. Seine Farbe war schön, aber der Körper so unproportioniert gebaut, dass er nur geringe Begeisterung wecken konnte. Die schwarze Stute dagegen war bildschön, bewegte sich elegant, man sah es ihr an, dass sie von edler Herkunft war.
»Eine tolle Puppe, oder?«, bemerkte Anton voller Respekt, als er sie auf die Wiese führte.
»Wie alt ist sie?«
»Erst fünf. Sie hat angefangen, Parcours zu laufen, doch dann ist sie gestürzt. Dabei hat sie sich am Hinterbein verletzt. Es ist zwar wieder geheilt, aber seitdem will sie von Parcours nichts mehr wissen. Und ihre ehemaligen Besitzer wiederum nichts mehr von ihr. Sie finden es unnützen Luxus, sie zu halten.«
»Wie heißt sie?«
»Kirke.«
Kaum hatte Anton ihr das Halfter abgenommen, rannte Kirke über

die Wiese. Wilde Sprünge, fröhliches Wiehern und die Art, wie sie den Kopf in die Luft warf, verrieten, wie sie nach der langen Hängerfahrt die freie Bewegung genoss. Sie entdeckte die Tränke und lief zu ihr hin. Darek schaute ihr mit Bewunderung nach. Er überlegte, ob seine Reitfähigkeiten für sie ausreichen würden.

»Wie weit bist du denn jetzt im Reiten?«, fragte Anton, der offensichtlich Dareks Gedanken gelesen hatte. »Hast du Fortschritte gemacht?«

»Na ja … ein bisschen schon. Herr Havlik behauptet zwar, dass ich nicht richtig aussitze, blöd in den Bügeln stehe, zu wenig nachtreibe, die Zügel falsch halte und ich weiß nicht, was sonst noch. Mir scheint aber …«

»Nichts ist so, wie es scheint«, unterbrach ihn Anton. »Hör nur auf Herrn Havlik! Er hat Erfahrung mit Pferden und kann dir viel beibringen, verstanden?«

Darek spürte, dass Anton das ganz zielgerichtet gesagt hatte, um bei Herrn Havlik Pluspunkte zu sammeln. Seine Taktik verfehlte jedoch ihre Wirkung. Herr Havlik, schon vorher halb abgewandt, drehte ihnen ganz den Rücken zu und fing an, die Brotkrümmel aus der Tasche den Pferden vor die Beine zu schütten.

»Was ist das? Zeig mal, bist du gestürzt?« Anton zog Dareks Arm zu sich heran und inspizierte den Ellbogen. Im Laufe des Nachmittags war er dick angeschwollen und wurde blau. »Hat Herkules dich abgeworfen?«

Darek zog rasch seinen Ärmel bis zum Handgelenk herunter und schüttelte den Kopf.

»Vielleicht könntest du besser reiten, wenn du nicht diese Latschen tragen würdest, sondern festere Schuhe«, bemerkte Anton.

Darek schwieg. Er hatte keine Lust, zu erzählen, wie er sich den blauen Ellbogen geholt hatte und wo seine neuen Schuhe geblieben waren.

»Zum Beispiel diese hier.«

Anton hob den rechten Arm, den er hinter seinem Rücken gehalten hatte, und ein Paar Reitstiefel kamen zum Vorschein. Darek hielt den Atem an. Ganz sanft und schüchtern berührte er sie mit der

Hand. Sie waren aus braunem Leder und, soweit Darek es beurteilen konnte, in seiner Größe.

»Sind die für mich?«

»Wenn sie passen, gehören sie dir.« Anton übergab Darek die Stiefel. »Sie sind schon älter, aber immer noch gut.«

Voller Erwartung streifte Darek seine Schuhe ab, nahm mit beiden Händen einen Stiefel und drückte seinen Fuß hinein. Am Knöchel saß er gut, am Oberschaft ein wenig locker und in der Spitze blieb noch genügend Platz. Schnell zog er auch den anderen an, ging probeweise in die Hocke, sprang auf, machte ein paar Schritte.

»Drücken sie? Sind sie nicht zu eng?«

»Im Gegenteil, ich werd noch etwas Papier in die Spitzen stopfen. Aber sonst sind sie perfekt!«, versicherte Darek begeistert. »Danke!«

»Gern geschehen.«

Darek klatschte sich ein paarmal auf die Unterschenkel. Es war ein ungewohntes Gefühl, die Waden mit festem Leder umspannt zu fühlen. Im Sattel würde er den Unterschied noch deutlicher empfinden. Die Sohle würde nicht aus dem Steigbügel herausrutschen und das glatte Leder würde am Pferdebauch nicht scheuern. Darek schaute zu Mischa hinüber. Er hatte auch kein ideales Schuhwerk zum Reiten, meistens ritt er in ganz gewöhnlichen Turnschuhen.

»Darf ich sie auch Mischa leihen?«

»Sie gehören dir. Mach mit ihnen, was du willst«, antwortete Anton, während er mit dem Blick Ema verfolgte. Sie nahm gar keine Notiz von ihm. Immer noch ließ sie sich beglückt auf dem Rücken der Waliserin schaukeln, die unverdrossen im ausgetretenen Kreis um den Schuppen herumging. Sie waren in perfektem Einklang miteinander.

»Die zwei lassen sich durch nichts stören, guck mal an«, bemerkte Anton. »Auch wenn ein UFO mit Marswesen hier auf der Wiese landen würde, würde es die beiden wahrscheinlich kein bisschen erschüttern.«

Darek widersprach nicht. Mit Marswesen kannte er sich nicht aus, dennoch hatte er eine Menge Situationen erlebt, die Ema sehr wohl durcheinanderbringen konnten. Es gab jedoch keinen Grund, Anton

davon zu erzählen. Darek sprach nur ungern über Ema mit Menschen, die nicht zur Familie gehörten, und Anton war trotz allem kein Familienmitglied.
»Lass sie bloß kein anderes Pferd reiten«, ermahnte er Darek noch.
»Sie will auch kein anderes, nur Waliserin.«
»Dobrze.« Anton schaute zufrieden über die weidenden Tiere und ging zum Haus. »Ich begrüße noch schnell deinen Vater.«
Darek sah ihm hinterher. Er war unschlüssig, ob er ihm von der Entlassung erzählen sollte, um ihn auf Vaters miese Laune vorzubereiten, aber er ließ es sein. Wenn Vater es wollte, konnte er selbst mit der Sache herausrücken.
»Die schwarze Stute ist wahnsinnig«, vernahm Darek auf einmal hinter sich. Er drehte sich um. Herr Havlik stand schon wieder auf dem Weg, gestützt auf seine Krücken, die Tasche quer über die Schulter gehängt. Sein Blick war auf das Pferdelogo und die Aufschrift ***Horse Buddy*** geheftet.
»Sie sagten doch, dass Pferde Engelwesen sind«, erinnerte ihn Darek. »Kann denn ein Engelwesen verrückt sein?«
»Und ob! Jede Menge Engel sind unzurechnungsfähig.«
»Und wie wirkt sich das aus?«, fragte Darek. Sein Gesicht war ernst, doch er konnte den amüsierten Ton nicht unterdrücken.
Herr Havlik bemerkte es.
»Das ist nicht zum Lachen, Junge«, warf er ein. »Du findest dich normal, ein Wahnsinniger findet sich ebenfalls normal. Nur, dass er von der Welt eine völlig andere Ansicht hat. Und Engel verteidigen ihre Ansichten mit gigantischem Einsatz, weil sie wissen, dass sie zu wichtigen Aufgaben berufen sind.«
Er deutete mit seiner Krücke auf die Aufschrift am Anhänger.
»Ist das Englisch? Was heißt es?«
»So etwas wie *Freund der Pferde.*«
Herr Havlik schüttelte den Kopf und wandte sich ab. Er stützte sich fest auf die Krücken und schleppte sich über den steinigen Weg nach Hause. Die Umhängetasche klatschte bei jedem Schritt gegen seinen Hintern.
»Und Kirke?«, rief Darek ihm besorgt nach. Herrn Havliks Äuße-

rungen, obwohl sie so rätselhaft waren, weckten jedes Mal Unruhe in ihm. Er schaute sich um, aber die schwarze Stute war zur Tränke gelaufen; man konnte nur ihren Schweif sehen, mit dem sie die Fliegen wegscheuchte. »Was soll ich Ihrer Meinung nach mit ihr machen?«

Herr Havlik blieb stehen. Er blickte nicht zurück zu Darek, das wäre unnötig mühsam für ihn gewesen, er sprach einfach vor sich hin. »Komm der Göre nicht zu nahe. Wir werden sie beobachten«, sagte er und schleppte sich weiter.

Darek gab sich mit dieser Antwort vorerst zufrieden. Er überprüfte, ob der Elektrozaun wieder gut geschlossen war, und machte sich auf den Weg zum Schuppen.

»Mischa!«, schrie er schon von Weitem. Er konnte den Blick nicht von seinen Reitstiefeln losreißen. Das aufpolierte Leder spiegelte den Abendsonnenschein wider und quietschte leicht bei jedem Schritt.

»Mischa, guck mal! Wir haben Stiefel geschenkt gekriegt!«

***

Hankas Gesicht blickte ihn ernst vom Monitor an, nur in einem Mundwinkel war der Anflug eines Lächelns zu sehen.

»Hallo«, grüßte Darek flüsternd, um Ema nicht zu wecken. »Da bin ich aber froh, dass wir uns wiedersehen. Bist du auch froh?«

Sie antwortete nicht. Mit zusammengekniffenen Augen hatte sie das Kinn an eine Steinmauer gestützt. Es sah aus, als hätte sie den Kopf auf der Mauer abgelegt, so, wie man einen Schirm oder eine Tasche ablegt.

»Zieh nicht so 'n Gesicht«, ermahnte Darek sie. Die digitale Hanka ließ sich keine Reaktion anmerken, aber das machte nichts. Er knüpfte trotzdem immer wieder an das Gespräch an. Es bereitete ihm Freude, sie nach Dingen zu fragen, die er eine Hanka aus Fleisch und Blut nie zu fragen gewagt hätte und die er ihr auch nie hätte schreiben können. »Du lachst über den Mammutpickel auf meinem Kinn? Der auf der Stirn ist noch genialer, guck mal!«

Er schob die Haare beiseite und enthüllte die entzündete Pustel mitten auf seiner Stirn.
»Ein richtiger Popocatepetl, was?«
Hanka ließ ihn nicht wissen, was sie über seine Akne dachte. Sie blickte ihn mit unverändertem Interesse weiter an, an ihrem Mund eine Sprechblase mit den Worten ***I want you around***. Das Foto war neu, es gehörte zu der hellen Seite ihrer Galerie. Darek meinte in dem Gebäude hinter ihrem Rücken das Bruntaler Gymnasium zu erkennen, aber sicher war er sich nicht. Er hatte die Schule nur einmal mit Mutter besucht, am Tag der offenen Tür. Er erinnerte sich an den majestätischen Eingang, an das schmucke Treppengeländer, die Eltern, die mit ihren Kindern hoch- und runterliefen, und an den bärtigen Schulleiter, der ihnen von den Projekten und Aktivitäten der Schule erzählt hatte. Dann hatten sie sich die Klassen angeschaut. Am besten hatte Darek der Informatikraum gefallen. Er war großzügig mit Rechnern bestückt und hatte eine große interaktive Tafel. Hinterher, als sie die Schule verließen und zum Bahnhof zurückgingen, legte Mutter Darek die Hand auf die Schulter und drehte ihn zu sich. »Also, was sagst du?«, fragte sie. »Würdest du gerne auf diese Schule gehen?«
»Und du?« Er war es gewohnt, sie nach ihrer Meinung zu fragen. »Würdest du wollen, dass ich auf diese Schule gehe?«
»Du würdest hier bestimmt mehr lernen als auf unserer Schule in Piosek. Du musst dir aber klarmachen, dass Bildung nicht alles ist. Du musst auch etwas dazu beitragen – etwas außer Büffeln. Etwas, das dir kein Gymnasium und auch keine Universität geben kann.«
»Was denn?«
»Anständigkeit und Freundlichkeit, was sonst! Es laufen genug studierte selbstsüchtige Flegel auf der Welt herum. Es würde mir leidtun, wenn du dich bei ihnen einreihen würdest.«
Sie hatten später noch im Zug darüber gesprochen und waren zum Entschluss gekommen, dass Darek kein selbstsüchtiger Flegel werden würde. Er würde sich den Winter über vorbereiten und im Frühling zur Aufnahmeprüfung gehen. Den Rest würden sie dem Schicksal überlassen. Zu Hause hatten sie das Thema nicht mehr

erwähnt, aber Darek hatte seitdem viel darüber nachgedacht, ob er überhaupt eine Chance hatte, aufs Gymnasium zu kommen. Das würdevolle, erwachsene Benehmen der Oberstufenschüler, die sie durch das Schulgebäude geführt hatten, hatte Eindruck auf ihn gemacht. Er hatte überlegt, ob auch er in der neuen Umgebung erhabener sein würde. Zivilisierter. Ob er die Raufereien mit Hugo unterlassen würde.

Es waren voreilige Überlegungen gewesen. Kurz darauf wurde es Mutter zum ersten Mal schlecht und die Tage, die folgten, veränderten alles. Die meiste Zeit beanspruchte Ema, das Gymnasium hatte keinen Platz mehr in Dareks Zeitrechnung.

»Komm her, Kleine«, ertönte auf einmal Emas Stimme aus dem Zimmer. Sie redete wie gewöhnlich im Schlaf. Diesmal träumte sie wohl von Waliserin, mit der sie den ganzen Nachmittag verbracht hatte. »Whoa! Wo ... wo läufst du hin?«

Gleich im Anschluss hörte Darek einen Wumms. Er stand vom Rechner auf. Ema zappelte immer im Schlaf, oft kam es vor, dass sie aus dem Bett fiel, nicht wach wurde und stundenlang auf dem Fußboden weiterschlief. Morgens war sie dann erkältet. Einmal hatte sie sich auf diese Weise sogar eine Lungenentzündung zugezogen. Die Mutter war deshalb immer nach ihr schauen gegangen und nun tat es Darek – zumindest dann, wenn er selber schlafen ging. Es machte ihm nichts aus, weil er sowieso meistens am Computer saß, ein paar Schritte von Emas Zimmer entfernt.

Darek öffnete leise die Tür. Auf dem Boden sah er den Plüschbär und daneben Emas heruntergetretene Bettdecke. Er hob beides auf, deckte seine schlafende Schwester zu und platzierte den Bären auf der Fensterbank. Dann schlich er zurück in den Flur. Ehe er sich wieder an den Rechner setzte, beugte er sich über das Geländer und horchte. Der Vater hatte Spiegeleier zum Abendessen gemacht und Ema danach einen Gutenachtkuss gegeben, und seitdem hatte Darek ihn nicht mehr gesehen. Jetzt tönten Vaters Schritte aus der Küche, sein Husten, Zeitungsrascheln. Offenbar sah er den Stellenmarkt durch. Das überraschte Darek angenehm, denn er hatte damit gerechnet, dass Vater abends in die Kneipe verschwinden würde, um das bittere Gefühl der Entlassung ordentlich herunterzuspülen. Alkohol war sein gewohntes Mittel zur Bewältigung von Niederlagen. Doch diesmal griff er nicht dazu.

Als Darek wieder vor dem Rechner saß, fand er eine neue Nachricht in seinem Postfach. Er öffnete sie und las: ***Mischa hat mir von deinem Vater erzählt. Das tut mir sehr leid. Mir ist eine Idee gekommen, aber ich mache nichts, bis du sagst, dass du einverstanden bist. Um zehn werde ich oben bei Ludwig sein. H.***

Die Uhr im Computer zeigte vier Minuten vor zehn. Das war typisch für Hanka: Wenn sie sich etwas in den Kopf gesetzt hatte, stellte sie keine Fragen, sondern gab schlichtweg ihre Entscheidungen bekannt. Manchmal, so wie gerade jetzt, in letzter Minute.

Darek stand schnell auf und eilte zur Treppe. Er war barfuß, trat aber trotzdem möglichst vorsichtig auf. Wenn man auf der alten Holztreppe nicht achtgab, reagierte sie auf jeden Schritt mit lautem Quietschen. Manchmal knarrte sie auch einfach so, obwohl sie niemand benutzte. *Die Geisterpromenade* hatte Mutter das genannt. Sie hatte Darek versichert, dass jedes Haus mit Vergangenheit seine Schutzgeister habe, die es bewachten und von Zeit zu Zeit übers Treppenknarren ihre Anwesenheit verrieten. Es klang wie eine Vorlesestunde aus *Harry Potter*. Darek machte es Spaß, vor dem Schlafengehen den Geräuschen im Haus zuzuhören und sich die Maulende Myrte, den Fast Kopflosen Nick und andere, vielleicht noch interessantere Geister vorzustellen. Wenn man an ihre Existenz glaubte, musste man daraus ableiten, dass es sie schon immer gegeben hatte, natürlich auch in der Epoche des Aufbaus des Kommunismus. Logischerweise folgte daraus, dass sie es waren, die den Hof vor dem Abriss gerettet oder zumindest zu seiner Rettung beigetragen hatten. Und wenn jedes betagte Haus Schutzgeister besaß, überlegte Darek, dann musste das ganze Land voll davon sein. Und dieser Gedanke war sehr beruhigend.

Die vorletzte Stufe, die lauteste, mit dem Sprung in der Mitte, ließ Darek vorsichtshalber aus. Unten blieb er mit gespitzten Ohren ein paar Sekunden lang stehen. Vater war immer noch in der Küche und raschelte mit der Zeitung.

»Unvorhergesehene Schneeschauer haben den Süden Europas überrascht. Im Hafen von Nizza fielen zwanzig Zentimeter Schnee …«, vernahm Darek aus dem Küchenradio. Auf Zehenspitzen lief er zur Haustür, ertastete seine Schuhe, klemmte sie sich unter den Arm und stahl sich heraus. Barfuß, damit der Kies nicht unter seinen Sohlen knirrschte, huschte er über den Hof. Erst auf der Straße zog er die Schuhe an und eilte davon.

Die Straße schimmerte im Licht der Laternen. Eine stand oberhalb des Bauernhofs, eine in der Kurve bei der Kneipe, die nächste unten vor der Post. Darek wich den direkten Lichtkegeln aus, bewegte sich im Schatten der Bäume und Hecken. Um die Kneipe machte er einen Bogen, groß genug, dass man ihn vom Eingang aus nicht sehen konnte, erst hinter der Kreuzung kehrte er wieder auf die Straße zurück.

In dem Augenblick, als die Grafenschule vor ihm erschien, schlug die Kirchenglocke zehn. Darek beschleunigte seinen Schritt. Er schlich an den Fenstern des Hausmeisters vorbei, bog von der Hauptstraße ab und verschwand im Dunkel der abgelegenen Kastanienallee.

Beethovens Sandsteindenkmal ragte hinter dem Schulgebäude hervor, umgeben von einem kleinen Park. Die Inschrift auf dem Sockel tat kund, dass der Meister 1811 auf der Durchreise nach Wien an dieser Stelle ein Päuschen gemacht hatte. Beethovens Kopf, zerstört durch Regen und Vogelkot, erinnerte Darek an einen fauligen Blumenkohl. Die mächtigen Schultern fielen unter der Last der Zeit langsam ein, die rechte Hand, in der er angeblich eine Partitur gehalten hatte, war abgefallen. So weit Dareks Erinnerung reichte, wurde in Piosek gefordert, das Denkmal zu restaurieren. Man bekam jedoch nie die benötigten finanziellen Mittel zusammen. Langsam war es kein Denkmal mehr, es diente nur noch zur Orientierung und als Treffpunkt. Man sagte: »Wir treffen uns beim Ludwig.« Oder: »Komm zum Einhändigen.«

Hanka saß dem Meister zu Füßen, die Ellbogen auf die Knie gestützt, das Gesicht hatte sie dem Mond zugewandt, als würde sie sich sonnen.

»Na, schau mal an!«, begrüßte sie Darek.
»Was denn?«, antwortete er.
»Ich dachte, du kommst nicht«, gab sie zu. »Es ist ein bisschen spät für eine Verabredung, oder?«
»Ich gehe nie vor Mitternacht ins Bett«, sagte er und versuchte, sich nicht anmerken zu lassen, wie er sich über das Wort *Verabredung* gefreut hatte. »Ich bin eine absolute Eule.«
»Im Gegensatz zu Mischa«, bemerkte sie. »Immer wenn ihn Mutter vom Computer wegscheucht, verkündet er, dass er lesen geht, und fünf Minuten später finde ich ihn bewusstlos, mit den *Simpsons* auf dem Gesicht, daliegen. Ich würde sagen, mein Bruder ist eine Lerche, gekreuzt mit einem Huhn!«
»Er muss Energie tanken«, nahm Darek Mischa in Schutz. »Weißt du, wie er sich bei den Pferden verausgabt? Und jetzt habt ihr ihm sogar die Zuckerrationen gekürzt. Das finde ich echt unfair.«
Darek setzte sich neben Hanka. Dabei versuchte er die Entfernung zwischen ihr und sich so abzuschätzen, dass sie sich berührten. Es gelang ihm nicht, es blieb eine Lücke und das verstimmte ihn. Er könnte natürlich so tun, als ob er nicht gemütlich säße, und näher rücken, aber er hatte Angst, dass Hanka sein Manöver durchschauen könnte. Sie war nicht auf den Kopf gefallen.
»Ich habe niemandem etwas gekürzt«, erwiderte sie. »Mutter liest immer irgendeine Weisheit in *Gesünder leben* und sofort passt sie den Speiseplan an. Momentan hat sie es auf Zucker abgesehen, nächsten Monat werden wir kein Fett haben oder nicht salzen. Zum Glück haben wir Vater.«
»Richtet er sich nicht nach dem Speiseplan?«
»Er isst brav alles auf, was Mama ihm auftischt, aber dann hat er meistens dringende Arbeiten in der Garage zu erledigen. Er muss das Auto polieren oder Bremsflüssigkeit nachfüllen. Mischa assistiert ihm bereitwillig. Dort haben sie ihren geheimen Zuckerbunker. Wenn sie dann wieder herauskommen, sehen sie schwer zufrieden aus.«
Darek lachte. Er hörte, wie unnatürlich es klang. Nervös und krampfhaft. Er konnte das Zittern in den Beinen nicht abstellen, auch wenn er sich noch so bemühte, er schaffte es nicht, Hanka

direkt anzusehen. Er nahm ihre Nähe wahr, mit einem Seitenblick erfasste er den weißen Fleck ihres Gesichts, und immer wenn sie sich bewegte, ging ein Hauch von Orange von ihr aus. Er war sich nicht sicher, ob der Duft den Falten von Hankas T-Shirt, ihren Haaren oder ihrer Haut entströmte, jedenfalls war er sehr sympathisch und verlieh dem Frühlingsabend eine südliche Atmosphäre. Als würden sie nicht in den schlesischen Bergen sitzen, sondern am Mittelmeer. Darek ließ seiner Fantasie freien Lauf: Eine Verabredung mit Hanka am Strand wäre viel romantischer und würde eine Menge Möglichkeiten bieten. Sie könnten zum Beispiel durchs flache Wasser waten und Muscheln sammeln. Dort gäbe es selbstverständlich glitschige Steine und Hanka würde sich an Darek festhalten müssen. Oder er würde sicherheitshalber den Arm um ihre Hüfte legen. Sie würden schweigen und …

»Was werdet ihr tun?«

Hankas Frage zog Darek weg vom Strand, zurück in die Realität. Dem mitleidigen Ton nach zu urteilen, spielte sie auf Dareks Vater an.

»Es wird sich schon etwas finden«, verkündete er mit vorgetäuschter Lässigkeit. »Vater kann alles. Jede Firma, die ihn einstellt, wird sich alle zehn Finger nach ihm lecken.«

»Es ist immer noch Krise«, erwiderte sie skeptisch. »Weißt du, was das heißt?«

»Das weiß doch jeder«, antwortete er. »Die entscheidende Phase einer Krankheit. Meistens gefährlich, aber ziemlich oft führt sie zur Heilung.«

Er blickte Hanka immer noch nicht an, aber aus den Augenwinkeln sah er, dass sie sich zu ihm drehte.

»Zur Heilung von was?«, fragte sie verständnislos.

»Die ganze menschliche Gesellschaft ist krank«, belehrte er sie und war froh, dass ihm im Mondlicht die Röte, die ihm ins Gesicht schoss, nicht anzusehen war. Ungern plapperte er fremde Meinungen nach, aber jetzt passten die Worte von Herrn Havlik perfekt und Darek hatte sie noch ganz genau im Gedächtnis. »Wir sind voll verblödet. Wir wollen immer mehr und mehr haben, aber das bedeutet auch mehr geben. Von nichts kommt nichts, ist doch klar. Außerdem hat all das, was man zu brauchen glaubt, einen hohen Preis.«

Hanka nickte langsam. Er hatte sie offensichtlich beeindruckt.

»Du hast recht«, sagte sie. »Unser Mathelehrer behauptet, dass wir den Sinn für die Realität total verloren haben. Er sagt, dass wir uns eine virtuelle Welt mit einer virtuellen Ökonomie geschaffen haben und dass wir keine Beziehungen mehr aufbauen, sondern sie nur noch simulieren.«

»Beziehungen zu wem?«

»Zueinander und zu allem Übrigen. Schau dir beispielsweise mal dieses Wrack von Denkmal an. Meinst du, jemand repariert es jemals?«

»Meinetwegen kann es zerfallen. Denkmäler sind nutzlos.«

»Das kannst du nicht sagen. Wenn Ludwig nicht gewesen wäre, würden wir nicht hier sitzen«, erwiderte sie.

»Stimmt. Wir würden woanders sitzen.«

Darek traute sich jetzt doch, ein paar Zentimeter näher an sie heranzurücken. Nun berührten sie sich leicht an den Schultern und am Bein. Er hielt den Atem an und wartete mit klopfendem Herzen, was Hanka tun würde. Sie zog sich nicht zurück.

»Ich will dich etwas fragen«, sagte sie.

»Was denn?«

Er nahm allen Mut zusammen und sah sie an. Das Mondlicht formte eine Miniaturlandschaft aus ihrem Gesicht. Das Grübchen am Kinn wurde zum Tal, der Schatten der Nase erinnerte an ein Wäldchen, die Wangenknochen an ein weißes Gebirge. Die Augen schienen noch abgründiger als sonst. Als Darek hineinblickte, konnte er gar nichts erkennen. Es beunruhigte ihn, trotzdem wich er nicht aus. Er wartete ab, was Hanka fragen wollte, und hoffte, dass es etwas sehr Vertrauliches war, was die Entfernung zwischen ihnen noch weiter verringern würde.

»Mir ist eingefallen, dass ich meinen Vater fragen könnte, ob es bei ihnen in Opavia Arbeit gibt. Was sagst du dazu?«

Darek unterdrückte seine Enttäuschung. Als vetraulich konnte man Hankas Frage beim besten Willen nicht bezeichnen.

»Was für eine Arbeit?«
»Du sagst doch, dass dein Vater alles kann. Da dachte ich ...«
»Ein Zuckerbäcker ist er nicht.« Trotz aller Mühe gelang es ihm nicht, seine Enttäuschung zu verbergen. Das Gespräch ging in eine Richtung, die ihm nicht recht war. »Kekse und Schokolade hat er nie gemacht.«
»Schokolade und Kekse werden von Maschinen produziert, aber die müssen gewartet und repariert werden«, sagte Hanka ruhig. Entweder nahm sie seine Gereiztheit nicht wahr, oder sie ignorierte sie einfach. »Ich will nichts versprechen, aber fragen kann man ja mal. Wenn es irgendwie geht, wird Vater es einrichten.«
Darek schwieg. Hankas Angebot war gut gemeint und außerdem überhaupt nicht naiv. Ihr Vater verfügte bestimmt über genügend Einfluss, solche Dinge *einzurichten*, aber genau das war der Haken an der Sache. Er wollte nicht, dass sich Hankas Vater für seinen Vater einsetzte. Es würde Verpflichtungen mit sich bringen. So als würde man sich etwas leihen und es abbezahlen müssen. Bisher war Hanka nur älter, in allem anderen war Darek ihr ebenbürtig. Er ging zwar nicht aufs Gymnasium, beide wussten jedoch, dass er es gepackt hätte. Jetzt drohte Gefahr, dass die Beziehung zwischen ihnen anders werden würde. Dass Darek Dankbarkeit würde zeigen müssen. Bestimmt würden sie nicht darüber reden, aber sie würden es spüren. Das war eine unerträgliche Vorstellung. Sie zerstörte den Zauber der nächtlichen Verabredung, Hankas Orangenduft und auch die romantische Mittelmeerstimmung. Darek fühlte sich erbärmlich.
»Also was?« Hanka stupste ihn an. »Gefällt dir meine Idee?«
»Sie ist für 'n Arsch.«
Er sah, wie sie zusammenzuckte. Noch nie hatte er vulgär mit ihr gesprochen, vielleicht hatte sie gedacht, dass er keine Schimpfwörter kannte. Natürlich hatte er einen reichen Vorrat davon, wie jeder andere auch. Er benutzte sie jedoch nur vereinzelt, wenn sie ihm angemessen schienen. Hier waren sie richtig am Platz.
»Etwas Blöderes hätte dir nicht einfallen können«, fuhr er gereizt fort. Er war so sauer, dass er nicht weiter dasitzen konnte. Er stand abrupt auf und stieß sich den Kopf an Beethovens Armstümpfen.

»Verschiss… Ludwig!«, stieß er hervor. »Einstürzen sollst du endlich!«

Er glaubte Hankas leises Kichern zu vernehmen, aber er irrte sich wahrscheinlich. Als sie zu sprechen anfing, lag keine Spur von Vergnügen in ihrer Stimme.

»Warum ist meine Idee blöd?« Sie erhob sich vom Sockel und stand nun mit ihrer Miniaturlandschaft im Gesicht genau vor Darek. Sie verlangte gekränkt nach einer Antwort. »Dein Vater ist arbeitslos und ich versuche ihm zu helfen. Er tut mir leid. Das stört dich?«

»Genau, das stört mich.«

»Warum?«

»Wenn mein Vater dir leidtut, tue ich dir auch leid! Aber ich sch…, du weißt schon, was, auf dein Mitleid! Ich will dir nicht leidtun, ich will nicht, dass du mir hilfst, o. k.?«

»Nicht o. k.! Du hast mir doch auch ein paarmal geholfen. Zum Beispiel letztens mit dem Stromkreis.«

»Das war nicht aus Mitleid.«

»Weshalb dann?«

Er war in eine Sackgasse geraten. Er konnte weder vor noch zurück. Trotzdem versuchte er sich noch herauszuwinden.

»Du hast mich um Hilfe gebeten und ich wollte dir nicht absagen.«

»Warum?«

»Darum«, antwortete er. Es duldete keinen Aufschub mehr. Er beugte sich vor und gab ihr einen Kuss. Er traf sie zwischen Nase und Oberlippe. *So, jetzt habe ich mich absolut lächerlich gemacht!*, dachte er. *Jetzt hält sie mich für einen Volltrottel!*

»Darum?«, fragte Hanka leise. Sie behandelte ihn nicht wie einen Volltrottel.

»Ja, darum.«

»Ich habe es mir schon gedacht«, sagte sie. »Daher hat es mich auch nicht gestört, dass ich eine Drei bekommen habe.«

»Du hast … ich meine, wir haben eine Drei bekommen? Wieso?«

»Wir haben die Aufgabenstellung verfehlt«, erklärte sie. »Da sollte eine Glühbirne sein und keine Muschel.«

»Das tut mir leid«, murmelte er.

»Mir nicht«, versicherte sie ihm. Es klang aufmunternd. Er beugte sich noch einmal zu ihr. Diesmal fand er beide Lippen und das gab ihm so viel Selbstvertrauen, dass er sie umarmte. Sie wehrte sich nicht. Im Gegenteil, er spürte ihre Arme an seiner Hüfte. Der Ohrring mit dem Kristalltropfen kitzelte ihn am Hals und der Duft von Orangen erreichte wieder seine Nase. Er dachte sich keine Strandkulisse mehr dafür aus. Der Duft passte am besten hierher.
»Im Süden Frankreichs schneit es«, sagte er.
»Na und?«
»Na, und …«
… *und in Schlesien duftet es nach Orangen,* hätte er am liebsten hinzugefügt. Er tat es aber nicht. Hankas Facebook zeigte ihm klar, dass sie keine langen Reden mochte, sondern direkte Aussagen, die in Sprechblasen passten.
»I want you around«, sagte er und zog sie an sich. Die letzte Lücke, die noch zwischen ihnen blieb, schloss sich.

***

Von der Straße aus war das Haus nicht zu erkennen. Bis auf das Küchenfenster. Es leuchtete bläulich in der Dunkelheit, und in der Mitte, wo die Vorhänge nicht ganz zugezogen waren, zeichnete sich ein dünner weißer Streifen ab.
Darek betrat den Hof, zog die Schuhe aus und lief zum Eingang. Er nahm die Klinke in die Hand, doch noch bevor er sie herunterdrücken konnte, gab die Tür nach. Wahrscheinlich hatte er in der Eile vorhin vergessen, sie richtig zu schließen. Er betrat leise den Flur, stellte seine Schuhe unter die Garderobe und stahl sich zur Treppe. In dem Augenblick, als er den Fuß auf die erste Stufe setzen wollte, ertönte aus der Küche das Knarzen eines Stuhls und Vaters Stimme. Er führte Selbstgespräche.
»Gerade so den Viechern zum Spaß tauge ich … zu sonst nichts«, murmelte er niedergeschlagen. Die Energie, die Darek bei Vater immer gefühlt hatte, wenn auch manchmal unter der Oberfläche versteckt, schien dahin. Er sprach mutlos. In einem Atemzug

schimpfte er mit sich und bemitleidete sich zugleich. »Den Laufpass haben sie mir gegeben, wie … irgendeinen Dreck haben sie mich rausgeschmissen … Nach zwanzig Jahren! Bin ich jetzt ein Fall fürs Sozialamt oder soll ich mich an eine Ecke stellen … und die Hand aufhalten?«

Vaters Worte, obschon nur geflüstert, bahnten sich ihren Weg mit merkwürdiger Eindringlichkeit durch die nächtliche Stille. Darek zögerte. Nach dem Treffen mit Hanka war er so glückselig, dass er sich nach nichts mehr sehnte, als sich in seinem Zimmer einzuschließen und seine Eindrücke und Gefühle zu verarbeiten. Was er jetzt brauchte, war, sich Details ins Gedächtnis zu rufen, zu den wichtigen Einzelheiten zurückzukehren. Alles noch lange nachgenießen. Doch Vaters niedergeschlagener Monolog, den er aus der Küche mitbekam, durchkreuzte seine Pläne. Er schaffte es nicht, sich nach oben zu schleichen und den Vater in diesem Zustand alleine zu lassen. Das eigene Glücksgefühl erlaubte es nicht.

Er zog den Fuß zurück, ließ das Geländer los und ging unentschlossen auf die Küche zu. Was sollte er machen? Er könnte so tun, als ob er Durst hätte. Der Vater würde zwar merken, dass er nicht im Schlafanzug war, aber das spielte keine Rolle – er hatte sowieso, was Dareks Schlafgewohnheiten anging, längst die Flinte ins Korn geworfen. Während Darek sich ein Glas Wasser einlaufen ließ, könnte er fragen. Zum Beispiel etwas zu den zwei neuen Pferden. Oder irgendetwas anderes, was den Vater auf fröhlichere Gedanken bringen würde.

»Sie liquidieren den Betrieb … verkaufen die Forderungen … bezahlen die Schulden … Nichts bleibt. Als wäre er nie gewesen … Und ich?«, fuhr der Vater in seinem wehmütigen Monolog fort. »Soll ich mich auch liquidieren?«

An der Tür blieb Darek zögerlich stehen. Er spürte, dass es riskant war, einzutreten. Vaters Selbstmitleid konnte schnell in Wut umschlagen, wenn er mitkriegte, dass Darek ihn belauscht hatte. Besonders wenn Vater etwas getrunken hatte.

Darek machte noch einen Schritt und streckte den Hals vor. Durch den Türspalt hatte er den Tisch im Blickfeld. In der Mitte lagen die

Zeitung und ein Stift, mit dem der Vater Stellenangebote markiert hatte. Nirgends eine Spur von Schnaps oder anderem Alkohol. Der Stuhl gegenüber der Tür, auf dem der Vater immer saß, war leer. Darek schlich sich noch ein Stückchen näher heran. Endlich erblickte er den Vater. Er lehnte an der Küchentheke, sein Gesicht in seinen Handflächen vergraben, die Schultern nach vorne gekrümmt. Darek fröstelte es. Nie zuvor hatte er den Vater in einer solchen Haltung gesehen. Er kannte ihn zornig, schweigsam, scheinbar ruhig oder laut seine Freude äußernd. Jetzt sah er aus wie ein geprügelter Hund.

»Ich bin eine Null«, sagte er und schüttelte über sich selbst den Kopf. »Eine totale Null.«

In Darek stieg eine heftige Welle des Protestes hoch. Vaters Hilflosigkeit machte ihn wütend, sie beleidigte ihn fast. Sie war unwürdig. Er sollte mal die Schlacht von Shiroyama spielen, damit er sah, wie man gegen eine Übermacht kämpfte! Natürlich war er kein Samurai, aber er war groß und stark und erwachsen! Er hatte kein Recht, sein Gesicht so zu vergraben und die Schultern so hängen zu lassen! Wovor hatte er denn Angst? Er hatte seine Arbeit verloren, na und? Er würde eine andere finden. Er war kein Dummkopf und hatte keine zwei linken Hände, er brauchte keine Befürworter, die sich für ihn einsetzen würden! Immer wusste er weiter, er würde es ganz bestimmt auch jetzt schaffen! Die Pferdezucht würde auf Touren kommen, sie würden anfangen, damit Geld zu verdienen! Ohne Mutter war zwar alles schwieriger, aber er, Darek, war doch auch noch da. Er half doch, wo und wie er nur konnte! War das etwa zu wenig? Bedeutete das dem Vater etwa nichts?

Plötzlich fühlte er eine unbändige Lust, in die Küche zu laufen, dem Vater die Hände vom Gesicht zu reißen und ihn anzuschreien: »Heul nicht, du Memme!«

Vaters Stimme fuhr inzwischen in der quälenden Selbstjustiz fort. »Ich bin in jeder Hinsicht ein völliger Versager. Selbst als Vater kann ich mich ausstopfen lassen.«

Darek reichte es. Es gab bestimmt viel schlimmere Väter, da war er sich sicher.

»Es gibt viel schlimmere Väter als dich«, ertönte es plötzlich aus einer anderen Ecke der Küche. Darek zuckte zusammen. Es klang wie das Echo seiner Gedanken. Im Türspalt sah er eine Frauenhand und den Rand eines veilchenfarbenen Ärmels. Die Hand berührte Vaters Stirn und streichelte ihm über die Haare. Darek kannte die Hand und den Ärmel. Ohne den geringsten Zweifel erkannte er auch Martas Stimme, obwohl sie sich noch nie so zärtlich angehört hatte. Sie surrte wie ein Bächlein. »Es hat keinen Sinn, sich andauernd selbst die Schuld zu geben, Ota, das hilft auch nichts.«

Der Vater zog langsam die Hände vor dem Gesicht weg und Darek sah für einen Augenblick seine geröteten Augen. *Auch das noch!,* dachte er erschüttert. *Er hat doch nicht geweint, verdammt?* Ihm blieb jedoch keine Zeit, lange darüber nachzudenken, weil erst Martas Kopf in Sicht kam und schließlich ihre ganze schmächtige Gestalt. Sie trat ganz dicht an Vater heran, und auch wenn sie ihm nur bis zu den Schultern reichte, hinderte sie das nicht daran, sich ihm an den Hals zu hängen.

Darek drehte sich weg. Mehr wollte er nicht sehen. Er wich von der Tür zurück. Mit klopfendem Herzen tappte er durch den dunklen Gang und dann die Treppe hoch, er eilte, ja, rannte fast. Trotzdem gab er acht, den Stellen auszuweichen, die am meisten knarrten. Er wollte nicht auf sich aufmerksam machen. Er wollte nicht, dass sie von seiner Anwesenheit wussten und fragten, was er gesehen und gehört hatte, was er darüber dachte. Das ging sie nichts an. Er würde das nächtliche Bild im Kopf behalten, es die nächsten Tage mit sich herumtragen. Und jedes Mal, wenn er Vater oder Marta sah, jedes Mal, wenn sie wie zwei ganz gewöhnliche Bekannte miteinander redeten, die nur Nachbarschaft und gelegentliche Hilfeleistungen verband, würde er wissen, dass sie sich verstellten. Er würde ihnen nicht mehr glauben.

***

Es schneit. Eisige Schneeflocken landen auf meiner Nase, auf meiner Stirn, fallen mir in den Kragen und fallen auch in Mutters Grab. Vater steht neben mir, fasst mich um die Schultern, mit dem anderen Arm drückt er Ema an sich.

»Im Namen des Allmächtigen, der alles geschaffen hat … die in deiner Gnade aus dieser Welt geschieden …«, höre ich den Pfarrer beten, verstehe aber nur vereinzelte Wörter, den Rest trägt der Wind in die Weite. Vaters Stimme dagegen ist nah und deutlich.

»Du musst nicht zuhören«, flüstert er mir ins Ohr. »Denk an Mutter so, wie du willst. Ohne den Pfarrer-Schnickschnack.«

Alles, was mit Kirche zu tun hat, ist für Vater Schnickschnack. Soweit es mich angeht, stört mich die Anwesenheit des Pfarrers überhaupt nicht. Ich weiß, dass Mutter es sich so gewünscht hat. Ich versuche seiner Rede nicht nur akustisch zu folgen, ich würde sie gern auch von innen verstehen, unter der Hülle der Wörter.

»… gib, dass wir trotz unserer Trauer danken können … öffne unser Herz, Herr … vergib ihr die Sünden und gedenke … tröste die Hinterbliebenen … vermehre ihren Glauben … dass wir uns im Reich Gottes wiedersehen.«

Dem immer stärker werdenden Druck von Vaters Hand auf meiner Schulter nach zu urteilen, ist klar, dass er mit nichts, was der Pfarrer sagt, einverstanden ist. Er wünscht sich nicht, getröstet zu werden oder dass jemand sein Herz öffnet. Ihn empört, dass er sich für seine Trauer bedanken soll. Ihm widerstrebt, sich beraten zu lassen, mit wem er sich wo nach dem Tode wiedersehen soll. Das Gebet prallt an Vater ab wie gefrorener Schnee. Sein Glaube wird bestimmt nicht vermehrt werden, da kann ich Gift drauf nehmen.

»Werden wir noch singen?«, fragt Ema den Großvater, der neben ihr steht.

»Jetzt nicht mehr«, höre ich ihn antworten. »Wir haben schon gesungen, jetzt gibst du Mama die Blumen.«

Wir legen die Rosen und Nelken, die Opa aus Ostrawa mitgebracht hat, auf den Rand des Grabes. Rote und rosa Blüten sehen auf dem Schnee schutzlos, verfroren aus. Ema zieht mich am Ärmel.

»Wann nimmt sie sie?«, fragt sie.

»Wer?«

»Mama.«

»Wen soll sie nehmen?« Ich verstehe nicht.

»Die Blumen. Sie lässt sie doch nicht erfrieren.«

Ich weiß nicht, was ich antworten soll, aber mir ist klar, dass Ema dieselbe Frage Vater stellen wird, wenn ich schweige. Ich kann mir seine Antwort vorstellen, Emas Enttäuschung.
»Mama nimmt sie, wenn wir weg sind«, flüstere ich ihr ins Ohr.
»Warum?«
»Damit wir sie nicht sehen.«
Wenn sie jetzt noch einmal »Warum?« fragt, weiß ich nicht mehr, wie ich da rauskommen soll. Aber sie fragt nicht, sie schaut mich nur an. Dann blickt sie wieder zum offenen Grab. Den zusammengezogenen Augenbrauen nach zu urteilen, denkt sie angestrengt nach. Plötzlich hellt sich ihr Gesicht auf.
»Mama will, dass wir denken, dass sie tot ist, stimmt's?«, stößt sie hervor, froh, dass sie eine Erklärung gefunden hat.
Vater dreht sich um. Verkrampft presst er die Lippen aufeinander, er hat Tränen in den Augen. Es überrascht mich. Bis zu diesem Augenblick dachte ich, dass er gar nicht weinen kann. Er geht vor Ema in die Hocke, drückt sie an sich.
»Mami *ist* tot, Ema«, sagt er. Ich sehe ihm an, wie viel Mühe es ihn kostet, eine feste Stimme zu bewahren. »Sie war krank und dann ist sie gestorben. Jetzt tut ihr nichts mehr weh. Wir sollten es ihr gönnen, auch wenn ...«
»Ich gönne es ihr ja«, unterbricht Ema ungeduldig den Vater. Sie zieht ihn an der Manteltasche, reißt daran, sie will, dass er aufsteht. »Komm schon! Damit sie die Blumen nehmen kann!«
Wir dürfen aber noch nicht gehen. Vor dem Grab hat sich eine Schlange von Nachbarn und Bekannten gebildet. Einer nach dem anderen tritt an uns heran. Sie haben Dampf vor dem Mund, Schneeflocken sammeln sich auf den Schultern.
»Herzliches Beileid.« Sie schütteln Vater und mir und dem Großvater die Hand. Ema streichen sie meist über die Haare. »Sie war so jung ... lieb ... hat sich so rührend um die Kleine gekümmert ... Sie wird uns allen fehlen.«
Es schneit immer mehr. Die Krücken von Herrn Havlik hinterlassen im Schnee zwei Reihen Kuhlen, die wie andere Spuren schnell mit neuem Schnee bedeckt werden.

»Wenn du mal über deine Mutter reden willst, komm zu mir.« Herr Havlik spricht leise, ich muss mich vorbeugen, damit ich ihn höre. »Ich kannte sie besser als alle anderen zusammen.«
»Sie?«, wundere ich mich, »wieso?«
»Weil ich sie lieber hatte als alle anderen zusammen.«
Ema zieht den Vater unglücklich am Mantel, sie möchte gehen. Es ist allerdings noch Marta da. Sie nimmt meine beiden Hände. Ihre Handflächen sind selbst in der Kälte erstaunlich warm.
»Du weißt, wo du mich findest«, sagt sie zu mir. Natürlich weiß ich es, so wie alle. Sie sitzt im Postbüro: zwei Stunden vormittags, zwei Stunden nachmittags, Samstags geschlossen. »Wenn du etwas brauchst oder mit etwas nicht weiterweißt, schau vorbei.«
Ich wüsste nicht, was ich von ihr brauchen sollte, aber ich sage es nicht. Nun tritt sie an den Vater heran, nimmt seine Hände, auch zu ihm sagt sie etwas. Ich kann es nicht hören, weil Ema genau in dem Augenblick losschreit.
»Kommt alle weg! Kommt!!! Weeeeeeg!!!« Sie läuft zum Friedhofstor. Die Arme schlackern noch komischer als sonst um ihren Körper, in der Aufregung stolpert sie und fällt hin. Sie richtet sich sofort wieder auf und dreht sich nach uns um. Ihr Gesicht und ihre Jacke sind voll Schnee, sie stampft wütend auf und schreit so, dass sich ihre Stimme überschlägt: »Kommt! Schnell, kommt schon! Damit sie sie nehmen kann!«
Vater läuft als Erster zu ihr hin, ich gleich hinterher. Wir preschen durch das Tor, Ema ist schon auf der Hälfte des Hügels. Wir holen sie erst bei der Schule ein. Vater packt sie am Kragen, er weiß nicht, was er tun oder sagen soll. Schließlich nimmt er sie auf den Arm. Ema schaut an seinem Ohr vorbei auf mich. *Hat sie sie schon genommen?,* fragen ihre Augen eindringlich. Ich nicke. Das beruhigt sie. In ihrem vor Kurzem noch verzweifelten Gesicht erscheint der Anflug eines Lächelns. Sie legt den Kopf auf Vaters Schulter. Beide Köpfe nun dicht an dicht.

***

Es klingelte zur großen Pause. Die Kunststunde, die wegen der hereinströmenden, nach blühendem Wald riechenden Luft sowieso schon aufgelockert war, war endgültig vorbei.

Darek gab seine Arbeit ab (ein nicht gerade gelungenes Selbstporträt), streckte sich vor Erleichterung und ging in den Flur hinaus. Gerade wollte er mit den anderen zum Schulhof hinunterlaufen, als er hinter sich seinen Namen hörte. Er drehte sich um. Dort stand der Englischlehrer und rief ihn mit einer energischen Handbewegung zu sich. Darek steuerte auf ihn zu. Woher kam das plötzliche Interesse an seiner Person? Außer in Englisch unterrichtete er die Klasse noch in Erdkunde; keines der Fächer stellte für Darek ein Problem dar.

»Hier ist Besuch für dich«, erklärte ihm der Lehrer, und als er Dareks verständnislosen Blick bemerkte, fügte er hinzu: »Irgendeine Frau Kotschi.«

»Was will sie von mir?«

»Ihr kennt euch angeblich – vom Familienzentrum in Ostrawa. Sie wartet auf dich in meinem Raum.«

Darek machte sich mit dem Lehrer auf zum Erdkunderaum und versuchte sich das Aussehen von Frau Kotschi ins Gedächtnis zu rufen. Undeutlich erinnerte er sich an zwei Frauen, die regelmäßig aus Ostrawa zu ihnen kamen. Beide waren mollig, die eine hatte wasserstoffgebleichte Haare, die zweite sah aus wie eine Naturblondine. Mutter bot ihnen jedes Mal einen Kaffee an, sie saßen im Wohnzimmer und redeten. Dann gingen sie meistens in Emas Zimmer hoch, manchmal machten sie auch einen gemeinsamen Spaziergang. Darek gingen ihre Besuche auf den Geist. Es störte ihn, dass wildfremde Beamtinnen in ihrem Privatleben herumschnüffelten und sich im Haus umsahen, als ob sie etwas suchten, was nicht in Ordnung war. Er sagte es der Mutter. Die erwiderte, dass das nicht so sei. Das seien liebe Frauen, die versuchten zu helfen. Das Zentrum zahlte nun nicht nur den Pflegezuschuss, zusätzlich kam es für Emas Gymnastik- und Schwimmkurse auf, schickte ihr Bücher und CDs zum Sprechen- und Schreibenlernen und lud sie zu Theatervorführungen, Ausflügen und Ferienlagern ein. Zwei Mal hatten Ema und

Mutter einige Wochen in der Hohen Tatra in einem Erholungsheim verbracht und immer waren sie ganz begeistert zurückgekommen. Ema hatte sogar auf Slowakisch grüßen, danken und im Speisesaal um Nachschlag bitten gelernt. Ohne das Familienzentrum, hatte Mutter gesagt, hätten sie sich einen solchen Aufenthalt kaum leisten können.

»Hier haben Sie ihn!« Der Englischlehrer schob Darek in den Raum.

Aus dem Sessel erhob sich eine Frau in rot kariertem Kostüm. Als sie Darek anschaute, erinnerte er sich sofort an sie: Es war die Wasserstoffblonde. Sie streckte ihm die Hand entgegen. Er schüttelte sie.

»Guten Tag«, grüßte er. Der Händedruck brachte wieder die früheren Begegnungen und Gefühle hervor. Die Hand der Frau war weich und lasch, fühlte sich fast knochenlos an; man hatte fast Lust, sie zu drehen, um auszuprobieren, ob sie abreißen würde.

»Da bin ich aber froh, dich wiederzusehen«, sagte sie. »Ich will dich nicht um deine Pause bringen, aber du schenkst mir doch ein paar Minuten, oder?«

Darek nickte und der Lehrer ging zur Tür zurück.

»Sie entschuldigen mich, ich habe Pausenaufsicht im Hof«, erklärte er und verschwand. Darek wurde nervös. Er wollte mit der Frau nicht allein bleiben. Nicht, dass sie ihm unsympathisch war, aber er spürte, dass sie über unangenehme Dinge sprechen würden.

»Setz dich«, forderte sie ihn auf und nahm im Stuhl vor ihm Platz. »Seit ich dich das letzte Mal gesehen habe, bist du gewachsen.«

Dem war nichts weiter hinzuzufügen und so setzte er sich schweigend ihr gegenüber. Er erinnerte sich genau, wann er Frau Kotschi das letzte Mal gesehen hatte. Das war im vergangenen Herbst gewesen – nicht bei ihnen zu Hause, sondern in Ostrawa. Sie hatte Mutter im Krankenhaus besucht und hatte Kürbiskuchen mitgebracht. Mutter hatte nichts essen dürfen, sie stand kurz vor der Operation, also hatten Ema und Darek den Kuchen verspeist. Er schmeckte fad, was Darek sofort mit dem Händedruck der Frau in Zusammenhang brachte. Eine lasche Hand konnte nur fade Kuchen backen, dachte er.

»Ema ist auch gewachsen«, fuhr Frau Kotschi fort. »Sie ist ein großes Mädchen geworden.«
Darek bejahte, doch dann fiel ihm auf, dass mit ihrer Bemerkung etwas nicht stimmte.
»Woher wissen Sie das?«, fragte er. »Haben Sie sie gesehen?«
»Ich bin gerade eben in ihrer Schule gewesen«, antwortete sie lächelnd. »Ich habe mit ihrer Lehrerin Frau Paterova gesprochen. Sie hat dich sehr gelobt.«
»Mich? Wofür?«
»Du kümmerst dich wohl sehr gut um deine Schwester.«
Darek zuckte verlegen mit den Schultern. Er konnte auf das Lob nicht richtig reagieren, außerdem störte ihn das *sehr gut* in ihrem Satz. Er kümmerte sich um Ema so, wie er konnte. Er brauchte keine Noten dafür.
»Vielleicht ist es dir nicht so ganz klar, wie wichtig das gerade jetzt ist«, erklärte Frau Kotschi lebhaft. »Kinder wie deine Schwester brauchen vor allem einen festen Punkt, an den sie sich anlehnen können. Das ist deine Mutter gewesen. Aber jetzt …«
»An einen Punkt kann man sich nicht anlehnen«, erwiderte Darek. Ihre Belehrungen nervten ihn, er hoffte, sie mit seiner Bemerkung aus dem Konzept zu bringen.
»An einen beliebigen Punkt nicht, da gebe ich dir recht. Wenn jedoch dieser Punkt dein Lebensmittelpunkt ist, sagen wir ein Schwerpunkt, und du ihn plötzlich verlierst, dann kann es dich aus dem Gleichgewicht bringen. Und das habe ich bei Ema befürchtet. Deshalb bin ich froh, dass sie sich so gut macht …«
Sie legte eine Pause ein, griff in die Tasche ihres karierten Kostüms und zog ein Taschentuch heraus. Sie wischte sich die Nasenspitze ab. Es war eine Geste, mit der sie Zeit gewinnen oder Darek Zeit lassen wollte. Er sollte sich auf etwas gefasst machen, bevor es ausgesprochen wurde. Er steckte die Hände in die Hosentaschen und wartete.
»… wenn ihr auch nicht von allen Seiten so eine Unterstützung zukommt wie von dir.«
»Von wem sprechen Sie?«
»Ich weiß, dass es euer Vater nicht leicht hat«, antwortete sie auswei-

chend. »Allein mit zwei Kindern und noch dazu die Arbeit zu verlieren, das wäre für jeden ein Schlag.«
Also wusste sie schon von Vaters Entlassung. Sie sah Darek mit einem mitleidigen Lächeln an, das ihre Worte abmildern sollte.
»Ich bin sicher, dass ihr es zusammen schafft, es wird aber wohl noch dauern.«
»Dauern? Was wird dauern?«
»Bis sich dein Vater damit abfindet. Bis er merkt, dass er seine schwierige Situation nicht verbessert mit …« Sie zögerte, dann vervollständigte sie den Satz leise: »… mit Kneipenbesuchen.«
Das war ein klarer Angriff. Darek begriff, dass er ihn abwehren musste.
»Falls Sie es nicht wissen, ein Lokal erfüllt auf dem Land eine wichtige gesellschaftliche Funktion als gemeinschaftlicher, kommunikativer und informativer Treffpunkt. Wir haben das in Gemeinschaftskunde gelernt«, sagte er so gelassen, wie er nur konnte, und sah die Frau mit verbissener Freundlichkeit an. Er war froh, dass sie ihm nicht in die Hosentaschen sehen konnte. Er hatte die Hände darin zu Fäusten geballt. »Gehen Sie etwa nie in die Wirtschaft, um zu Mittag oder zu Abend zu essen?«
»Es geht nicht um auswärts essen«, erwiderte sie genauso freundlich wie er. »Jetzt geht es um den Konsum von Alkohol. Ums Betrinken.«
»Papa betrinkt sich nicht!«, stieß Darek hervor. Aller Mühe zum Trotz gelang es ihm nicht, Ruhe zu bewahren. »Haben Sie ihn etwa jemals betrunken gesehen?«
»Ich nicht, aber andere haben ihn gesehen. Nicht nur in der Kneipe und nicht nur abends.«
»Glauben Sie alles, was Ihnen die Leute zutragen?«
»Wenn sich die Informationen aus unterschiedlichen Quellen decken, kann ich sie nicht auf die leichte Schulter nehmen«, sagte sie mit einer unerträglichen Besonnenheit. Sie war Darek gegenüber im Vorteil, weil sie nur angriff. Sie musste nicht ihre Kraft zur Verteidigung verschwenden. »Ich will das Beste für dich und Ema. Du weißt sehr gut, dass unser Zentrum neben Beratung und finanzieller Hilfe auch einen Pflegedienst anbietet. Wenn sich die Zustände in man-

chen Familien verschlechtern, können wir den Kindern helfen, indem wir sie – natürlich für begrenzte Zeit, bis sich die Situation geregelt hat – in einer Pflegefamilie oder einer Einrichtung unterbringen.«

Darek stand auf.

»Sie sind verrückt geworden«, sagte er.

»Mir ist klar, dass es dir …«

»Sie werden weder mich noch Ema irgendwo hinschieben«, verkündete er kurz und knapp. »Vergessen Sie das.«

»Ich sage nicht, dass ich dich oder deine Schwester irgendwo *hinschieben* will. Ich würde das nur gerne lösen …«

»Wenn Sie gerne was lösen wollen, kaufen Sie sich ein Sudokuheft«, riet er ihr. »Uns lassen Sie in Ruhe!«

»Darek, schau mal, du wirst vierzehn Jahre alt. Du verstehst schon eine Menge. Ema ist … Sie ist wunderbar, aber du weißt genau, dass sie an einer leichten Behinderung leidet, und deshalb braucht sie viel mehr Pflege und Aufmerksamkeit als andere Kinder. Sie wäre nie so weit gekommen, wenn eure Mutter ihr nicht all ihre Zeit und eine Menge Energie gewidmet hätte. Jetzt droht Gefahr, dass Emas Entwicklung stehen bleibt oder sich ihr Zustand sogar verschlechtert.«

»Können Sie mir sagen, warum sich ihr Zustand verschlechtern sollte?«

»Die Lehrerin, Frau Paterova – und die hat bestimmt keinen Grund, mir Falsches zuzutragen –, hat mir ansatzweise von Ema erzählt. Sie hat mir Emas Hefte gezeigt, ihre Hausaufgaben. Auf den ersten Blick ist zu erkennen, dass ihr Niveau abgesunken ist …«

»Was wissen Sie schon von Emas Niveau?« Darek lachte gereizt. »Wollen Sie sie nur danach bewerten, wie sie ein Bild hinkritzelt?«

»Nein, das will ich bestimmt nicht.«

»Worum geht es Ihnen dann?«, fuhr er sie mit unverhohlener Wut an. »Nur damit Sie's wissen, Ema hat sich in vielen Dingen verbessert! Sie sollten sehen, wie sie sich um die Kaninchen kümmert! Wie sie reitet … und singt, wenn ich dazu Mundharmonika spiele! Sie sammelt alleine Eier ein und macht sich vor dem Spiegel einen ganz geraden Scheitel! Ist das Ihrer Meinung nach zu wenig? Sie suchen nur Fehler, nichts Positives interessiert Sie!«

»Jetzt tust du mir aber unrecht …«

»Warum sind Sie überhaupt zu mir gekommen? Um mir einen Vortrag über den Alkoholkonsum meines Vaters zu halten? Warum gehen Sie nicht direkt zu ihm und sagen ihm ins Gesicht, dass er ein Säufer ist?«

»Wenn ich mit ihm reden könnte, dann würde ich ihm sicher meine Bedenken schildern. Damit habe ich kein Problem.«

»Womit haben Sie dann ein Problem?«

»Dein Vater geht mir und uns vom Zentrum leider aus dem Weg.«

»Blödsinn«, entgegnete er.

»Er reagiert nicht einmal auf Briefe und auch nicht auf die telefonischen Aufforderungen. Er geht mit Ema nicht turnen, er kommt nicht zu unseren Elterntreffen und auch nicht in die psychologische Beratungsstelle. Und einmal, als ich angerufen habe, hat er sogar gleich aufgelegt.«

Diesmal wusste Darek nicht, was er sagen sollte. Sie hatte recht und er wusste es.

»Die finanzielle Unterstützung und alle anderen Dienste sind abhängig von der Zusammenarbeit der Familie mit dem Zentrum, von der Kommunikation. Wenn die ins Stocken gerät, werden wir aufmerksam und suchen nach einer Ursache.«

Ihre Stimme war immer noch ruhig, doch die anfängliche Freundlichkeit war einem Beamtenton gewichen. Sie griff in die Aktentasche, zog eine Mappe mit Papierbögen heraus, suchte eine Weile darin herum und legte dann ein Schriftstück auf den Tisch. Es sah bedrohlich aus.

»Eine Aufforderung zu einem Besuchstermin. Die dritte. Die ersten zwei blieben ohne Antwort«, sagte sie und fuhr mit dem Finger über die Zeilen auf dem Papier. Bei den fett gedruckten Stellen hielt sie inne und klopfte mit dem Fingernagel darauf. »Es steht alles hier, schwarz auf weiß. Wann ihr kommen sollt, mit wem ihr reden werdet, was Gesprächsgegenstand sein wird. Ich wollte es deinem Vater persönlich übergeben, aber er ist nicht zu Hause. Oder vielleicht ist er es und macht absichtlich nicht auf.«

»Er ist zum Arbeitsamt gefahren«, sagte Darek, nicht mehr angriffslustig. Er musste versuchen, sich mit Frau Kotschi zu arrangieren, am besten ohne sich aufzuregen. »Ihr habt euch hier einen Tag und eine Stunde ausgedacht, aber was ist, wenn Ema krank wird? Oder … oder vielleicht stellt man bis dahin Vater irgendwo ein, er wird dann feste Arbeitszeiten haben und nicht kommen können!«

»Dann teilt er uns das rechtzeitig mit und wir einigen uns auf einen anderen Termin«, antwortete sie und hielt ihm das Schriftstück so lange hin, bis er es entgegennahm. »Wenn dein Vater auch dieses Mal nicht reagiert, werden wir weitere Schritte unternehmen müssen, verstehst du?«

Zögernd nickte er. Er wusste nicht, was genau sie ihm damit sagen wollte, aber er verstand es wie eine Drohung, hinter der sich eine *Einrichtung* oder ein *Heim* oder etwas Ähnliches verbarg.

»Nimm es nicht so tragisch. Alles kommt in Ordnung, du wirst sehen.« Frau Kotschi stand auf und trat an Darek heran. »Wir müssen nur an einem Strang ziehen.«

Sie war kleiner als er, von oben sah er, wie ihre blonden Haare herauswuchsen – am Haaransatz waren sie grau. Aus irgendeinem Grund stimmte ihn das milder gegen sie. Er faltete das Schriftstück zusammen, mit der Textseite nach innen, damit er die fetten Buchstaben nicht sah.

»Wenn Vater zurück ist, gebe ich es ihm«, sagte er.

»Das ist nett von dir.« Sie hatte den Beamtenton abgelegt und lächelte wieder. »Du hast es nicht leicht, nicht wahr? Ich kann mir vorstellen, wie viel Zeit und Geduld dich deine Schwester kostet. Eure Mutter hat immer gesagt, dass sie sich in allem auf dich verlassen kann – weil du verantwortungsbewusst bist. Versuch mit deinem Vater zu reden, von Mann zu Mann. Ich bin sicher, dass wir es gemeinsam am Ende auf eine Eins schaffen.«

Verantwortungsbewusst! Auf eine Eins! Es ging ihm gegen den Strich, wie viel Verständnis sie zeigte, wie sie ihn lobte, welche Ausdrücke sie benutzte, wie sie sich auf Mutter berief. Das war nicht fair. Er hatte größte Lust, ihr zu sagen, sie solle sich ihre Reden sonst wohin stecken, aber er beherrschte sich, gab ihr die Hand und verließ wortlos den Erdkunderaum.

Es hatte noch nicht geklingelt. Der Gang war wie leer gefegt, auf dem Hof der Lärm der großen Pause. Alle hörten sich sorgenfrei an, hin und wieder drang ein vereinzelter Schrei zu Darek herüber, das Abprallen eines Balles, Gelächter. Der leere Raum um ihn herum verwandelte den fröhlichen Lärm in eine unsichtbare, aber feste Mauer, die Darek von den Mitschülern und Lehrern trennte, ja, von dem ganzen Rest der Welt vielleicht. Plötzlich wurde ihm klar, dass er immer, wenn er Kummer und Sorgen hatte, abseits von den anderen stand. Er hätte zu gern gewusst, ob ihn die Umstände auf diese Weise dazu bringen wollten, seinen Sorgen nicht aus dem Weg zu gehen, sondern sich ihnen zu stellen. Er sträubte sich gegen eine solche Bedrängung, aber er vermochte auch nicht, einfach zu den anderen zu gehen und sich unbekümmert mit ihnen zu unterhalten.

Er betrat die leere Klasse, setzte sich und legte das gefaltete Schriftstück vor sich auf den Tisch. Er legte die Hand darauf, krümmte die Finger, spürte, wie das Papier nachgab. Es war angenehm. Er verstärkte den Druck. Aus der amtlichen Aufforderung, die gerade eben noch vor Wichtigkeit nur so gesprüht hatte, wurde langsam ein bedeutungsloses, verknittertes Kügelchen. Darek presste es noch mehr zusammen, bis es ganz in seiner Hand verschwand, holte aus und warf. Die Kugel landete mit einem sanften Aufprall im Abfalleimer neben der Tafel. Das munterte ihn auf. Die einfachsten Lösungen sind die besten, dachte er.

Die Schulglocke begann durchs Gebäude zu scheppern, die Pause war zu Ende. Darek vernahm das Zuschlagen der Pforte, die eindringlichen Befehle eines Lehrers, das Schnattern und Getrampel auf der Treppe. Sie hatten die Stille weggedrückt und die unsichtbare Mauer eingerissen, die Darek vom Rest der Welt getrennt hatte. Gleich würde jemand die Tür aufstoßen und hereinstürmen. Er hörte schon die Stimmen der Mitschüler im Gang näher kommen, Hugos lautes Gelächter war auch nicht zu überhören. Darek stand schnell auf. Plötzlich war er nicht mehr sicher, ob die einfachsten

Lösungen die besten waren. In der Schlacht von Shiroyama musste er lange und umständlich manövrieren, um wenigstens einen Teilsieg zu erringen. Eine einfache, direkte Abwehr wäre ein schicksalhafter Fehler gewesen und hätte sofort zu einer vernichtenden Niederlage geführt.

Die Tür flog auf, Hugo platzte herein. Als er Darek sah, grinste er. Seit der gestrigen Schlägerei hatten sie nicht mehr miteinander geredet, beide brauchten sie eine Verschnaufpause. Jetzt war es an der Zeit, eine neue Runde einzuläuten, zumindest mit Worten.

»Was machst du hier, Streber? Strebst du auch in der Pause?«, begann Hugo das Gespräch.

»Genau, du Blödmann, ich strebe«, erwiderte Darek. »Ich habe nämlich Schiss.«

»Wovor denn, du Weichei?«

»Ich fürchte, dass ich so blöd bleiben könnte wie du.«

»Provozier mich nicht, sonst gehst du wieder ohne Schuhe nach Hause!«

»Lieber ohne Schuhe als ohne Arme. Du hättest gestern gar nicht im Tor stehen müssen. Die Bälle durchlassen kann auch die Luft!«

»Aber sich den Ball abluchsen lassen, das kann nicht jeder!«

»Da kannst du drauf wetten, du Eumel!«

»Da wette ich drauf, du Hackfresse!«

Sie zeigten sich gegenseitig den Mittelfinger und drehten einander den Rücken zu. Darek steuerte auf den Mülleimer zu und fischte die verknitterte Papierkugel heraus. Er steckte sie in die Hosentasche, fest entschlossen, jetzt nicht daran zu denken. Später würde er sehen, wie er damit umging.

3.

Stell dir vor, das ist der erste Schokoriegel seit Anfang der Ferien!«
»Rationiert deine Mutter immer noch den Zucker?«
»Das nicht, aber ich habe bis jetzt gar keinen Appetit gehabt«, erklärte Mischa, während er den Schokoriegel aus der Hülle befreite. Er zerriss nie das Papier von Süßigkeiten, sondern packte sie immer mit liebevoller Aufmerksamkeit aus, als ob das seine Freude am Naschen noch steigern würde. »Bis gestern war ich auf Penicillin. Das hat mir den Magen total kaputt gemacht, meine Magenschleimhaut ist im Eimer. Ich muss mich überwinden, etwas runterzukriegen. Guck mal, wie dünn ich geworden bin. Ich habe gar keine Muckis mehr.«
Darek musterte den Freund. Die vierzehntägige Grippe hatte Mischa tatsächlich von überschüssigen Kilos befreit. Das T-Shirt schlackerte um seinen Körper, als hätte er es von einem größerem Bruder geerbt, und die rundlichen Wangen waren eingefallen. Er sah mehr denn je Hanka ähnlich und Darek wusste nicht, ob ihm diese Ähnlichkeit angenehm war.
»Keine Angst, du kommst schon wieder in Form«, beruhigte er den Freund und schaute durchs Fenster. Sein Blick schweifte bis zu den Hortensiensträuchern und folgte dem Weg bis zum Gartentor. Ein Motorrad stand davor. Kein großes, aber es ließ Darek trotzdem keine Ruhe. Er musste die ganze Zeit hinschauen.
»Eine Lifan 125«, bemerkte Mischa. »Nichts Dolles.«
»Wie viel bringt sie?«
»Höchstens hundert. Und da kannst du alle Schrauben fühlen.«
Mischa biss in den Schokoriegel und bewegte den Bissen mit glückseligem Gesichtsausdruck im Mund hin und her. Gleichzeitig schob er das Körbchen mit den Süßigkeiten Darek hin. »Nimm. Wenn es alle ist, bringe ich Nachschub aus der Garage.«
Darek griff mechanisch ins Körbchen und zog die Hand leer wieder heraus. Der Blick und seine Gedanken flogen unwillkürlich immer wieder zu dem Motorrad. Es ließ sich nicht ignorieren. Es hatte eine

rot-schwarze Bemalung und stand mit einer so frechen Selbstverständlichkeit am Bulis'schen Haus, dass sich in Darek alles zusammenzog. Um so eine Maschine zu besitzen, musste man finanziell gut gestellte Eltern haben. Und vor allem musste man sechzehn sein.
»Du kennst ihn?«
Obwohl Darek es möglichst gleichgültig sagte, hörte er die Anspannung in seiner Frage mitschwingen.
»Ein Jahr ist er schon hinter Hanka her«, antwortete Mischa mit vollem Mund. »Er sitzt in ihrem Zimmer und gibt an. Kilometerlange Stunden.«
»Wie heißt er?«
»Ich nenne ihn Schnegel. Er hat den Kopf immer voll mit Gel, bis zu den Schultern. Wahrscheinlich denkt er, dass Hanka nicht mehr von ihm loskommt, wenn sie ihn anfasst.«
»*Sie fasst ihn an?*« Darek zwang sich zur Ruhe, aber es gelang ihm trotzdem nicht, das Zittern in seiner Stimme zu unterdrücken. Die letzte Silbe schoss zu einem empörten Schrei hoch.
Mischa sah ihn verständnisvoll an.
»Ich kann es auch nicht verstehen. Aber Mädels ticken ganz anders als wir. Ich habe gelesen, sie haben höhere Amplituden und eine niedrigere Frequenz der Gehirnwellen.«
»Was bedeutet das?«
»Dass sie immer einem absoluten Idioten auf den Leim gehen.«
»Geht er mit Hanka in dieselbe Klasse?«
»Ich denke, er geht in die neunte oder sogar in die zehnte.«
»Vielleicht ist er ja kein Idiot«, wandte Darek ein. Er war um Objektivität bemüht, doch sie klang selbst in seinen Ohren falsch. »Oder zumindest kein absoluter.«
»Wer? Schnegel? Da kannst du Gift drauf nehmen, dass er einer ist! Ich habe gehört, wie er zu Hanka sagte: ›Komm, Süße, ich nehme dich mit auf einen Teufelsritt!‹«
»Echt? Das hat er gesagt?«
»Wortwörtlich. Würde ein normaler Mensch so etwas von sich geben? Oder zumindest ein halber Idiot? Nein, Schnegel ist ein absoluter. Ich wette mit dir um diese Eisenbahn!« Mischa deutete mit

dem Kinn auf die Modelleisenbahn auf dem Tisch. »Ich gebe alle meine Schienen und Züge und Bäumchen, Signaleinrichtungen, Schranken, sogar diese entzückende alte Plastikfrau, na, die vielleicht doch nicht, wenn sich zeigt, dass Schnegel seinen Kopf noch für etwas anderes braucht als zum Stylen!«

Er streckte die Hand aus und Darek schlug ein. Er lächelte, doch weder Mischas spöttische Bemerkungen noch die verrückte Wette schafften es, seine Panik zu mindern. Er hatte das Gefühl, Hanka entfernte sich von ihm. Er hatte schon seit zehn Tagen nicht mit ihr gesprochen. Gleich am Anfang der Ferien war sie irgendeine Tante in Prag besuchen, und als sie zurückgekommen war, konnten sie sich zwar kurz treffen, sie fing sich aber gleich darauf von Mischa die Grippe ein. Darek hing Abend für Abend vor dem Rechner und schrieb ihr, Hankas Antworten kamen jedoch unregelmäßig und sie schienen ihm knapp und ausdruckslos. Er erklärte es sich mit den Viren, die in ihrem Körper tobten, und damit, dass es ihr wirklich schlecht ging. Er versuchte seine Aufmerksamkeit anderen Dingen zuzuwenden, vor allem der Mundharmonika. Er nahm sich vor, das Instrument über die Sommerferien zu beherrschen. Er spielte die besten Soli auf Youtube ab und versuchte dann draußen bei den Pferden Kim Wilson oder Sugar Blue nachzuahmen. Er schonte sich nicht, spielte, dass es ihm in den Ohren dröhnte, aber es klang noch lange nicht gleichmäßig und sauber. Vom Tremoloüben war seine Zungenspitze wund und von dem ständigen Mundverziehen und Lippenspitzen hatte er Muskelkater im Gesicht. Die Overblows und Overdraws bereiteten ihm immer noch Probleme, aber er war entschlossen, nicht aufzugeben. Ema ermunterte ihn mit ihrer Begeisterung.

»Noch einmal das lange Heulende«, bat sie immer wieder. »Das spielst du sooo schöööön!«

Die Pferde traten unruhig auf der Stelle, liefen ans andere Ende der Koppel und schüttelten die Köpfe. *Once Upon a Time in the West* hing ihnen schon zum Hals heraus. Als Darek mindestens schon zum hundertzwanzigsten Mal Morricones klagenden Ton herauskitzelte, dieses Mal mit besonderem Einsatz und Gefühl, wieherte Waliserin so entnervt, dass Darek die Mundharmonika für den Rest des Nachmittages lieber in der Hosentasche verschwinden ließ. Ema behauptete zwar, dass Waliserin vor Freude gewiehert hatte, das konnte Darek aber beim besten Willen nicht glauben. Er hatte Angst, die Stute könnte von seinen musikalischen Experimenten einen Herzinfarkt bekommen.

»Denkst du, dass Tiere an Musik verrecken können?«, fragte er Mischa, den Blick immer noch zum Fenster gerichtet. Je länger er das Motorrad betrachtete, desto unwiderstehlicher erschien es ihm. »Ich meine, Pferde.«

»Es kommt auf das Pferd und die Musik an«, antwortete Mischa bedächtig und steckte sich das letzte Stück Schokoriegel in den Mund. »Das müsste man ausprobieren.«

»Ich habe ihnen etwas auf der Mundharmonika vorgespielt.«

»Und? Haben sie irgendwie extrem reagiert?«

»Zumindest haben sie gezeigt, dass sie mich hören und dass es ihnen auf die Nerven geht. Am meisten die Waliserin.«

»Das ist interessant. Vielleicht hängt das ja mit der Anzahl der Pigmente zusammen. Weiße Pferde haben vielleicht empfindlichere Ohren und ein besseres musikalisches Gehör als andere«, überlegte Mischa, während er sich aus der reichen Auswahl im Körbchen die nächste Süßigkeit aussuchte. Schließlich entschied er sich für eine Haselnusswaffel. »Weißt du was, wir können einen Versuch machen. Wir werden den Pferden nacheinander unterschiedliche Musikarten von Klassik bis Techno vorspielen und uns notieren, wie sie reagieren. Mann, das wird geil! Vielleicht zeigt sich, dass Pferde bei Barockmusik mehr fressen, bei Rock und Hip-Hop bessere Sportleistungen bringen, romantischer Country ihre Fruchtbarkeit erhöht und sie mit Madonna am besten einschlafen!«

»Mit Madonna?!«

»Na gut, dann mit Lady Gaga.«

»Lieber mit Pink. Aber wie sollen wir ihnen die Musik vorspielen, ohne dass es ein Konzert für das ganze Dorf wird?«

»Wir setzen ihnen Kopfhörer auf.«

Darek fing an zu lachen.

»Mischa, du bist ein Genie! Ich sehe schon Papa Schlumpf, wie er über die Wiese läuft, das Kopfhörerkabel am Ar…«

Er brach mitten im Satz ab. Draußen auf dem Weg waren Beine in Lederhosen aufgetaucht, die zwischen den Hortensien zum Gartenor stapften. Darek beobachtete es mit angehaltenem Atem. Seit er festgestellt hatte, dass der Besitzer des Motorrads bei Hanka war (bei der kranken!! Hanka, die Dareks Besuche ablehnte), konnte er an nichts anderes mehr denken. Er hatte zwar mit Mischa den Schalter in der Steuerkonsole der Eisenbahn repariert, eine neue Strecke mit Weichen und einer Brücke in Betrieb genommen, aber innerlich war er zwei Stockwerke weiter oben in Hankas Zimmer. Er kannte es nur flüchtig, war alles in allem zweimal dort gewesen, immer nur kurz, aber es hatte ihn schwer beeindruckt. Es war groß und so wie das ganze Haus herrlich eingerichtet. Darek war die gelbe Zimmerdecke in Erinnerung geblieben und auch der moosweiche türkisfarbene Teppich, die große Fotocollage an der Wand, das Bett mit einer Patchwork-Tagesdecke. Sich den Angeber Schnegel vorzustellen, wie er kilometerlange Stunden auf den Patchworkquadraten saß und Hankas Gehirnwellen vor Glück vibrierten, das war für Darek unerträglich. Trotzdem ließ ihn diese quälende Vorstellung nicht los. Sie spukte in seinem Kopf herum wie ein Phantom. Ein Phantom ohne ein konkretes Gesicht, aber dafür mit männlichem Rücken, einem muskulösen Bauch und breiten Schultern. Jetzt endlich konnte er sein Phantombild mit der Realität vergleichen.

»Ein klarer Fall für die Klapse«, sagte Mischa verächtlich. »Schau ihn dir an!«

Darek rückte näher ans Fenster. Er sah einen tief sitzenden Gürtel, den Oberkörper, ebenfalls in schwarzem Leder, einen Arm, der den Helm umklammert hielt, und einen gepflegten Haarschopf. Das Profil mit einem markanten Kinn, auf dem ein Stoppelfeld spross.

»Würdest du auf die Idee kommen, bei solchem Wetter noch so eine Lederhaut anzuziehen? Weißt du, wie dieser Idiot schwitzen muss?«, ertönte Mischas höhnische Stimme.

»Während der Fahrt schwitzt er nicht. Und gegen Wind schützt

Leder gut«, entgegnete Darek und wandte den Blick vom Fenster ab. Er wollte um jeden Preis Abstand wahren. Wenn Hanka Kreaturen in schwarzer Rinderhaut gefielen, war das ihre Sache. Sie konnte ja machen, was sie wollte, bewundern, wen sie wollte. Sie hatte Darek nichts versprochen, ihm nicht einmal zu verstehen gegeben, was sie von ihrer Beziehung hielt, ob sie überhaupt *zusammen* waren. Vielleicht war es für sie nur eine belanglose Angelegenheit, dass sie sich fünfmal geküsst hatten (genau genommen viereinhalbmal, denn einmal waren sie von Herrn Mihule gestört worden, der an der Haltestelle vorbeifuhr, wo sie im Juniregen standen und auf keinen Bus warteten. Er hatte seinen Lieferwagen angehalten und darauf bestanden, sie heimzufahren).

»Wirst du mich vermissen?«, fragte Hanka zu Beginn der Ferien, als sie sich vor ihrer Reise nach Prag verabschiedeten.

»Und du mich?«, fragte Darek zurück. Sie blickten sich an, keiner von beiden bereit, eine klare Antwort zu geben.

»Dann lassen wir uns mal überraschen!«, beendete Hanka das Gespräch. »Wir sagen es uns, wenn ich wieder zurück bin.«

Nicht nur, dass er sie vermisst hatte, er hatte außerdem dauernd daran denken müssen, ob er auch ihr fehlte. Während sich ihm jede Verabredung, jede Begegnung mit ihr tief eingeprägt hatte, waren sie für Hanka vielleicht weder außerordentlich noch wichtig. Sie war für Darek immer noch unerforschtes Land. Er kannte alle ihre Fotos, sie kommunizierten auf Facebook, einige Male hatten sie sich verabredet und ein paarmal hatte sie ihn bei den Pferden besucht. Doch ansonsten hatten sie jeder ihr eigenes Leben. Und wenn Darek sich nicht zu helfen wusste und die Augenblicke des Alleinseins in Gedanken bei Hanka verbrachte, war das seine, allein seine Sache – nicht einmal Mischa ging das etwas an. Darek hatte ihn in sein Gefühlschaos nicht eingeweiht. Auch wenn sie einander alles Mögliche anvertrauten, dies gehörte nicht zu den geteilten Geheimnissen.

»*Oh my god,* sie ist irre! Gestern hat sie noch mit Salbei gegurgelt und schau, was sie jetzt anstellt!«

Darek sprang schnell wieder zum Fenster. Mit Helm auf dem Kopf stieg Hanka gerade auf das Motorrad. Sie trug eine enge Jeans und eine rote Weste, die Darek bisher nicht an ihr gesehen hatte – vermutlich von der Tante aus Prag mitgebracht. Sie machte sich wirklich gut auf der Maschine, und als sie noch die Arme um die Hüften des ledernen Fahrers legte, musste Darek zugeben, dass sie wie ein elegantes Pärchen aus der Werbung aussahen.

»Wie fängt man 'ne flotte Biene? Am besten auf die Maschine!«, ließ Mischa verächtlich vernehmen. »Damit habe ich nicht gerechnet, dass sich Schwesterchen so einwickeln lässt. Mein Virus muss bei ihr scheußlich mutiert sein. Voll psycho ist das!«

»Sie will halt mal Motorrad fahren, was ist dabei?«, verteidigte Darek sie. An Hanka wie an jemanden zu denken, der sich einwickeln ließ, widerstrebte ihm. »Du würdest auch mitfahren, gib's zu.«

»Mit Schnegel? Spinnst du? Nicht mal, wenn er mich auf Knien bitten würde! Mit dem kann man doch nur im Graben landen – das ist der angemessene Platz für Schnegel. Ich wundere mich, dass Hanka das nicht einleuchtet. Na ja, wie ich schon sagte: Niedrige Frequenz, hoher Ausschlag, da kann man nichts machen. Wenn unsere Eltern da wären, würden sie es nicht erlauben, aber die sind einkaufen gefahren und ich …« In Mischas Augen blitzte es plötzlich. »*Ich* verbiete es ihr!«

»Du?« Darek kicherte. »Die gibt auch was auf dich!«

Mischa ließ sich nicht beirren. Die Süßigkeiten hatten ihn mit explosiver Energie aufgepumpt, er war in Rage gekommen, nichts schien ihn aufhalten zu können. Nach größeren Mengen Zucker neigte er zu unvorhergesehenem Verhalten und hyperaktiven Schüben. Er riss am Fenstergriff, aber das Fenster ließ sich erst öffnen, als Mischa sich auf einen Stuhl stellte und mit aller Kraft daran zog.

Er lehnte sich weit hinaus und rief: »Hanka! Hier spricht dein Bruder! Ich und Darek ordnen dir kategorisch und unwiderruflich an …«

»Hör auf mit dem Blödsinn!« Darek versuchte ihn vom Stuhl herunterzuziehen, aber vergeblich. Mischa hatte einen seiner Anfälle und war nicht zu bremsen.

»Mit sofortiger Wirkung verbiete ich dir strengstens, auf Motorräder zu steigen, die von absoluten Idioten gefahren werden! Darek schließt sich dem Verbot an! Steig herunter und hopp, Fieber messen! Hast du verstanden?«

Darek spürte seine Wangen rot werden und überlegte, wie er aus der peinlichen Situation wieder herauskam. Zum Glück war das nicht nötig. Das Geheul des hochtourigen Motors übertönte Mischas Pöbelei so laut, dass sich Hanka nicht einmal umdrehte. Sie schaute ihrem Fahrer über die Schulter, und während sie sich an seinen perfekten Rücken schmiegte und seine Hüften umschlang, entfernten sie sich bereits. Darek blickte dem roten, immer kleiner werdenden Fleck ihrer Weste noch ein paar Sekunden nach. Er versuchte sich dieses Bild als einen Bestandteil von Hankas Fotogalerie vorzustellen, auf der lichten Hälfte. Natürlich müsste sie es mit einer Sprechblase versehen, in der stehen würde: ***Take it on the run, baby.*** Oder: ***Never look back!***

Er drehte sich um und kehrte zur Modelleisenbahn zurück.

»Komm, wir machen diese Kreuzung neu«, forderte er Mischa auf – so normal er irgend konnte. »Diese Kurve kann man nicht so stehen lassen, die ist zu scharf.«

Ema wartete auf Darek vor dem ausgeschalteten Rechner. Sie hatte es sich auf seinem Stuhl gemütlich gemacht und starrte auf den schwarzen Monitor, ihren Plüschbär auf dem Schoß.

»Machst du es an?« Heute fragte sie nicht, ob Darek ihr etwas mitgebracht hatte.

»Was denn?«

»Die Feinde.«

Einmal hatte ihr das Familienzentrum ein Päckchen mit einfachen Computerspielen für Kinder im Vorschulalter geschickt. Darek erinnerte sich, wie Mutter versucht hatte, Ema die Spielregeln zu erklären. Sie hatte viel Zeit damit verbracht, ihr zu zeigen, wann sie was machen musste, doch Emas Koordinations- und Konzentrationsfähigkeiten waren dafür nicht weit genug entwickelt. Zappelige Bälle, Schlafwandler, Robots und Catching Game blieben für sie unspielbar, da es in diesen Spielen nötig war, die Tastatur oder die

Maus schnell zu bewegen und gleichzeitig die Veränderungen auf dem Monitor nicht aus dem Blick zu lassen. Die Feinde war das einzige Spiel, zu dem sie Zugang gefunden hatte. Einen eigenen Zugang. Das meiste, was die Autoren des Spiels vorgesehen hatten, machte sie nicht, also erreichte sie auch nie die notwendige Punktzahl, um ein höheres Level zu erreichen. Das hinderte sie jedoch nicht daran, sich wunderbar zu amüsieren. Am liebsten mochte sie einen Hund namens Teppich und eine Katze, die ihren Kopf um dreihundertsechzig Grad drehen konnte und die Beine in alle Richtungen bog. Ema beobachtete sie fasziniert beim Jagen, gluckste vor Lachen, wenn die Tiere um den Fressnapf kämpften, und sie ließ Teppich mit dem Daumen auf der Entertaste so lange um den Tisch herumlaufen, bis er völlig verknotet war. Zu Dareks Erstaunen klickte sie am Ende des Spiels immer rechtzeitig den rechten Pfeil, damit der Hund die Pfote hob und seine Katzenfeindin umarmte. Das war der Abschluss, der Ema offensichtlich glücklich machte und ihr jedes Mal ein breites Lächeln ins Gesicht zauberte.
»Das sind gar keine Feinde«, erklärte sie Darek. »Die tun nur so, damit es lustig ist!«
Jetzt rutschte sie erwartungsvoll auf dem Stuhl hin und her und kickte mit dem Fuß gegen das Geländer über der Treppe. Sie wollte endlich mit dem Spiel anfangen. Darek hätte gern gewusst, wie lange sie schon da saß.
»Wann ist Papa weggefahren?«, fragte er, obwohl ihm ziemlich klar war, dass er eine unbefriedigende Antwort bekommen würde.
»Ich weiß nicht. Ich glaube … jetzt irgendwann.«
»Hat er gesagt, wann er wiederkommt?«
»Um …«, sie zögerte, »… um sieben Uhr.«
»Sicher?«
»Er hat gesagt, dass der große Zeiger ganz oben sein wird und der kleine … das weiß ich nicht mehr.«
Außer der Schulglocke, die sie verstand und von der sie wusste, dass sie den Unterricht von der Pause trennt, war die Uhr für Ema ein unlösbares Rätsel. Vater hatte ihr bestimmt alles erklärt, aber sie hatte es vergessen. Vielleicht würde sie sich wieder erinnern, wenn

Darek darauf bestand. Sie würde die Faust gegen die Stirn pressen und die verschollene Information würde nach längerer Zeit intensiven Nachdenkens schließlich doch noch an die Oberfläche gespült werden, aber Darek wollte sie nicht quälen.

»Ist ja auch egal. Wenn er kommt, dann kommt er.«

Er rechnete damit, dass es spät werden würde, denn Vater war in den Lomnitzer Wald gefahren, um Sturmschäden wegzuräumen. Der Lohn waren fünfundachtzig Kronen die Stunde mit der Perspektive auf zwei oder drei Wochen Arbeit. Tags zuvor hatte er neun Stunden gearbeitet, den Tag davor sogar elf. Er fuhr in der Morgendämmerung weg und kam fast bei Nacht zurück, und obwohl er schwere körperliche Arbeit gewohnt war, sah er dann sehr erschöpft aus. Als ihn Darek in der Küche beobachtete, wie er sich eine Scheibe von der kalten Hackroulade abschnitt und langsam kaute, die Hand mit dem Messer gegen die Tischkante gelehnt, kam ihm der Vater auf einmal alt vor. Um die Augen und die Nasenwurzel herum bildete seine Haut Krähenfüße und in die gebräunte Stirn waren tiefe Furchen gegraben. Er saß da, mit gebeugtem Rücken, und sprach nicht, als wolle er seine Kräfte schonen. »Morgen soll ich erst nachmittags dort sein«, war das Einzige, was er zwischen zwei Bissen herausbekam. »Vormittags helfe ich dir mit Krokant.«

Darek hätte ihm am liebsten gesagt, dass er allein klarkam, aber er traute sich nicht. Der Hengst machte ihnen große Sorgen in letzter Zeit. Der krumme Huf tat ihm immer mehr weh, er trat damit nicht mehr auf. Im Laufe des Sommers hatte er aufgehört zu fressen und er roch bestialisch.

»Ich glaube, es ist Strahlfäulnis«, meinte Anton zu Beginn der Ferien und brachte einen Tierarzt mit. Zusammen kratzten sie Krokants Huf aus und entfernten dabei beschädigte Hornschichten und erkrankte Stellen mit seltsamen, blutenden Auswüchsen.

»Von wegen Fäulnis, das wäre noch die harmlose Variante. Das sieht leider nach einer bösartigen Neubildung aus«, verkündete der Arzt. Und damit keine Zweifel und Fragen offenblieben, übersetzte er die Diagnose: »Hufkrebs.«

Krokant bekam ein starkes Antibiotikum, einen Druckverband und durfte nicht auf die Koppel. Darek säuberte zweimal täglich seine Box und streute frisches Stroh ein. Auch wenn draußen die Sonne schien, der warme Wind einen bittersüßen Harzgeruch herantrug und das zufriedene Wiehern der Pferde bis in den Stall zu hören war, war Krokant anzusehen, dass ihn die Wiese nicht lockte. Er ruhte sich aus und sammelte seine Kräfte. Nach der ärztlichen Behandlung ging es ihm sichtlich besser, am zweiten Tag fing er an zu fressen und gegen Ende der Woche ging der Vater mit ihm spazieren. Der Arzt kam noch ein paarmal vorbei. Beim dritten Besuch untersuchte er auch die anderen Hufe von Krokant. Die hinteren waren in Ordnung, aber am linken vorderen entdeckte er eine noch fast unmerkliche Verformung des Strahls. Schweigend zeigte er sie dem Vater. Es war klar, dass man das angegriffene Gewebe entfernen musste, bevor es zu wuchern anfing. Diesmal war es nötig, Krokant in Narkose zu versetzen, denn er hatte den ersten schmerzhaften Eingriff noch gut in Erinnerung und wehrte sich wütend.

»Jetzt bleibt nur Warten und Hoffen«, gab der Arzt danach bekannt. »Ich glaube, ich habe alles entfernt, aber mit absoluter Sicherheit wird man das erst in ein, zwei Monaten sagen können. Ohne weitere Antibiotika kommt er natürlich nicht aus.«

Seine Worte beunruhigten Vater. Er befahl Darek, auf Krokant aufzupassen, nahm den Arzt zur Seite und redete besorgt auf ihn ein. Darek schnappte ein paar Bemerkungen auf, irgendwas von einem baldigen Verkauf, einem tierärztlichen Zertifikat und Nebenwirkungen. Dann gingen beide Männer hinaus auf den Hof und Darek hörte nichts mehr. Er streichelte dem Hengst über den Hals, sah die Zuckungen unter seiner Haut und scheuchte die Fliegen von ihm weg. Krokant war wunderschön – nach Dareks Meinung sogar schöner als Herkules –, aber jetzt, mit den verbundenen Hufen, weckte er eher Mitleid als Bewunderung. Vater fürchtete vermutlich, dass der Käufer, den Anton aufgetrieben hatte, einen Rückzieher machen könne. Darek machte das nichts aus, am liebsten hätte er Krokant sowieso behalten, aber er wusste, dass das nicht ging. Sie hielten die Pferde, um Geschäfte zu erzielen, nicht um Freude an ihnen zu haben. Sie mussten Gewinn erzielen, um zu überleben. Das war kein

Hobby, das war ihre Arbeit. Vater hatte es ihm oft genug erklärt. Es war sinnlos, sich etwas zu erträumen. Aber die Träume ließen sich nicht verdrängen. Darek stellte sich manchmal vor, wie er als erwachsener Mann im Sattel eines Pferdes saß und ihm eine große Herde von Pferden folgte, die *unverkäuflich* waren. Es war *seine* Herde und das war eine herrliche Vorstellung.

»Maaach die Feiiiiinde aaan«, leierte Ema im Sprechgesang. »Iiich wiiill Teeeppiiich …«

Dareks Blick wanderte zum Rechner, den er vor einer Weile eingeschaltet hatte. In einem der Ordner waren Anzeigen von Pferdehändlern, die er regelmäßig heraussuchte und kopierte. Er verglich die Angebote und Nachfragen und machte sich eine Liste, in welcher Preisklasse sich ihre Pferde bewegten. Vater und Anton weihten ihn in ihre Pläne nicht ein und Darek wollte sie nicht mit neugierigen Fragen löchern. Andererseits, wenn er sich schon um die Pferde kümmerte, interessierte es ihn auch, welchen Wert und welche Aussichten sie hatten, in eine gute Zucht zu kommen.

»Halt noch eine Weile aus, ich starte es gleich«, sagte er zu Ema. »Ich schaue nur rasch etwas nach.«

Er fand den Pferdebazar und ging die neuesten Anzeigen durch. Ein siebenjähriger Paint-Horse-Wallach war dazugekommen. Auf dem Bild hatte er einen niedrigen Widerrist, einen kurzen Rücken und einen schütteren Schweif. Ansonsten sah er sympathisch aus. Obwohl er ohne Papiere war, verlangte der Besitzer einunddreißigtausend Kronen für ihn und versicherte, dass dies ein Freundschaftspreis sei. Eine neunjährige Stute, die Waliserin ähnlich sah, war für vierundzwanzig und ein paar Zerquetschte zu haben, und ein Huzule, der zwar eine schönere Kruppe als Papa Schlumpf hatte, aber keine feurige Mähne, war für achtzehntausend zu haben. Das klang vielversprechend, nur bestand das Problem darin, dass die Menge der zu verkaufenden Tiere die Nachfrage um ein Vielfaches überstieg. Manche Anzeigen waren schon ziemlich alt. Ob es nun wegen der Krise war oder aus einem anderen Grund, der Pferdemarkt schien nicht gerade in Bewegung zu sein. Als er Anton einmal darauf ansprach, zwickte dieser ihm unbekümmert in die Wange und sagte: »Zerbrich

dir darüber mal nicht den Kopf. Mich holt die Krise nicht ein. Horse Buddy hat seine treue Kundschaft.«
Das war zwar eine beruhigende Antwort, aber Darek hoffte trotzdem im tiefsten Inneren, dass keiner der treuen Kunden Interesse an Krokant und Herkules zeigen würde. Auch für Waliserin wünschte er es sich. Nirgendwo war Ema so bedingungslos glücklich wie auf ihrem Rücken. Dafür meldete sie jetzt lautstark ihre Ansprüche an.
»Wooo siiind dieee Feindeee, wooo iiist Teeeppiiich, wo ist dieee Kaaatzeee …?«, tönte sie unaufhörlich neben Darek. Die Geduld ging ihr aus; sie zog den Bären am Ohr und trat immer lauter gegen das Geländer.
Darek konnte sich nicht auf das Lesen und Abspeichern der Anzeigen konzentrieren. Er nahm sich vor, sie abends durchzusehen, wenn Ema schlafen gegangen war.
»Hier hast du deine Feinde«, sagte er und legte die CD ins Laufwerk. »Sollen sie sich meinetwegen mit Haut und Haaren fressen!«
»Sie fressen sich nicht«, protestierte Ema. »Sie spielen nur!«
»Wenn du keine Lust mehr hast, dann klick bitte nicht herum, sondern lass den Rechner einfach an, ja?«, sagte er wie immer und drückte auf *Play*. »Ich gehe jetzt zu den Pferden.«
Es war ihm klar, dass sie die letzten Worte nicht mehr vernahm. Sie hatte aufgehört, gegen das Geländer zu treten, der Bär glitt auf den Boden und das Spiel verschlang ihre gesamte Aufmerksamkeit.
Unten in der Küche schnitt er einen Kohlrabi in Scheiben und steckte sie in seine Tasche. Dann steuerte er auf die Scheune zu. Morgens hatten sie Krokants Verband gewechselt, und während Vater die Box ausmistete, war Darek mit dem Hengst auf dem Hof spazieren gegangen. Es schien ihm, dass Krokant nur noch auf dem linken Vorderbein humpelte. Den rechten Huf schonte er nicht mehr. Auch seine Laune war schon sichtlich besser. Er schüttelte seine Mähne, trug den Kopf hoch und stupste Darek hin und wieder freundlich mit der Nase. Er wieherte nicht, aber das hatte er nie getan. Krokant war kein gesprächiges Pferd. Wahrscheinlich hatte er immer genug Stoff zum Nachdenken. Auch jetzt, als Darek im Scheunentor erschien, schaute Krokant ihn nur still an und spitzte die Ohren.

»Ich habe etwas für dich«, verkündete Darek. Er kletterte unter dem Latierbaum durch und fischte ein Stück Kohlrabi aus seiner Tasche. Der Hengst streckte den Hals und berührte Dareks Handfläche mit den Lippen. Es kitzelte angenehm.

»Nur damit du's weißt, dieser Kohlrabi ist von Janoschs und die tun deine Äppel auf ihre Beete«, informierte Darek ihn. »Also kann man sagen, dass du einen recycelten Teil von dir selbst isst, kapierst du?«

Krokant gab nicht zu verstehen, ob er kapiert hatte, dafür brachte er klar zum Ausdruck, dass das Stück Kohlrabi viel zu klein war und irgendwo in seinem Maul verloren gegangen war. Darek reichte ihm das nächste.

»Weißt du, was ich denke? Ich denke, dass du den Krebs nur simulierst. Du hast Gefallen daran gefunden, nicht wahr? Wieso auch nicht. Du stehst hier in deiner Luxussuite, Herr Havlik bringt dir deine persönlichen Sonderrationen Brot, alle tanzen um dich herum, wir zahlen den Arzt und du machst dir einen faulen Lenz. Übertreib es nur nicht, mein Freund! Wenn du dir für den dritten Huf auch noch eine bösartige Neubildung ausdenkst, dann kannst du was erle…«

Plötzlich hatte er das Gefühl, nicht allein mit Krokant zu sein. Das Licht, das durch das halb geöffnete Tor hereinfiel, verdunkelte sich und der Hengst trat unruhig von einem Bein aufs andere. Darek drehte sich um. Hinter ihm stand Hanka. Ihr Gesicht lag im Schatten, aber die Spirale des Ohrringes erkannte er deutlich, so wie die rote Weste und die eng anliegende Jeans.

»Hallo«, grüßte sie.

»Hallo.« Er gab sich alle Mühe, so normal wie möglich zu klingen, aber das gelang leider nicht: Er quietschte wie ein verrosteter Wasserhahn. Es ärgerte ihn, nicht auf ihr Erscheinen vorbereitet zu sein.

»Was macht er hier?« Hanka trat näher an den Hengst heran. »Warum ist er nicht draußen?«

»Ich hab dir doch erzählt, dass er operiert wurde.« Auch dieses Mal klang es nicht natürlich, sondern gereizt. Fast gekränkt. Vielleicht würde er nie wieder ungezwungen mit Hanka reden können, dachte

er. Sie stellte sich an den Latierbaum und betrachtete Krokants verbundene Hufe.
»Heilt es gut?«
»Ziemlich schnell.«
»Tut es ihm weh?«
»Frag ihn doch.«
»Tun dir die Hufe weh?«, fragte sie und strich über Krokants Hals. Ihre weiße Hand wirkte auf dem dunkelbraunen Fell wie ein Kunstwerk – wie eins der Reitermotive in den Gemälden im Bruntaler Schloss.
»Fass ihn besser nicht an.«
»Wieso nicht?«
Er antwortete nicht. Es gab nicht den geringsten Grund, warum sie Krokant nicht anfassen sollte. Doch Darek war gereizt und es kostete ihn Mühe, sich zu beherrschen. Im Gegenteil, er suchte nach einer Möglichkeit, Hanka zu verletzen, ihr etwas Kränkendes und Gemeines entgegenzuschleudern.
»Warum soll ich ihn nicht anfassen?«, wiederholte sie.
»Du bist krank.«
»Es geht mir wieder gut. Meinst du, er könnte sich überhaupt eine Menschengrippe einfangen?«
»Hoffentlich nicht. Wenn du ihn nicht leidenschaftlich umarmst und dich nicht an ihn schmiegst, so wie an deinen Lederkerl auf dem Motorrad«, konterte er. Er fühlte sich schon ein bisschen besser, aber nicht viel, und so setzte er noch einen drauf: »Unternimm bloß keinen Teufelsritt mit ihm, Süße!«
Sie lachte so laut heraus, dass Krokant erschrak und ein Stück zur Seite sprang.
»Darum geht es also! Du bist eifersüchtig!«
»Ich?« Jetzt war es an Darek, zu lachen, er konnte es aber nicht so spontan wie Hanka. Das Lachen kratzte ihn in der Kehle, verhakte sich an seinen Zähnen und klang verkrampft. »Auf wen sollte ich denn eifersüchtig sein? Auf Schnegel?«
»Er heißt Roman.«
»Ich dachte, Romeo.« Darek versuchte witzig zu sein, spürte jedoch,

dass er die Rangliste der *Best Jokes* nicht erobern würde. Besser, er wartete ihre Reaktion gar nicht erst ab und fuhr schnell fort. »Cooler Typ. Wundert mich nicht, dass er dich um den Finger gewickelt hat.«
»Dass er mich was?« Hanka drehte sich zu ihm, auch im Halbdunkel war zu sehen, wie sich ihre Augen verengten. »Was hast du gesagt? Wiederhol das!«
»Jede flotte Biene fängt man mit 'ner Maschine.« So ungefähr war Mischas Spruch gewesen und er versuchte, es so abwertend wie möglich zu sagen. Er sehnte sich danach, sie zu beleidigen. Am meisten würde ihn freuen, wenn er sie zum Weinen bringen würde. Das wäre die adäquate Genugtuung für seinen eigenen Zorn und sein Leid. »Jede fällt darauf herein …«
Wumms! Die Ohrfeige, die auf seinem Gesicht landete, kam so schnell, dass er sie nicht abzuhalten vermochte. Es war kein mädchenhafter Schlag, sondern eine richtige Bombe. Fast hätte sie ihm die Nase gebrochen. Krokant, der schon eine Weile den Kopf schüttelte und von einem Bein aufs andere trat, schnaubte jetzt ungehalten.
»Hast du ein Rad ab?!«, stieß Darek hervor.
»Ich«, zischte sie ihm ins Gesicht, »bin nicht *jede*, verstehst du?«
»Warum setzt …?«
»Ich kann machen, was ich will! Kein eifersüchtiger Macho wird mir vorschreiben, zu wem ich mich aufs Motorrad setze!«
»Ich bin nicht eifersüchtig! Und ich bin kein Macho!«, verteidigte er sich. »Dein Roman kommt mir nur wie ein totaler Hornochse vor, das ist alles. Wenn du aber gern mit einem Hornochsen gehst, bitte, nur zu!«
»Ich gehe nicht mit ihm.«
»Dann fährst du halt mit ihm, das kommt ja aufs Gleiche raus. Ich wette, dass er dich bis oben zum Aussichtsturm mitgenommen hat und ihr dort geknutscht habt! Hat es dir gefallen? War es romantisch?«
»Es hat mir gefallen und es war romantisch, wenn du es unbedingt wissen willst. Dafür, dass er erst seit einem halben Jahr den

Führerschein hat, fährt er super. Ich habe aber nicht mit ihm geknutscht.«

»Wollte er nicht?«

»Ich wollte nicht.«

»Warum?«

Hanka antwortete nicht. Sie steckte die Hände in die Hosentaschen, drehte sich auf dem Absatz um und ging zum anderen Ende der Scheune, wo die Strohballen aufgestapelt waren. Sie setzte sich auf einen und verzog keine Miene. Durch die Dachluke fielen Sonnenstrahlen herein und erhellten Hankas Gesicht, was ihre feinen Züge betonte. Krokant drehte seinen Kopf nach ihr und Darek konnte genau hören, was er dachte.

O Mann, ist das ein schönes Mädel!

Schön, aber zickig, erklärte ihm Darek.

Zickig? Wenn sie zickig wäre, wäre sie nicht hergekommen. Sie steht auf dich.

Und deshalb schlägt sie mich?

Wundert dich das? Du hast sie beleidigt, du solltest dich entschuldigen.

Wofür? Dafür, dass ich kein Motorrad habe?

Spiel hier nicht den Primitivling, du weißt genau, dass es hier nicht um irgendeine blöde Maschine geht.

Um was geht es dann?

Ich würde sagen, es geht um Träume.

Ihr Traum ist ein cooler Held mit Kamm und Haargel in der Hosentasche und einem Vierzylindermotor! Ich pfeife auf ihre Träume! Hast du denn keine Träume? Ich träume andauernd. Wenn ich keine Verbände mehr auf den Hufen habe, laufe ich hier raus und drehe meine zwei bis drei Runden um die Wiese. Und dann ab zu Goldlöckchen!

Wer ist das?

Tu nicht so, als ob du sie nicht kennen würdest! Sie hat die schönsten Beine von allen! Und das sexy Fell mit dieser fantastischen Scheckung auf der Kruppe!

Ah, du meinst die Mausfalbe!

Ich werde zu ihr hinlaufen und sagen: »Wir haben uns eine Weile nicht gesehen, aber das ändert nichts. Ich bin wieder da. Für dich springe ich über den Bach! Oder über den Zaun! Oder, wenn du es willst, sogar über die ganze Scheune! Damit du siehst, dass ich ein Ass bin.«

Wollen Mädchen immer ein Ass?

Da kannst du Gift drauf nehmen. Einen Loser will keine haben.

Krokant wandte den Blick von Hanka ab und sah Darek an. In seinen Augen lag eine klare Aufforderung. Darek reichte ihm das letzte Stück Kohlrabi, bückte sich und verließ die Box. Als er sich Hanka näherte, fiel ihm ein, dass er vergessen hatte, sich die Haare ins Gesicht zu werfen, und dass seine Hände von Krokant vollgesabbert waren. Das erste Problem behob er durch heftiges Kopfschütteln, das zweite dadurch, dass er die Hände in die Hosentaschen schob. Er rieb sie am Futter ab und dachte, dass es wahrscheinlich ganz unnötige Vorkehrungen waren. Hanka würde ihn sowieso nicht anschauen und sich auch nicht anfassen lassen. Vielleicht würde sie nicht einmal mit ihm reden wollen.

»Sind in dem Stroh Ameisen drin?«, fragte sie.

»Warum?«

»Irgendetwas hat mich in den Hintern gebissen.«

Das war es! Genau das gefiel ihm an ihr! Noch mehr als ihre Augen. Sie spielte ihm nichts vor. Sie tat nicht beleidigt, nur weil es sich unter bestimmten Umständen so gehörte.

»Es ist Stroh vom Vorjahr«, sagte er. »Da können alle möglichen Viecher drin sein.«

»Auch Spinnen?«

»Millionen von Spinnen«, bejahte er und hockte sich vor sie. Der Strohballen, auf dem sie saß, war nicht hoch, und wenn Darek den Rücken gerade hielt, war er mit ihr auf Augenhöhe. »Ich habe es dir doch erzählt. Wir lassen Spinnen leben, deshalb haben wir immer so viel Glück.«

Er nahm ihre Hand – sie zuckte nicht weg. Er umschlang ihre Finger mit seinen.

»Ich hab dir geschrieben«, sagte sie. »Warst du heute Vormittag nicht am Rechner?«

Darek schüttelte den Kopf. Vor lauter Arbeit hatte er an den Rechner gar nicht gedacht. Nach dem Füttern der Pferde hatten Ema und er den Hühnerstall ausgefegt und Gras für die Kaninchen gesichelt – Tätigkeiten, die Hanka nicht kannte.

»Was hast du geschrieben?«

»Dass es mir schon besser geht. Und, ob du nicht nach dem Mittagessen kommen willst.«

»Ich war bei euch. Ich meine, bei Mischa. Wir haben die Bahn repariert«, sagte Darek. Über den Auftritt am Kellerfenster schwieg er lieber. Er fühlte ihre Finger in seinen und langsam begriff er, was sie gesagt hatte. Verdammt, wenn er nur kurz die E-Mails überprüft hätte! Wenn er ihre Nachricht rechtzeitig gelesen hätte, hätte er sich anders organisiert! Er hätte einen Teil des Nachmittags in ihrem Zimmer verbringen können! Sie hätten zusammen Musik gehört, auf dem türkisen Teppich gesessen oder auf der Patchworkdecke, sie hätten ... was auch immer! Sein Puls ging merklich schneller.

»Unsere Eltern sind nach Opawa gefahren«, erklärte Hanka, »also dachte ich ... Aber dann ist plötzlich Roman aufgetaucht.«

»Du hättest ihn rausschmeißen sollen.«

»Ich hab's versucht, es ging aber nicht. Schließlich hab ich gedacht, der schnellste Weg, ihn loszuwerden, ist, zu ihm aufs Motorrad zu steigen.«

»Er hat das bestimmt anders ausgelegt.«

»Wie denn?«

»Dass du in ihn verknallt bist.«

»Ist mir egal, wie wer was auslegt.« Sie zuckte mit den Schultern. »Ich werde niemandes Ansichten korrigieren. Es reicht, dass ich weiß, wer ich bin.«

Sie beugte sich vor und strich leicht mit den Fingerkuppen über Dareks Kinn. Dann über die Wange. Schließlich berührte sie seine Lippen. Er verlor das Gleichgewicht, und in seinem Bemühen, nicht nach hinten zu kippen, packte er Hanka an den Schultern. Sie küssten sich. Zum fünften Mal. Nein, eigentlich zum fünfeinhalbten Mal, rechnete Darek aus. Es erfüllte ihn mit freudigem Erstaunen. Wenn man jemanden schon fünfeinhalb Mal geküsst hatte, dann

bedeutete das schon etwas. Er wusste zwar nicht, was, aber man konnte jedenfalls annehmen, dass sich Hanka beim Küssen mit ihm nicht langweilte. Wahrscheinlich machte es ihr sogar Spaß.
Er balancierte in der Hocke auf den Zehenspitzen und versuchte, die Augen offen zu lassen. Denn wichtig war ja nicht nur, den Augenblick wahrzunehmen, sondern ihn auch für später zu speichern. Für die Zeit vor dem Einschlafen, wenn es nötig würde, sich jede Einzelheit wieder zu vergegenwärtigen. Dadurch wurden die Momente mit Hanka geklont. Aus einem wurden Hunderte weitere, alle gefüllt mit wichtigen Details.
Jetzt zum Beispiel kreiste eine Bremse über ihrem Kopf und verschwand wieder. Sie hob die Augenbrauen. Jetzt blinzelte sie und Darek entdeckte, dass sie auf dem rechten Augenlid eine Wimper hatte, die länger war als die anderen. War das nicht sensationell? Die meisten Leute haben doch alle gleich lange Wimpern, aber über Hankas rechtem Auge lehnte sich eine gegen die Regel auf und wuchs, wie es ihr gefiel. Ein klarer Beweis dafür, dass Hanka außerordentlich war. Darek drückte sie an sich, nahm ihren Orangenduft wahr (Shampoo? Seife? Oder ein grundlegendes Identifikationsmerkmal, mit dem sie auf die Welt gekommen war, wie zum Beispiel Fingerabdrücke?). Er fühlte die Rundungen ihres Körpers und überlegte, wie sie wohl ohne T-Shirt aussah. Letztes Jahr – nein, es war schon zwei Jahre her – hatten sie zusammen im Fluss über dem Wehr gebadet, und obwohl er ihr damals nicht so viel Aufmerksamkeit gewidmet hatte wie heute, war ihm doch aufgefallen, dass das Oberteil ihres Badeanzuges funktionslos und gerade auf ihrem Körper saß, als hätte es nichts zu verbergen. Jetzt war die Situation anders. Unvergleichlich plastischer. Behutsam schob er die Hand höher. Er spürte die Wölbung ihrer Rippen und darüber … Sie hatte keinen BH an! Schnell kehrte seine Hand zurück zur Hüfte.
»Was ist?«, flüsterte sie.
»Nichts.«
Er fühlte sein Herzpochen im Hals, unter der Zunge und in den Zähnen. Auf das Küssen konnte er sich nicht mehr konzentrieren.

»Was ist?«, fragte Hanka wieder und ging ein wenig auf Abstand.
»Nichts«, wiederholte Darek. Mit zugeschnürter Kehle fügte er hinzu: »Du trägst keinen BH.«
»Schlimm?«
Er schüttelte so heftig den Kopf, dass ihm die Haare von den Schläfen flogen.
»Es ist mir einfach nur aufgefallen und ich hab gedacht … Du weißt schon.«
»Ich weiß nicht.«
»O doch.«
Ein paar Sekunden schauten sie sich schweigend an. Dann blitzten Hankas Augen auf. Sie hatte begriffen.
»Du würdest gerne sehen, wie ich aussehe?«
»Wenn du es willst«, sagte er. Sofort wurde ihm klar, dass sie seine Antwort falsch auslegen könnte, und er verbesserte sich: »Ich meine … wenn es dir nichts ausmacht.«
Ihr Blick forschte in seinem Gesicht, es schien, als würde sie zögern. Dann schlüpfte sie plötzlich aus ihrer Weste und streifte sich mit einer resoluten Bewegung das T-Shirt über den Kopf. Sie war nicht sonnengebräunt. Ihre Haut hatte die Farbe von frisch gewonnenem Akazienhonig. Alles an ihr war noch schöner, als er es sich vorgestellt hatte, noch unglaublicher. Absolut einzigartig. Wie in Gemeinschaftskunde. »Auf unserem Planeten existieren keine zwei Individuen, die identisch sind«, hatte ihnen die Lehrerin erklärt, die ihren Stoff nicht vom Lehrplan abhängig machte, sondern von ihrer Laune. Wenn sie mit dem falschen Fuß aufgestanden war, nahmen sie Sklaverei und diktatorische Regimes durch, und wenn sie gut in den Tag gekommen war, konzentrierte sie sich auf positive Lehrinhalte. Eines ihrer beliebtesten Themen war die Einzigartigkeit. Sie sah sie überall. »Die Natur, Gott, das Weltall – nennt es, wie ihr wollt – bieten uns eine unerschöpfliche Auswahl von Variationen. Nicht anders verhält es sich mit der menschlichen Gesellschaft. Jeder von uns ist eine einzigartige Komposition von Einzelheiten, die zusammen ein nicht reproduzierbares Original ergeben.«

Sie hatte recht. Darek konnte von dem nicht reproduzierbaren Original, das er vor sich hatte, nicht die Augen lassen.
»Hanka, du bist…«, fing er an und verstummte wieder. Er wusste nicht, was er sagen sollte. Hübsch? Bildschön? Brrr, alles klang absolut kitschig. Banal. Darek spürte, wie er rot wurde, und senkte verwirrt die Augen. Sein Blick fiel auf Hankas Bauch. Er kannte ihn. Manchmal schaute er unter ihren kurzen Tops und abgeschnittenen T-Shirts hervor. Jetzt aber war er anders. Etwas glitzerte dort. »Du hast dir den Bauchnabel durchstechen lassen?«
Sie nickte strahlend. »In Prag, bei meiner Tante. In diesen Dingen ist sie extrem fortschrittlich. Sie selbst hat Piercings überall, wo es nur geht. Meine Eltern wissen noch nichts davon.«
»Von den Piercings bei deiner Tante?«
»Von meinem! Aber das ist noch nicht alles!«
Sie drehte sich um und Darek erblickte ein kleines Bild unter ihrem Schulterblatt.
»Was ist das?«
»Ein Tattoo. Gefällt es dir?«
Darek beugte sich vor. Im Licht, das durch die Dachluke auf ihre Haut fiel, erkannte er eine kleine Figur mit eigenartigen Hörnern.
»Du hast dir den Teufel auf den Rücken tätowieren lassen?«
»Das ist Anubis, der Gott mit Hundekopf«, erklärte sie. »Nach dem ägyptischen Horoskop bin ich in seinem Zeichen geboren. Er beschützt mich. Er würde jeden beißen, der mir wehtun wollte. Es ist genau nach meiner Vorlage gestochen. Steht es mir?«
Darek zögerte. Konnte man von einem Ring im Bauch und einem Hundegott am Rücken sagen, ob sie einem standen? Es waren seiner Meinung nach unnötige Verzierungen, irgendwie auch aggressiv. Er musste daran denken, wie Hankas Haut von der Piercing- und Tätowiernadel durchstochen worden war und eine Blutspur hinter sich hergezogen hatte. Er stellte sich Hankas schmerzverzerrtes Gesicht und ihre aufeinandergepressten Lippen vor. Was sie wohl gedacht hatte, als sie sich so quälen ließ? Der freudigen Aufregung nach zu urteilen, mit der sie Darek ihre Prager Errungenschaften präsentierte, war sie stolz darauf.

»Also, gefällt es dir?«, drängte sie ungeduldig.
»Sehr.« Er hörte, dass seine Stimme nicht begeistert genug klang, und fügte schnell hinzu: »Echt. Es ist so ein bisschen die Fortsetzung deiner Facebookgalerie.«
»Wenn das hier eine Galerie ist«, sagte Hanka und sah ihn ernst an, »dann eine geheime. Und *du* bist der erste und einzige Besucher.« Sie griff nach dem T-Shirt und zog es sich wieder an. Anubis verschwand. Darek spürte, wie ihn Freude übermannte. Sie verbreitete sich wild und unkontrolliert wie ein Waldbrand, hinterließ aber keinen verbrannten Boden, sondern das warme Gefühl eines starken, gemeinsamen Erlebnisses. Er teilte mit Hanka etwas Vertrauliches! Etwas Wichtiges! Nicht Schnegel mit seiner blöden Maschine und seinen drei Barthaaren am Kinn, sondern ihm, Darek, hatte sie erlaubt, sie anzusehen. Sie hatte ihm zu verstehen gegeben, dass er für sie einzigartig war. Sie hatte ihn mit ihrem Schutzgott bekannt gemacht. Ihm sauste der Kopf und er hatte unbändige Lust, auch etwas für sie zu tun. Etwas ganz Besonderes. Etwas, womit er ihr Vertrauen erwidern konnte. Aber was? Was?!
Er drückte sie fest an sich. Sein Blick wanderte zu den herumschwirrenden Bremsen, zum sonnenbleichen Hof, zur Pferdekoppel dahinter. Zur Pferdekoppel, auf der … Plötzlich wusste er genau, was er tun würde.

***

Es wird dunkel. Wir stehen vor dem Kuhstall mit der Aufschrift LPG FORTSCHRITT: Hanka, Mischa und ich. Ich werde bald elf, bin immer noch ziemlich klein, Hanka ist einen halben Kopf größer. Der Oktober geht zu Ende, aus den Schornsteinen in Piosek steigt Rauch auf. Der Wind zerrt an dem Drachen wie an dem Stalltor, das halb aus den Angeln hängt.
»Der hat einen Haufen Geld gekostet«, sagt Hanka. »Vater trifft der Schlag.«
»Red keinen Quatsch, vielleicht merkt er es gar nicht«, wendet Mischa ein.

»Spinnst du?«, erwidert Hanka. »Du weißt doch, wie er auf sein Spielzeug aufpasst.«
»Wir holen ihn herunter«, sage ich.
Der schimmernde Drachenkörper zuckt hilflos. Ein gefangener Phönix, verheddert in der Leitung. Superphönix D3F. Ein professioneller Drachen für fortgeschrittene Piloten. Ein Zeitvertreib für Manager.
»Warum hast du den nur genommen?«, wirft Mischa Hanka vor. »Vater hat es doch verboten!«
»Wolltest du etwa nicht ausprobieren, wie er fliegt?«
Mischa schweigt. Natürlich wollte er es ausprobieren. So wie ich. Doch die Verantwortung trägt Hanka – sie hat den teuren Drachen heimlich aus der Garage herausgeschmuggelt.
»Wir holen ihn herunter«, wiederhole ich, diesmal lauter, damit sie mich endlich beachten.
»Wie denn?«
»Ich steige aufs Dach.«
Hanka misst mit ihrem Blick den Abstand zwischen mir und dem Dach des Kuhstalls ab. Sie glaubt nicht, dass ich es schaffe. Ihre Zweifel verletzen und motivieren mich zugleich.
»Ich weiß, wo eine Leiter ist«, sage ich. »Wir lehnen sie von hinten gegen das Gebäude. Bestimmt reicht sie bis zum Dachsims. Von da aus kann ich den Drachen locker herunterholen.«
»Du fasst in die Leitung rein und holst ihn, nicht wahr?«, fragt Hanka. Sie spricht mit mir wie mit einem Dreikäsehoch, der nicht weiß, was elektrischer Strom ist.
»Es ist eine alte Leitung«, erkläre ich. »Da ist lange kein Saft mehr drauf.«
»Woher willst du das wissen?«
»Vater hat es gesagt. Außerdem habe ich Augen im Kopf. Ich erkenne tote Leitungen. Dort an dem Mast endet sie – man hat sie gekappt. Wozu wäre sie hier noch nütze?« Ich trete gegen die feuchte Stallmauer, ein Stück Putz fällt ab. »Das ist eine Bruchbude! Wer soll hier noch Licht anmachen?«
Hanka wendet nichts mehr ein. Ich habe sie überzeugt. Schnell holen wir die Leiter von drinnen und lehnen sie gegen die hintere

Wand des Kuhstalls. Ein blechernes Geräusch ist zu hören, als das obere Ende der Leiter das Gesims berührt. Sehen kann man es kaum, dafür ist es schon zu dunkel. Auf der Straße sind die Laternen schon längst angegangen, bis hierher reicht ihr Licht aber nicht.

»Komm, wir holen ihn besser morgen«, schlägt Mischa vor. Er hat am wenigsten Abenteuerlust von uns dreien. »Du wirst dich doch wegen eines blöden Drachens nicht umbringen!«

»Warum sollte ich mich umbringen?«

»Man sieht ja nichts mehr.«

»Ich kann noch was sehen«, verkündet Hanka. »Ich kann ja hochklettern.«

Mischa lacht sie aus. »Du? Du stolperst doch auch zu Hause immer auf der Treppe!«

»Wann bin ich denn bitte gestolpert?«

Ich lasse sie diskutieren und beginne hochzusteigen. Es ist ein Kinderspiel. Außerdem kenne ich die Leiter, ich bin schon zigmal auf ihr hochgeklettert, als wir im alten Obstgarten hinter dem Kuhstall Schattenmorellen gepflückt haben. Bevor sie es merken, bin ich schon fast in der Mitte. Unter mir höre ich Mischa.

»Mann! Er ist oben!«, stößt er erstaunt hervor. »Darek, halte dich fest!«

»Haltet lieber unten gut fest!«, rufe ich ihnen zu. Hier oben schwingt die Leiter, ich muss langsamer werden, damit sie nicht umkippt. Über meinem Kopf sehe ich die Isolatoren. Sie kleben oben am Schild, weiß und rundlich wie Gänseeier, von ihnen führen die Drähte zum Mast. Ich teste die Festigkeit des Dachsimses – er ist bröckelig, die Blechmanschette hält aber immer noch. Mit einer Hand umfasse ich sie und schaue mich um. Hier oben ist es noch nicht so dunkel wie unten am Boden. Der Drachen ist etwa einen halben Meter entfernt von mir hängen geblieben und er scheint heil zu sein, weder gebrochen noch zerrissen. Gegen den Himmel erkenne ich seinen Rumpfumriss, die gespannten Flügel, einer davon in der Leitung verheddert. Ich werd an ihn herankommen, ohne Zweifel, allerdings muss ich ihn anheben oder anschubsen, um ihn zu befreien. Die Lenkschnur wird mir nicht

helfen, sie ist gerissen und der Rest von ihr weht außerhalb meiner Reichweite im Wind.
Schon bin ich dabei, die Hand auszustrecken, als ich meine Knie bemerke. Sie schlackern. Das Zittern geht langsam in die Schenkel über, in den Bauch, die Arme, in meinen ganzen Körper. Es signalisiert mir Angst, die ich unterdrücke. Angst, die ich nicht bereit bin, zuzulassen.
»Darek? Kommst du dran?«, ertönt Hankas Stimme von unten.
»Ja, klar!«
»Bist du sicher, dass da kein Strom drauf ist?«
Ich lecke mir die Lippen ab und fange an zu pfeifen. Diese Frage ist keiner Antwort würdig! In Wirklichkeit aber frage ich mich das selbst die ganze Zeit. Noch vor ein paar Minuten war ich mir sicher, jetzt ist meine Gewissheit verschwunden. In Wind und Dunkelheit aufgelöst. Aus meinem Zimmerfenster sehe ich nicht nur täglich den FORTSCHRITT, sondern auch die Leitungsdrähte und den Strommast, der vom Holunder überwuchert ist. Die Drähte führen nirgendwo mehr hin. Wirklich nirgendwohin? Was, wenn ich Vater falsch verstanden habe? Was, wenn es da hinter dem hohen Busch noch weitergeht …?
»Darek«, höre ich Mischa. Seine Angst ist unverhohlen. Im Gegensatz zu meiner. »Ich würde es lieber lassen. Wir machen das morgen früh, bei Licht.«
»Hat dich jemand um Rat gefragt?«, rufe ich herunter.
»Mischa hat recht«, schließt Hanka sich an. »Es ist zu gefährlich, komm runter.«
Ich weiß, sie sagt es nur so. Sie will nicht, dass ich herunterkomme. Sie mag gefährliche Situationen. Und mutige Freunde. Adrenalinstöße. Ich habe gesehen, wie sie auf dem Fahrrad unter den Eisenbahnschranken durchgefahren ist. Sie hat keine Angst, die schwersten Skipisten runterzufahren. Im Frühling, wenn das Schmelzwasser die Flüsse überschwemmt, schwimmt sie mit ein paar älteren Jungs unter der engen Brückenwölbung durch. Es ist eine von Erwachsenen streng verbotene Aktion. Ich hab dieses Jahr zum ersten Mal mitgemacht. Hanka schon öfter. Ich weiß, ich habe keine Wahl.

Wenn sie mich ernst nehmen soll, muss ich die Hand zu der Leitung ausstrecken. Wenn Strom durchfließt, dann... Ich sehe klar, was dann passiert: ein Schmerzensblitz, meine verkrampften Finger und aufgerissenen Augen, die umkippende Leiter, der Schatten meines stürzenden Körpers. Überbleibsel der Gefühle. Wenn ich am Boden aufklatsche, werde ich nichts mehr spüren. Mischa wird zu schreien anfangen, um Hilfe herbeizurufen. Hanka wird neben mir niederknien und versuchen, mich ins Leben zurückzuholen. Wahrscheinlich wird sie mich künstlich beatmen. Sie wird ihren Mund an meinen pressen (Mensch, das werde ich ja gar nicht mehr mitkriegen!), ihre Augen werden mich von so nah anschauen wie noch nie und es werden Tränen darin sein. Tränen? Nicht sicher.

Ich hole Luft, presse Zähne und Knie zusammen, strecke den Arm aus. Der letzte Augenblick des Zögerns, die letzte Sekunde der Unentschlossenheit. Es gibt kein Zurück: Ich fasse zu. Vater hatte recht. Kein Blitz, kein Krampf, kein Schmerz. Die Drähte fühlen sich kalt auf meiner Haut an. Ich atme aus. Langsam beruhige ich mich. Glücklicherweise steht Hanka tief unten, kann also mein Gesicht nicht sehen – ich habe Schweißperlen auf der Stirn. Ich richte den Drachenflügel in die Vertikale und ziehe ihn zwischen den Drähten heraus.

»Ich hab ihn«, sage ich. Als wäre nichts gewesen. Als hätte ich einen Ball aus dem Gebüsch geholt. »Ich habe euren umwerfenden Superphönix.«

***

Kirke schüttelte den schwarzen Kopf und aus ihrer Kehle drang ein kurzes Wiehern, das einem Lachen ähnelte. Darek richtete die Unterlage, spannte den Sattelgurt und kontrollierte den Sattel. Er schien ihm für den weichen Rücken der Stute zu schwer, passte aber gut. Kirke war ein ausgezeichnet gebautes Reitpferd. Jetzt, da sie ein wenig zugenommen hatte, sah sie umwerfend aus: bemuskelte Lenden, runde Kruppe, lange, sehnige Beine. Durch das Hin- und Hertreten, das Peitschen mit dem Schweif und die ungeduldigen

Bewegungen ihres Halses gab sie zu verstehen, dass sie sich auf den Ausritt freute. Seit Anton sie gebracht hatte, hatte sie noch keine Gelegenheit gehabt, zu zeigen, was sie konnte. Einmal hatte Darek sie mithilfe von Herrn Havlik gesattelt und sich auf ihren Rücken geschwungen, sie waren aber nur unten am Schuppen geblieben. Die Stute war im Kreis herumgelaufen, hatte vorbildlich auf Befehle reagiert und einen gehorsamen, ganz normalen Eindruck gemacht. Darek hatte große Lust gehabt, mit ihr auf die Hasenwiese auszureiten, doch Herr Havlik hatte es ihm verboten. »Ich hab bei ihr ein ganz lottriges Gefühl«, hatte er behauptet. Herrn Havliks lottriges Gefühl bedeutete, dass seine Intuition zu äußerster Vorsicht riet. Obwohl sich Kirke mit erhabener Brust, aufgerichtetem Kopf und nach vorne gestellten Ohren präsentierte, hatte er sie finster angeschaut. »Sie macht eine Miene wie ein Geschenk unter dem Weihnachtsbaum, wenn du aber die aufgemotzte Packung aufreißt und die Samtschleife öffnest, wirst du sehen, was für ein schofliges Luder sie ist.«

Darek war sich nicht sicher, ob ein schofliges Luder das Gleiche war wie eine Kanaille, ein Unflat, ein Schlawiner oder ein Dreckpodagra, weil aber Herr Havlik all diese Ausdrücke im Zusammenhang mit der Krise, dem launischen Wetter, verlogenen Politikern und den Schmerzen in seinem Bein gebrauchte, war ihm der Begriff im Großen und Ganzen klar. Was Kirke anging, teilte Darek seine Meinung nicht. Sie sah sanft und edel aus. Er glaubte nicht, dass sie ein Luder war. Sie kam ihm auch nicht wahnsinnig vor. Er musste zugeben, dass sie einen ziemlich merkwürdigen Blick hatte, so einen unbestimmten; es schien, dass sie nicht richtig scharf sehen konnte, aber sie begrüßte Darek immer stürmisch und wieherte am lautesten und fröhlichsten von allen Pferden. Als er ihr das Gebiss einlegte, hielt sie still wie ein Schäfchen und ließ sich willig zum Bänkchen führen.

»Sieht ganz so aus, als ob sie es kaum erwarten könnte«, bemerkte Hanka. »Schau, wie ungeduldig sie ist!«

»Sie ist eine Dressurstute«, sagte Darek. »Sie ist auf Turnieren gelaufen und war sogar gewöhnt, zu gewinnen. Aber durch den Unfall hat sie die Lust an Wettkämpfen verloren.«

»Ist sie denn auch schon gesprungen?«, fragte Hanka. Sie hatte einmal Herkules geritten und es klasse gefunden, aber dann war sie doch etwas enttäuscht, als er es ablehnte, mit ihr über eine niedrige Hecke zu springen.

»Ich weiß nicht, ich habe sie noch nicht richtig geritten«, gab Darek zu. »Herr Havlik hat es mir verboten. Er denkt, dass sie eine Schraube locker hat. Dass sie verdorben ist. Unreitbar.«

»Ich sehe schon, du denkst das nicht.«

»Wenn man es nicht versucht, kann man es nicht wissen.«

»Also, versuch es mal.« Hanka musterte den steinigen Weg, der zum Haus von Herrn Havlik führte. »Die Luft ist rein!«

Sie schwang sich auf den obersten Balken der Umzäunung, verschränkte die Arme und schaute Darek erwartungsvoll an.

»Sollte ich dich nicht mit ein paar Bändern schmücken?«

»Wieso?«

»Du siehst aus, als würdest du dich für einen feierlichen Königsritt vorbereiten.«

Darek antwortete nicht. Er spürte, dass jetzt nicht der richtige Augenblick war, um Reden zu schwingen. Krokant hatte bestimmt recht: Kein Mädchen will einen Loser. Wer ein Ass sein will, muss sich konzentrieren. Kirke gab mit jedem Kopfschütteln, mit jedem Hufscharren zu verstehen, dass sie bereit war und auf Aktion brannte. Darek stellte sich auf die Bank, fasste die Zügel, griff an den Vorderzwiesel und stieg mit dem linken Fuß in den Steigbügel. Die Stute regte sich nicht. Ihr Rücken war nicht so hoch wie der von Herkules, es war nicht so schwer, aufzusitzen. Darek schwang das Bein über, setzte sich vorsichtig in den Sattel und steckte die Fußspitze in den rechten Steigbügel. Er blieb eine Weile still sitzen, die Zügel in den Händen. Kirke drehte den Kopf leicht zur Seite, machte jedoch keinen Schritt. Sie wartete brav auf Befehl. Darek streichelte die schwarze Mähne, wiegte sich ein wenig im Sattel und trieb die Stute leicht mit der Wade an. Sie setzte sich in Bewegung. So wie beim letzten Mal, als er mit ihr im Kreis um den Schuppen gegangen war, machte sie auch jetzt gelassene Schritte. Den Kopf trug sie ziemlich hoch, ihr Hals war nach vorne gestreckt und der frisch gestutzte Pony über ihren Augen hüpfte beim Gehen auf und nieder.

»Kannst du aufmachen?«, rief Darek Hanka zu. »Ich möchte mit ihr auf die Hasenwiese.«

Hanka sprang von der Umzäunung herunter und öffnete das kleine Tor zwischen Koppel und Weide. Die übrigen Pferde waren oben auf der Weide, wo das Gras hoch war, nur Waliserin stand an der Tränke. Als sie die Pforte hörte, hob sie den Kopf und wieherte zum Gruß. Kirke schenkte ihr keine Aufmerksamkeit. Sie schritt geradeaus und Darek fühlte, wie ihre anfängliche Anspannung allmählich nachließ. Ihm ging es genauso. Vorhin, als er sie getrenst und gesattelt hatte, und auch beim Aufsitzen war er nervös gewesen. Ohne Anwesenheit von Vater, Herrn Havlik oder Anton hatte er sich bisher nicht getraut, das Gehege zu verlassen. Nicht, dass er Angst gehabt hätte, er wusste, dass seine Reitfähigkeiten im Laufe des Frühlings und während der langen Ferientage deutlich besser geworden waren, aber er hatte sich an die Aufsicht eines Erwachsenen gewöhnt und respektierte die Regeln. »Reiten ist nichts Weltbewegendes. Es ist wie wenn du Fußball spielst, Brot bäckst oder ein Haus baust«, hatte Herr Havlik ihm gleich nach dem ersten Ritt eröffnet. »Am Anfang treibt dich die Begeisterung voran, weil du aber noch keinen blassen Schimmer hast, um was es geht, liegt das Ergebnis in der Hand des Zufalls. Erst wenn du gelernt hast, wie die Regeln sind, und bereit bist, sie zu respektieren, kannst du dir Erfolg oder Misserfolg aufs eigene Konto schreiben.«

Heute hatte Darek beschlossen, die Regeln zu brechen, und dafür hatte er Kirke ausgewählt. Er musste etwas Außerordentliches machen. Und Kirke war außerordentlich. In jeder Hinsicht. Als Einzige hatte sie sich nicht der Herde angeschlossen, sie wirkte exotisch, weckte Aufmerksamkeit. Auch ein Laie musste erkennen, dass sie Klasse hatte. In ihrem Sattel hatte Darek die Chance, zu beweisen, dass er Hankas Vertrauen und Zuneigung verdiente. Er konnte ihr zwar keinen Ritt auf einer dröhnenden Maschine anbieten, aber sich mit Pferden auszukennen, bedeutete auch schon etwas. Wer weiß, vielleicht war er für Rennen wie geschaffen und würde einmal be-

rühmt sein! Er war noch keine vierzehn, er hatte noch nichts verpasst und genügend Zeit, um zu trainieren. Später würde er bei allen Grand Prixs in Europa antreten. Natürlich würde er gewinnen – mit Kirke oder mit anderen Pferden. Als europäische Spitze würde er sich die besten leisten können. Er sah schon die Headline vor sich: *Der brillante mährisch-schlesische Reiter Darek Lysko gewinnt beim King George VI. and Queen Elizabeth Stakes!* Und bei jedem Rennen würde Hanka auf der Tribüne stehen und ihn anfeuern. Genauso wie jetzt. Er wandte den Kopf, um sicherzugehen, dass sie ihn ansah.
»Schade, dass ich die Kamera nicht mithabe«, sagte sie. Sie hatte es sich wieder auf dem oberen Balken gemütlich gemacht und hielt sich die Hand über die Augen, damit die Sonne sie nicht blendete. »Das Licht ist perfekt!«
Die Sonne stand über dem Westkamm des Altvatergebirges und übergoss den gegenüberliegenden Hang immer noch mit warmen Strahlen, die sich allmählich ockergelb verfärbten. Die Schatten wurden länger und der Waldrand oben an der Rauen Wiese lag im Dunkeln.
Kirke ging den ausgetretenen Pfad entlang der Hecke und nickte gleichmäßig mit dem Hals. Sie trug den Kopf nicht mehr hoch und Darek schien es, dass sie ein bisschen schneller geworden war. Sie befanden sich immer noch auf der Ebene und so gab er die Zügel hin und verstärkte den Druck der Schenkel, um sie zu langen, ausgedehnten Schritten zu bewegen. Er hatte geplant, mit ihr vom raumgreifenden Schritt erst zum leichten und dann zum starken Trab überzugehen. Sonst nichts. Galoppieren lassen wollte er sie nicht. Zwar hätte er es sehr gern ausprobiert, er hatte aber Angst davor. Mit Herkules hatte er inzwischen Erfahrung, sein Galopp war ausgeglichen und ruhig, ohne Überraschungen. Herkules benahm sich wie ein routinierter Linienbusfahrer. Mit Kirke war es ungewiss und Darek wollte kein Risiko eingehen. Er wollte bei Hanka Eindruck schinden, sich nicht vor ihr blamieren.
»Herr Havlik in Sicht«, hörte er hinter sich ihre warnende Stimme. »Gerade hat er sein Haus verlassen und es sieht so aus, als ob er zu uns kommt.«

Ihre Warnung ließ Darek unbeeindruckt. Keiner konnte mehr seine Pläne durchkreuzen, auch Herr Havlik nicht. Dafür war es zu spät. »Trab!«, sagte er, so wie er es bei Herkules gewohnt war, und schnalzte mit der Zunge. Die Stute ging in einen langsamen Trab über. Darek spürte sofort die deutliche Bewegung ihrer Muskeln unter dem Sattel und ein starkes, unangenehmes Schwingen. Plötzlich hatte er das Gefühl, als würde er auf zwei Pferden sitzen, die sich nicht auf den Rhythmus einigen konnten. Er trieb Kirke nochmals an und ging in Leichtreiten über. Sie verlängerte den Schritt, das unangenehme Schwingen ließ nach, war aber immer noch da. Die Stute hatte wohl irgendwas am Kreuz oder mit den Hinterbeinen und versuchte, ihr Gewicht vermehrt nach vorne zu verlagern. Wahrscheinlich Nachwirkungen der Verletzung, von der Anton erzählt hatte. Darek hätte ihn fragen sollen, was genau damals passiert war, worauf man bei ihr achtgeben sollte. Jetzt hatte er keine Wahl mehr, er musste sich der eigenartigen Bewegung anpassen und hoffen, dass er nicht wie ein Clown im Sattel aussah.

Sie trabten an der Hecke entlang, die Sonne schräg vor sich. Waliserin und die Tränke ließen sie zurück. Darek, den Blick zwischen die Ohren der Stute geheftet, nahm den Geruch ihres schwarzen Fells und ihren Schweiß wahr, der in der warmen Sommerluft verdampfte und ihm in die Nase stieg. Alle Pferde rochen gleich und doch jedes ein bisschen anders, das hatte er schon längst bemerkt. Vielleicht lag es an der Rasse, am Alter, an der Farbe, oder daran, was sie fraßen. Krokant stank in der letzten Zeit nach den Medikamenten, die er bekam. Waliserin roch, wer weiß warum, nach einer frisch abgewischten Schultafel. Papa Schlumpf roch oft nach Harz, weil er sich gern an Bäumen rieb und an der Rinde nagte. Herkules verströmte den Geruch von ein wenig modrigem, platt gelegenem Heu. Bei Kirke überwog eine scharfe, würzige Note, die an Maggi erinnerte. Trotz der schlechten Koordination der Hinterbeine trabte sie ausgeglichen, energisch und mit Lust. Sie führte alle Befehle genau und ohne Zögern aus.

»Siehst du, wie gut das geht«, lobte Darek sie. »Braves Mädchen!«

Mit jedem zurückgelegten Meter spürte er größere Ruhe und Sicherheit. Er beschloss, die Stute durch die Hecke laufen zu lassen, da, wo sie Lücken hatte, um danach die leicht ansteigende Raue Wiese zu nehmen. Gerade wollte er sie mit dem inneren Zügel stellen, als sich der Busch, den sie passierten, plötzlich bewegte. Noch bevor Darek begriff, was los war, sprang Kirke aufgeschreckt zur Seite. Aus dem Unterholz schoss ein Langohr hervor, ein dunkelbrauner, ziemlich kleiner Märzhase. Er rannte zwischen den Beinen der Stute hindurch, die Ohren angelegt, schlug einen Haken, dann kreuzte er nochmals ihren Weg und sprang zurück ins Gebüsch, wobei er die Grashalme und Zweige in wilde Bewegung brachte. Diesmal sprang Kirke nicht zur Seite, sondern startete plötzlich durch. Der mäßige Trab verwandelte sich im Nu in Galopp.

»Hooo!«, rief Darek, lehnte sich nach hinten, so weit er konnte, und suchte Halt in den Steigbügeln. Kirke untersetzte ein wenig die Hinterbeine, ansonsten schenkte sie seinen unbeholfenen Versuchen, sie anzuhalten, keine Aufmerksamkeit. Sie jagte immer wilder dahin, und auch als er sie fast am Maul fasste, reagierte sie nur damit, dass sie sich auf die Zügel legte. Vom braven Mädchen keine Spur.

»Ho! Hooo! Hoooo! Bist du taub? Bleib stehen!«, schrie Darek über ihrem Hals.

Die Stute galoppierte immer schneller. Die Muskelbewegungen unter dem Sattel wurden rhythmisch, waren nicht mehr unangenehm, sondern fließend. Und so auch alles Übrige. Jede Kurve, jede Linie ihres Körpers offenbarte auf einmal eine Ordnung und eine noch größere Schönheit. Sie war wie ein schwarzer Tornado. Unbändige Freude durchflutete Darek. Wie konnte er nur annehmen, dass Kirke sich mit Arbeitstrab begnügen würde? Sie war ein Pferd für den Sprint! *Herr Havlik ist nicht doof,* dachte er anerkennend. Der warme Wind fuhr ihm ins Gesicht, blies ihm unter das T-Shirt, sauste um seine Ohren. Darek schnappte nach Luft vor Aufregung, so etwas hatte er bisher noch nicht erlebt. *Es ist wahr, Pferde sind Engel – auch die wahnsinnigen! Und wenn sie uns auf den Rücken nehmen, fliegen wir mit ihnen kopfüber bis …*

Zu weiteren dichterischen Höhenflügen kam er nicht. Kirke durchbrach die Absperrung der Rauen Wiese, sprang über den Graben, der die Wiese vom Nachbarfeld trennte, und raste zum Wald. Die Zügel glitten Darek durch die Hände und er fühlte, dass er kurz davor war, das Gleichgewicht zu verlieren. Er versuchte sich noch an der Mähne festzuhalten, aber es war zu spät. Seine Füße rutschten aus den Steigbügeln, er flog aus dem Sattel, landete im Kartoffelfeld und sein Gesicht bohrte sich in die Erde. Sie war warm. Er fühlte, wie die Ohnmacht nach ihm griff, er versuchte sich zu wehren … vergeblich … und in immer dichteren Nebel versinkend, ertönte aus seiner Mitte eine Stimme.

***

Was machst du hier, Söhnchen?«
»Bist du das, Mama?«
Ich muss nicht fragen. Niemand sonst nennt mich Söhnchen. Ich mag die Anrede, aber nur, wenn wir alleine sind. Vor Leuten ist mir das peinlich. Es kommt mir zu gefühlsbetont vor. Und altmodisch.
»Wieso haben wir uns so lange nicht gesehen, Mama?«
»Ich war tot für dich.«
»Jetzt nicht mehr?«, wundere ich mich. »Kann man etwa damit aufhören?«
»Ich habe nicht damit aufgehört, du bist zu mir gekommen.«
»Bin ich auch gestorben?«, frage ich und erstaunlicherweise erschreckt es mich nicht. Wenn das hier der Tod ist, ist nichts zu befürchten. Ich fühle mich gut, bin froh, Mutter nach langer Zeit wiederzusehen. Sie sieht wie früher aus, wie in der Zeit vor ihrer Krankheit. Sie hat ihr blaues Kleid an, die Haare fallen ihr über den Rücken. Das Gesicht, Hals, Arme sind glatt, ohne blaue Flecken, ohne Pflaster. Nirgendwo kann ich Kanülen, Schläuche, Infusionspumpen oder eine Herz-Lungen-Maschine sehen.
»Du bist nicht gestorben, du musst bald zurück«, sagt sie zu mir.
»Warum? Kann ich nicht bei dir bleiben?«
Mutter schüttelt den Kopf. Sie lächelt nicht, hat aber diesen Ausdruck in den Augen, den ich gut kenne und von dem ich weiß, was

er bedeutet. Sie hatte diesen Ausdruck immer, wenn sie uns alle um sich hatte, Ema, Vater und mich.

»Aber ich weiß nicht, ob ich zurückwill … nach Hause«, sage ich wahrheitsgemäß. In diesem Augenblick will ich gar nirgends hin. Mir ist kuschelweich, ich bin wie in einen Daunenschlafsack eingemummelt. Am liebsten würde ich für immer in diesem beruhigenden Raum bleiben und mich mit Mutter unterhalten. Wie lange haben wir uns nicht gesprochen, ich muss ihr ja so viel erzählen! Von meinen Schlägereien mit Hugo, davon, dass Vater gefeuert wurde und seit Ewigkeiten nicht mehr gepfiffen hat, dass wir elf Pferde haben, dass Ema gelernt hat, sich allein die Ohren sauber zu machen und auf Waliserin zu reiten, aber in der Schule nachgelassen hat, ich muss ihr sagen, dass ich ein paar Lieder auf der Harmonika spielen kann, dass Marta täglich zu uns kommt, nicht nur, um zu kochen, sondern … Nein, von Marta sage ich lieber nichts. Dafür von Hanka und ihrem geheimen Orangenduft, den man nur wahrnimmt, wenn man ganz nah bei ihr ist. Auch von Anubis unter ihrem Schulterblatt, den sie mir gezeigt hat und dessentwegen ich die wahnsinnige Stute gesattelt habe …

Ich erschrecke plötzlich. »Mama, Scheiße, Kirke ist abgehauen!«

»Sprich nicht so vulgär«, ermahnt sie mich. »Du musst hinterher, sie ist in den Wald gelaufen. Und mach die Absperrung zu, sonst laufen noch die anderen weg. Die Weiße ist schon drauf und dran.«

»Das siehst du?«

»Vielleicht sehe ich es, vielleicht weiß ich es. Dadurch, dass ich an euch denke. Und ich denke fast immer an euch, Söhnchen. Also, beeile dich.«

»Kann ich nicht noch bei dir bleiben? Nur eine Weile, Mama«, bettele ich.

»Nein, das geht nicht. Und – warte, weißt du noch, was ich dir über Vater gesagt habe? Dass er zwar große Schultern hat …«

»… aber ein noch größeres Herz. Und dass man es erst entdeckt, wenn man ihn ohne Einschränkungen liebt. Ich habe mir einen Knoten gemacht, um es nicht zu vergessen.«

»Das ist gut.«

»Was heißt ohne Einschränkungen, Mama?«
»Unter allen Umständen.«
»Auch wenn er etwas machen würde, das mich stört? Womit ich nicht einverstanden bin? Etwas, was dich auch stören würde?«
Sie nickt, ohne zu zögern.
»Frag nichts Überflüssiges. Du weißt, was ich meine. Unter allen Umständen zu lieben, bedeutet, auch dann zu lieben, wenn du mehr Gründe zu hassen hast«, sagt sie ungeduldig. »Also, geh schon!«

***

Herr Havlik schüttete Zucker in seinen Tee und rührte in der Tasse. Er schwieg. Nur sein lautes Atmen und der Klang des Metalllöffels waren zu hören. Darek beobachtete die braune Flüssigkeit in der Tasse, die leere Brottasche, die über die Stuhllehne hing, Vaters Gummistiefel neben der Tür, die Zeiger der Küchenuhr. Sie zeigten zehn Minuten vor Mitternacht.
»Sie sind schon vier Stunden weg«, bemerkte er. Herr Havlik nickte und rührte weiter. Darek hatte größte Lust, ihm den Löffel wegzunehmen, um das eintönige Kling-Klang zu stoppen, denn der Zucker musste längst aufgelöst sein und der Tee genau richtig zum Trinken. Doch darauf kam es jetzt nicht an, es ging um etwas anderes, und so fragte er lieber: »Wo suchen die Ihrer Meinung nach?«
Herr Havlik zuckte mit den Schultern.
»Am Sägewerk, im Wald über dem Dorf, hinter dem Fluss, im Steinbruch … Sie können überall suchen«, antwortete er. Er wusste genauso wie Darek, dass Vater und Herr Mihule nicht einen Weg, nicht einen Graben oder eine Waldschneise auslassen würden, die mit dem Geländemotorrad des Wirts befahren werden konnten. Vater hatte zwei akkubetriebene Handlampen aus der Werkstatt mitgenommen. »Ich rechne damit, dass sie nicht eher zurückkehren, als bis sie sie gefunden haben.«
»Und was, wenn sie irgendwo stecken geblieben ist und nicht mehr loskommt?«, fragte Darek weiter. »Vielleicht wiehert sie und sie können sie bei dem ganzen Motorlärm nicht hören.«

»Selbstverständlich schalten sie immer wieder den Motor aus und horchen«, versicherte Herr Havlik ihm müde. Er war seit dem späten Nachmittag auf dem Hof. Schon von Weitem hatte er es kommen sehen, nur eingreifen konnte er nicht. Dazu hatten sich die Dinge zu sehr überstürzt und seine Krücken trugen ihn zu langsam an den Ort des Geschehens. Als er ankam, hatte Darek sich noch halb benommen vom Kartoffelfeld erhoben und war der Stute in den Wald gefolgt. Die Sonne war schon untergegangen. Herr Havlik hatte Hanka dabei assistiert, Waliserin zurück auf die Wiese zu locken, und später, als Darek unverrichteter Dinge zurückgekehrt war, hatten sie zusammen die Absperrung repariert. Nur an die Stelle, wo die Bienenstöcke standen, trauten sie sich nicht heran. Kirke hatte sie während ihres kopflosen Rennens umgeworfen und die Bienen schwärmten aufgebracht umher. Darek machte lieber einen großen Bogen um sie. Vater würde sich schon zu helfen wissen, er würde die Bienenstöcke aufrichten, die Deckel wieder draufsetzen, die Rahmen kontrollieren und am Ende würde alles gut werden. Was Kirke betraf, da war sich Darek allerdings nicht so sicher.
»Ich verstehe nicht, wohin sie verschwunden sein könnte. Ich war ganz oben auf dem Schieferberg und habe in alle Richtungen geguckt! Ich konnte bis zum Sägewerk sehen … aber sie war nirgendwo!«
»Über den Bäumen sicher nicht! Außerdem ist sie schwarz. So eine Farbe übersieht man leicht im Wald.«
»Vielleicht ist sie nicht mehr im Wald.«
»Vielleicht nicht«, gab Herr Havlik zu. »Möglicherweise hat sie den Weg an den Schienen entlang Richtung Bruntal genommen.«
»Richtung Bruntal?«, stieß Darek erschrocken aus. »Meinen Sie, sie ist bis in die Stadt gelaufen?«
»Nein, das bezweifle ich. Sie wird eher eine Weide suchen, so ausgehungert wie sie ist. Meiner Meinung nach ist sie irgendwo auf den Feldern. Vielleicht in Janoschs Hafer hinter dem Fluss.«
Das waren Mutmaßungen, keine Fakten. Es gab keine Anhaltspunkte, seit die Stute von dem weichen Waldweg abgekommen war und den steinigen Hang genommen hatte. Darek war ihr wie von

Sinnen hinterhergelaufen. Er hatte gepfiffen, gerufen, minutenlang gehorcht, ob sie ihm nicht von irgendwoher Antwort geben würde – aber er hörte nur die anderen Pferde auf der Weide. Als wäre Kirke vom Erdboden verschwunden. Nacheinander erklomm Darek alle drei Gipfel um das Dorf, schreckte eine schlafende Viper und ein Rabenpärchen auf, entdeckte sogar eine Rehgeiß mit einem Kitz, aber von der schwarzen Stute keine Spur. Ihm war zum Heulen zumute. Von seinem Sturz tat ihm der Kopf höllisch weh und mit der nahenden Nacht schwand die Hoffnung auf Erfolg.

»Und wenn wir sie nicht finden? Vielleicht nie wieder?«

»Wir leben weder in Texas noch in der mongolischen Steppe, mein Junge«, erwiderte Herr Havlik. »Bei uns verläuft sich ja nicht einmal ein Küken spurlos, geschweige denn ein Pferd! Alle paar Meter gibt es einen Zaun, eine Absperrung oder eine Straße …«

Er sprach weiter, aber Darek hörte nicht mehr zu. *Straße* hallte es alarmierend in seinem Ohr wider, und auch wenn er sich mit aller Kraft dagegen wehrte, sah er deutlich den Asphalt mit der weißen Mittellinie, die Silhouette des Pferdekörpers im Dunkeln, die nahenden Lichter der Scheinwerfer. Deutlich hörte er das Geklapper der Hufe, das Brummen des Motors und dann plötzlich ein Bremsenquietschen, einen dumpfen Aufprall, ein schmerzvolles Wiehern. Wenn Kirke bis zum Bruntaler Außenring gelangte und vor einen Lastwagen lief, vor einen dieser Monstertrucks, die dort kolonnenweise entlangfuhren, so wäre das ihr Ende. Sie würde überfahren werden, oder sich verletzt zur Seite werfen, vielleicht würde der Fahrer nicht einmal anhalten.

Bei dieser Vorstellung fröstelte es ihn. Was würde Anton tun? Was würde Vater sagen? Sein Blick, als er von der Arbeit im Lomnitzer Wald zurückgekommen war und Darek mit der schlechten Nachricht herausrückte, war schon Strafe genug gewesen. Er hatte Zorn und Vorwürfe erwartet, war darauf vorbereitet, ein paar Ohrfeigen einzustecken, doch Vater blieb äußerlich ruhig. Ohne nach dem langen Tag etwas zu essen, packte er hastig alles Nötige in die Tasche und brach auf. Zu Darek sagte er kein Wort, auch nicht zu Herrn Havlik, nur Mihule, den Wirt, rief er an. In kurzen, knappen Sätzen

schilderte er, was passiert war. Er fragte, ob er sich sein Geländemotorrad leihen könnte, schließlich einigten sie sich darauf, zusammen suchen zu fahren.
Darek fühlte, wie sein ganzer Körper von einer bösen Vorahnung überschwemmt wurde. Eine ölige Welle, die ihn würgte und lähmte, und seine Gedanken schwammen auf ihr mit dem Bauch nach oben wie vergiftete Fische.
»Wenn sie tot ist, bringe ich mich auch um.«
Herr Havlik sah erschrocken zu ihm hoch. Er hatte aufgehört, im Tee zu rühren, und hielt den Löffel über die Tasse, damit er abtropfte. Jetzt legte er ihn langsam auf den Tisch. Seine Hand zitterte.
»Red keinen Blödsinn«, ermahnte er Darek grimmig. »Und mal den Teufel nicht an die Wand. Warum sollte sie tot sein? Wie sollte sie deiner Meinung nach gestorben sein?«
»Das ist doch egal, wie!«, stieß Darek hervor. »Das spielt keine Rolle! Wenn nur nicht …« Er fühlte einen beklemmenden Schmerz unter dem Adamsapfel, konnte kaum atmen. Der Stuhl, den er krampfhaft umklammerte, hielt dem Druck seiner Hand nicht stand und kippte um. Darek beugte sich vor und richtete ihn wütend auf. Beide Geräusche, der Fall des Stuhls und das Aufstellen auf den Fliesen, verursachten in der nächtlichen Stille einen ohrenbetäubenden Lärm. Er hörte, wie sich die Schallwellen im Haus verbreiteten und gegen die Wände prallten. Darek erstarrte. Er hatte Angst, dass Ema wach wurde. Das wollte er nicht – immer wenn sie mitten in der Nacht aufwachte, war sie schlecht aufgelegt und den Tränen nahe. Dann müsste er sie beruhigen, vielleicht sogar leise Mundharmonika spielen und bei ihr sitzen bleiben, bis sie wieder eingeschlafen war. Er horchte einen Moment, aber Stille machte sich wieder breit.
»Was auch immer mit ihr ist, ich bin schuld daran«, fuhr er fort, diesmal beinahe flüsternd. »Wenn ich sie nicht gesattelt hätte und auf die Wiese geritten wäre, oder wenn ich auf Sie gewartet hätte, wäre nichts passiert.«
»Aber du hättest nicht vor Hanka angeben können.«
»Ich wollte nicht angeben.«

Herr Havlik lächelte süß. »Quatsch, Junge! Es war nichts anderes als das.«

Erst verspürte Darek den Drang, zu widersprechen, doch dann überlegte er es sich anders. Zwischen Angeberei und dem, was er gemacht hatte, war nur ein winziger Unterschied. Allerdings für ihn ein wesentlicher. Um den zu erklären, hätte er seine Beweggründe offenlegen müssen. Seinen brennenden Neid gegenüber Roman-Romeo, Krokants geheime Ratschläge, den zauberhaften Augenblick auf dem Strohballen, das Vertrauen, mit dem Hanka sich das T-Shirt ausgezogen hatte, ihren Orangenduft, die Küsse, das bisher ungekannte glückliche Gefühl. Nichts davon konnte und wollte er laut aussprechen. Es hätte seinen Zauber verloren.

»Du hast getan, was du tun musstest, und die Stute hat auch nur das getan, was in ihrer Natur lag. Sie und du, ihr habt eure Wege in einem Augenblick gekreuzt, der für Ereignisse bestimmt war. Er-eig-nis-se, verstehst du?«, erklärte Herr Havlik eindringlich. »Weißt du, was ich damit sagen will?«

»Klar weiß ich das«, bejahte Darek.

»Was denn?«

»Dass ich eine Mattscheibe habe. Ich kann mir nicht ausrechnen, was passieren wird. Ich habe die Dinge nicht unter Kontrolle.«

»Ereignisse kann man nicht im Voraus berechnen. Und auch nicht kontrollieren. Sie sind plötzlich da. Sie bringen uns irgendwohin, geben uns etwas, fordern etwas ein. Sie verändern uns. Das ist ihr Sinn.«

Herr Havlik trank den Tee aus, warf sich die Brottasche über die Schulter und griff nach der Krücke. Er sah erschöpft aus. Im Gegensatz zu Darek. Die Angst um das Schicksal der Stute schob alle körperlichen Wahrnehmungen in den Hintergrund.

»Wollen Sie sich nicht bei uns ins Wohnzimmer legen?«, fragte er. »Sie werden doch nicht im Dunkeln nach Hause gehen.«

Herr Havlik blickte zur Uhr hoch.

»Ich gehe an der Straße entlang. Die Laternen brennen noch bis halb eins, bis dahin bin ich zu Hause. Wenn was passiert … ich meine, wenn du etwas brauchst, ruf einfach an«, sagte er. So wie er Darek

ansah, war klar, dass er noch etwas auf dem Herzen hatte, aber nicht wusste, ob er damit herausrücken sollte.
»Jedenfalls bist du kein größerer Hohlkopf als ich«, murmelte er schließlich. »Weißt du, wieso ich nach der Amputation hier in meinem unkomfortablen Haus geblieben bin? Ein Krüppel ohne Bein – in den Bergen? Weißt du, wieso ich nicht zu meiner Tochter nach Ostrawa gezogen bin? Sie hat es mir angeboten. Ich hätte bei ihr ein Zimmer mit Balkon gehabt, ich hätte mich nicht um Brennholz kümmern müssen, sie hätte für mich gekocht… Weißt du, wieso ich hiergeblieben bin?«
Darek schüttelte den Kopf. Er hatte nie darüber nachgedacht. Herr Havlik war von Piosek nicht wegzudenken, so wie die Hügel drum herum. Nicht im Traum wäre es ihm eingefallen, dass er verschwinden könnte.
»Wegen deiner Mutter. Ich wollte in ihrer Nähe sein. Ich konnte mir nicht vorstellen, wegzugehen und sie vielleicht nie wiederzusehen.«
»Waren Sie verliebt in sie?«
»Vom ersten Tag an, als ich sie sah. Ich habe es ihr nie gezeigt, es hat mir gereicht, sie anzuschauen, mich mit ihr zu unterhalten. Sie hatte … Sie war so…« Herr Havlik machte eine Pause, die Erinnerung bewegte ihn. Nach ein paar Sekunden fuhr er schon ruhiger fort: »Als sie starb, war ich wütend auf das Schicksal. Ihr Tod hatte keine Logik. Es war ein dummer, unsinniger Zufall. Heute aber weiß ich, dass es ein Ereignis war. Keiner von uns hatte es erwartet, wir konnten nichts dagegen tun, wir hatten es nicht unter Kontrolle. Es hat uns alle gezwungen, unsere bisherige Richtung zu ändern. Einen anderen Weg zu nehmen. Und genau das wollen Ereignisse.«
»Wie habe ich mich Ihrer Meinung nach geändert?«
»Nimm es mir nicht übel, aber deine Mutter hat dich verwöhnt. Jetzt bist du selbstständiger und vernünftiger. Du hilfst deinem Vater, du kümmerst dich um deine Schwester, und ob du willst oder nicht, musst du zulassen, dass es eine Marta gibt, und ihr erlauben…«
»Soll es sie doch ruhig geben!« Darek zog eine Fratze. »Aber so weit wie möglich weg von hier!«
»Genau darum geht es – dass du sie in dein Leben lassen musst.«

Darek holte tief Luft, um Herrn Havlik zu erklären, warum Marta für ihn absolut unannehmbar war, als er hörte, dass sich ein Motorrad näherte. Er spitzte die Ohren. In der Kurve oberhalb des Hauses bremste es ab und bog in den Hof ein. Der Scheinwerfer leckte das Küchenfenster ab, der Motor verstummte. Darek lief ein Schauer über den Rücken, er war nicht fähig, sich zu bewegen. Sein Mund war trocken, nicht einmal die Lippen konnte er befeuchten.

»Sie sind da«, sagte Herr Havlik. »Mal sehen, welche Nachrichten sie uns bringen.«

Obwohl seine Stimme Nervosität verriet, beruhigten seine Worte Darek. Sie erinnerten ihn daran, dass er, welcher Nachricht auch immer, nicht alleine gegenüberstand. In dem Augenblick ertönte ein Klopfen. Darek öffnete. Vor ihm stand Herr Mihule.

»Habe ich dich geweckt?«, fragte er anstelle eines Grußes. Darek schüttelte den Kopf. Mit den Augen suchte er schnell den Hof ab. Vater war nirgendwo zu sehen. Darek spürte wieder einen Stich unter dem Adamsapfel.

»Wo ist Papa?«, stieß er hervor, und ohne eine Antwort abzuwarten, bombardierte er den Wirt mit der nächsten Frage: »Und Kirke? Habt ihr sie gefunden?«

»Haben wir«, sagte Herr Mihule und begrüßte Herrn Havlik, der inzwischen zur Tür gehumpelt war, mit einem Kopfnicken.

»Wo?«

»Ziemlich weit weg. Im Bach unter dem Sägewerk. Da, wo früher die kleine Brücke war. Sie ist in die Schlucht gefallen.«

»Ist sie …«, Darek stockte, »… ist sie am Leben?«

Herr Mihule bejahte. »Aber sie ist unterkühlt. Wer weiß, wie lange sie im kalten Wasser gelegen hat! Und sie wird noch eine Weile drinbleiben müssen, es wird nicht gleich gelingen, sie herauszuziehen. Sie ist wohl ziemlich zugerichtet, aber das werden wir erst bei Tageslicht sehen.«

»Kann ich euch irgendwie helfen?«, fragte Herr Havlik unternehmungslustig. Seine Müdigkeit war wie weggeblasen, er schien voller Tatendrang. »Ich habe eine Plane zu Hause und eine Seilwinde mit dreißig Meter Seil. Man könnte vom Sägewerk aus …«

»Alleine kriegen wir sie nicht herausgezogen. Wir haben schon die Feuerwehr gerufen«, sagte Herr Mihule.
»Bevor die anfangen, sie zu befreien, sollte ein Tierarzt sie sehen«, meinte Herr Havlik besorgt. »Wenn sie Brüche hat oder Verrenkungen, kann er Bandagen anlegen. Und ihr etwas zur Beruhigung geben.«
»Machen Sie sich keine Sorgen, der Arzt ist informiert. Er hat versprochen, zu kommen.« Herr Mihule wandte sich wieder Darek zu. »Dein Vater ist bei der Stute geblieben, ich fahre auch gleich wieder hin. Er will, dass du mir Gummistiefel und Handschuhe für ihn mitgibst. Und die alte Militärdecke auch – du wüsstest, welche – und ein paar Brote. Pack alles in einen Rucksack, ich komme in zwanzig Minuten vorbei … Ach ja, und noch was!«
»Was?«
»Du sollst Kaffee kochen. Den wollte ich eigentlich machen, aber er hat gesagt, ich soll mich ausstopfen lassen. Bier zapfen, ja, das kann ich, hat er gesagt, aber so eine Brühe, die die Toten aufweckt, das könntest du wohl besser.« Er zwinkerte und lächelte Darek an. »Du sollst ordentlich Zucker reintun, wie üblich.«
Darek nickte eifrig. »Ich tu sechs Löffel Zucker rein, so wie er es mag!«
Der beklemmende Schmerz unter dem Adamsapfel hatte sich wie durch ein Wunder aufgelöst, auf einmal konnte er wieder ohne Schwierigkeiten sprechen und atmen.
»Soll ich nicht noch eine Mohrrübe für Kirke dazupacken?«
»Gute Idee«, lobte ihn Herr Mihule. »Also, bis gleich!«
Er kehrte zu seinem Motorrad zurück, klappte den Ständer hoch und schob es aus dem Hof. In der nächtlichen Stille war das Rauschen der Reifen zu hören, als er, ohne den Motor anzulassen, den Berg hinabfuhr.

***

Die Stute tauchte unter und wieder auf. Ihr Körper schaukelte auf den Wellen und konnte ihnen keinen Widerstand leisten.

Das Wasser war trübe. Nur ein dünner Streifen Landschaft trennte es vom tief hängenden Himmel. Darek wurde klar, dass dies kein Bach war, schon gar nicht hier, unter dem Sägewerk, wo auch im Frühling, während der Schmelze, die grauen Steine herausragten, an denen Zweige und Blätter hängen blieben. Herr Mihule hatte sich geirrt: Das hier war ein Fluss. Breit und anscheinend auch tief, wenn ein Pferd darin frei und ungehindert schwimmen konnte. Darek sah, dass sich der Hals und der Kopf der Stute bewegten, aber der Rest des Körpers war steif, die Beine krampfhaft gestreckt.

»Kirke!«, rief er ihr vom Ufer zu. »Kirke, bist du das?«

In dem Augenblick trieb der Strom den Körper näher zu ihm heran. Darek erblickte die schwarze Mähne, das Halfter, die offenen Augen. Wasser strömte über sie hinweg. Er begriff, dass sie ihn nicht sehen konnte, dass sie gar nichts sahen. Es war Kirke. Aber sie war ertrunken.

»Warte!«, schrie er in der sinnlosen Hoffnung, ihren Tod noch rückgängig machen zu können. »Ich bin gleich bei dir!«

Ohne zu überlegen, sprang er in den Fluss und …

Er wachte auf. Über seinem Kopf sah er den Dachbalken, vor sich das Fenster, hinter dem Fenster die alten Buchstaben. FORTSCHRITT. Er lag in seinem Zimmer. Am Bettrand saß Ema.

»Steeeht aauuf, Schlaaaf-müü-tzeeen, eees iist Mooor-geen!« Sie zog die einzelnen Silben des Morgenliedes, das ihr die Mutter beigebracht hatte, in die Länge. Dabei wippte sie vor und zurück, wie immer, wenn ihr langweilig war. »Wiiischt euch deen Schlaaaf aus deen Auu-geeen …«

Darek fielen die Augen wieder zu. Die Kälte des Flusses umklammerte ihn, vor ihm schaukelte der Pferdekörper in den Wellen. Er öffnete schnell wieder die Augen und richtete sich mit einem Ruck auf. Auf dem Stuhl sah er das Häufchen zusammengeknüllter Kleidung, die er in der Nacht ausgezogen hatte. Plötzlich war alles wieder da: die Stunden in der Küche, das Löffelrühren in der Tasse, die Befürchtungen und der beklemmende Schmerz unter dem Adamsapfel, die Angst. Dann endlich die freudige Botschaft, Kaffeekochen und schließlich der befreiende Fall ins Bett und augenblicklicher

Schlaf. Warum hatte sich die Freude im Traum in Schrecken und Trauer verwandelt? Sollte das vielleicht eine Warnung sein? Was war inzwischen passiert?

Er blinzelte zu Ema hinüber. Sie war im Pyjama, auf ihrem Schoß saß der Eisbär. Beide sahen verwuschelt aus, beide waren barfuß. Ema hatte mit dem Singen aufgehört und wischte sich ordentlich die Nase am Ärmel ab.

»Ich habe«, murmelte sie dabei, »rat mal, was?«

»Schnupfen?«

»Nei-ein.«

»Also, was?«

»Rat mal!«

»Sag's mir.«

»Ich habe Hunger«, sagte sie.

»Ist Papa zu Hause?«

Ema zuckte mit den Schultern. Sie ging nicht gern alleine durchs Haus. Wenn sie aufs Klo musste und alle noch schliefen, beeilte sie sich so sehr, dass sie auf den Treppen fast immer hinfiel.

»Machst du lecker Honig?«, fragte sie. Am liebsten trank sie warme Honigmilch zum Frühstück. Allein konnte sie sie nicht warm machen, der Herd jagte ihr Angst ein. Einmal, als sie noch klein war, hatte sie den Plastikesel I-Ah auf die heiße Herdplatte gelegt. Bevor es Mutter gemerkt hatte und den rauchenden I-Ah auf den Hof schmiss, war er schon ganz verschmort. Seine Ohren waren zusammengebacken, er sah erbärmlich aus. Ema hatte lange um ihn geweint und von da an machte sie einen Bogen um den Herd.

Darek sprang aus dem Bett und schwankte. Ihm wurde schwindelig. Wenn er sich nicht an der Tischplatte festgehalten hätte, wäre er hingefallen. Die Muskeln an den Oberschenkeln taten ihm weh, der Hintern und der Kopf auch, überall hatte er blaue Flecken und unter den Fingernägeln Dreck.

»Woher kommt das?«, fragte Ema und berührte den Bluterguss an Dareks Hüfte.

Er zuckte zurück. »Das hab ich dir doch schon gesagt. Kirke hat mich abgeworfen.«

»Hast du geblutet?«
»Nein.«
»Ich habe gestern geblutet«, erinnerte sich Ema. »Oder vor … vorgestern. Aus der Nase.«
»Weil du darin gebohrt hast. Und weil du immer barfuß gehst, hast du immer Schnupfen. Geh deine Schuhe holen!«, forderte Darek sie ungeduldig auf. Er fühlte sich wie auf glühenden Kohlen. Er musste schnellstmöglich erfahren, was mit der Stute war. Er öffnete das Fenster. Über die Baumkronen hinweg erkannte er das gelbe Dach des hinter der Kneipe geparkten Lieferwagens. Das Motorrad sah er nicht, aber das war nicht ausschlaggebend. Herr Mihule pflegte es nicht draußen stehen zu lassen, meist parkte er es im Lager. Darek stellte sich auf die Zehenspitzen und lehnte sich so weit es ging hinaus, aber das Einzige, was sein Blick erhaschte, war das geschlossene Scheunentor. Bis zur Weide oder zur Koppel konnte er nicht sehen. Er ging in den Flur und horchte. Aus der Küche kam kein Laut. Nur aus Emas Zimmer waren Geräusche zu hören, die ihr tapsiges Suchen nach den Schuhen verrieten. Leise drückte er die Klinke von Vaters Zimmertür. Das Bett unter der schrägen Decke gegenüber der Tür war leer. Das Kissen unangetastet, die Bettdecke über der Matratze glatt gezogen. Entweder war Vater noch nicht zurückgekommen, oder er war auf der Koppel. Darek lief in sein Zimmer zurück, zog sich schnell an und eilte die Treppe hinunter. Im Flur vor dem Bad stolperte er über Emas Schuhe.
»Hier hast du deine Latschen!«, rief er und warf sie hoch über das Geländer. Dann trat er nach draußen. Die Lampe über dem Eingang brannte, er hatte vergessen, sie auszuschalten. Das weiße Licht zeichnete eine schwach abgegrenzte Landkarte an die Wand. Das war ein sicheres Zeichen dafür, dass Vater noch nicht zurück war. Er hätte die Energieverschwendung sicher bemerkt und das Licht ausgemacht. Darek schaute trotzdem im Schuppen nach, lief kurz zur Weide, ging in die Scheune. Die Pferde weideten gelassen, gaben durch nichts zu verstehen, dass ihnen Kirke fehlte. Krokant trat in seiner Box auf der Stelle und als Darek ihm einen Armvoll Heu hinwarf, machte er sich gleich darüber her. Er sah quietschfidel aus,

das linke Vorderbein gestreckt, den Huf fest am Boden aufgesetzt. Darek streichelte ihn am Hals, brachte ihm frisches Wasser und kehrte ins Haus zurück.

»Gib den Hühnern Futter!«, befahl er Ema. »Ich mache in der Zeit Frühstück.«

Ema, immer noch im Pyjama, lief auf ihre ungelenke Weise zum Hühnerstall. Als er an der offenen Wohnzimmertür vorbeiging, fiel sein Blick auf das Telefon. Vater konnte man nicht anrufen, er benutzte im Rahmen der Sparmaßnahmen sein Handy schon lange nicht mehr. Herr Mihule aber schon, er trug seins meistens um den Hals. Darek suchte im Notizbuch seine Nummer und wählte sie schnell.

»Hallo?«, ertönte nach längerem Klingeln die Stimme von Herrn Mihule. Sie kam wie von weit her.

»Ich bin's, Darek. Ich wollte nur fragen, ob …« Im Hintergrund waren Rufe und Lärm zu hören. »Braucht ihr etwas? Soll ich kommen?«

Herr Mihule schlug sein Angebot sofort aus. »Ich wüsste nicht, wozu.«

»Seid ihr immer noch am Bach?«

»Ja, sind wir.«

»Die Feuerwehr auch?«

»Sie fahren gerade weg«, antwortete Herr Mihule. »Sie haben sie schon herausgezogen.«

»Ist sie in Ordnung?«, fragte Darek mit angehaltenem Atem.

»Die Beine hat sie sich nicht gebrochen, aber vorne, an der Brust, hat sie eine hässliche Wunde.«

»Wie hässlich?«

»Wirst du noch sehen.« Herr Mihule sprach ungeduldig. »Hör mal, ich hab jetzt keine Zeit, mit dir zu quatschen!«

»Sagen Sie mir nur, ob Sie denken … Wird sie wieder gesund?«

»Wird sich zeigen. Der Arzt hat ihr ein Beruhigungsmittel gegeben, sie versorgt und jetzt kommt sie langsam zu sich.«

»Wird sie wieder gesund?«, wiederholte Darek. Er wusste, dass er sich kindisch benahm, aber er musste eine Antwort haben. Am anderen Ende war eine Weile nur das Plätschern des Wassers zu hören und entfernte, unverständliche Männerstimmen. Endlich sprach Herr Mihule wieder.

»Wenn du meine Meinung hören willst«, sagte er und Darek konnte die Müdigkeit der gesamten durchwachten Nacht in seiner Stimme hören, »die Stute hatte verdammtes Glück. Und du auch. Ich denke, sie wird schon wieder.« Damit beendete Herr Mihule das Gespräch. Darek schlug vor lauter Erleichterung mit der Faust gegen die Wand und zog eine Grimasse. Er lief ins Bad. Während er sich die Hände einseifte und versuchte, den Dreck unter den Fingernägeln wegzubekommen, sah er sich im Spiegel an. Um seinen Haaransatz zog sich eine Spur von getrocknetem Schweiß und Schmutz, an der Schläfe hatte er eine zackige Schramme und an der Stirn trat eine bläuliche Beule hervor, das waren aber nicht die einzigen Neuheiten, die er bemerkte. Als er sich selbst in die Augen blickte, entdeckte er etwas, das gestern noch nicht da gewesen war. Oder war etwas verschwunden?

Sein Blick betrachtete forschend den jungen Mann im Spiegel. Er kam sich erwachsener vor. Als hätte er ein länglicheres, schmaleres Gesicht. Eine resolute Linie um den Mund. Er versuchte zu lächeln – die Wangen wurden breit, aber die Ernsthaftigkeit in den Augen blieb. Er wüsste gern, wie Hanka ihn sah. Sie kannten einander von Kind auf, kleinere Intervalle ausgenommen, wenn der eine oder andere krank beziehungsweise auf Ferienreise war. Ansonsten sahen sie sich ständig. War Hanka überhaupt imstande, zu bemerken, dass er jeden Tag, jede Stunde ein anderer war? Und nahm er ihre Veränderungen wahr? Gestern Nachmittag, als sie zusammen auf den Strohballen saßen und sich küssten, war es eine andere Hanka als die, die in Abgase gehüllt mit Roman-Romeo abdampfte, und auch eine vollkommen andere als die, die ein paar Stunden später um Waliserin herumhüpfte und sie in das Gehege manövrierte. »Ich denke an dich«, versprach sie ihm, als sie abends heimging. »Ich werde dich telepathisch unterstützen und alles wird gut, du wirst sehen. Hab keine Angst, es wird keine Katastrophe geben!« Er hörte auf, sich im Spiegel zu betrachten, ging in die Küche und begann, das Frühstück zu richten. Vielleicht sind die Bienen davongeflogen, dachte er, als er das Honigglas öffnete. Im Vergleich zu dem gesamten Ereignis kam ihm das jedoch wie eine Lappalie vor. Eine Nachricht, die maximal für den örtlichen Rundfunk geeignet war. Er konnte geradezu die hohe Stimme von Frau Smekalova, der stellvertretenden Bürgermeisterin, aus dem Lautsprecher vor dem Dorfladen gellen hören: *Es wurde uns gemeldet, dass infolge eines Unfalls Herrn Lysko, wohnhaft in Haus Nummer achtundzwanzig, ein großer Bienenschwarm weggeflogen ist. Wer ihn sichtet, ist aufgefordert, unverzüglich den Besitzer zu benachrichtigen …*

Bienenschwärme, die abhauen, fliegen immer nach Süden, das heißt, dass sie irgendwo im Kirschgarten oberhalb des FORTSCHRITTS oder vielleicht schon am anderen Ufer des Flusses waren. Wenn es nicht gelang, sie abzufangen, würde Darek mit Vater ausmachen, dass er ihm, sobald er eigenes Geld hatte, einen neuen Schwarm kaufen würde. Wie viel konnte so ein Schwarm kosten?

Er goss die Milch in den Topf und in dem Augenblick bemerkte er ein Papier, das mit einem Magneten an der Seite des Kühlschrankes befestigt war. Es war schmuddelig und geknickt, als hätte es jemand zerknüllt und wieder glatt gestrichen. Im ersten Augenblick dachte Darek, es sei ein Bild von Ema. Er schaute genauer hin und erstarrte. Es war nicht Emas Bild. Unter dem Briefkopf des Familienzentrums stand in fett gedruckten Buchstaben **Besuchstermin** und in der nächsten Zeile der Name der Referentin mit Datum und Uhrzeit des angeordneten Treffens. Darek musste das Schreiben nicht näher studieren, um zu sehen, dass das heutige Datum draufstand.

Wie hatte er das nur vergessen können? Er biss sich auf die Lippen. Gestern Morgen bei der Behandlung von Krokants Hufen hatten sie noch über die Fahrt nach Ostrawa gesprochen. Vater hatte sich über das Schriftstück geärgert und hätte es am liebsten ignoriert. Aber beide wussten, dass das keine Lösung war. Ob sie wollten oder nicht, sie mussten den Termin wahrnehmen. Er war für halb zwölf angesetzt. Vater sagte, sie würden ein wenig früher losfahren, weil man mit Stau rechnen müsse und auch damit, dass sie das Familienzentrum nicht sofort fanden.

Darek blickte auf die Uhr. Es war ein paar Minuten nach neun. Er kramte schnell in seinem Gedächtnis: Um neun Uhr fünfunddreißig fuhr der Zug nach Bruntal, dort könnten sie den Bus erwischen, um elf waren sie in Ostrawa. Darek schaltete die Herdplatte aus. Sie mussten sich ganz schön sputen – kein Frühstück, kein lecker Honig, nichts!

Er sprang zur Tür, um Ema zu rufen. Sie durften keine Zeit verlieren! Er würde Ema beim Anziehen helfen, er selbst würde sich ein sauberes Hemd schnappen, Geld für Fahrkarten aus der Schublade holen und möglichst schnell zum Bahnhof laufen. Er durfte den Kamm nicht vergessen, damit Ema sich im Zug kämmen konnte.

Plötzlich hielt er inne. Selbst wenn sie den Zug erwischten und rechtzeitig im Amt ankamen, wäre noch nichts gewonnen. Frau Kotschi hatte es doch deutlich gesagt. Ihr und ihren Mitarbeitern ging es vor allem darum, mit dem Vater zu reden. Sie wollten sich ein Bild von *seinem* Leben machen, von *seiner* Verantwortung, von *seinem* Alkoholkonsum. Wenn Darek allein mit Ema zu dem Treffen erschien, würde es wahrscheinlich nur den Verdacht bestärken, den man im Zentrum hegte. Sie würden den lebendigen Beweis dafür liefern, dass auf Vater kein Verlass war. Dass er kein Interesse an seinen Kindern hatte. Und wenn Darek auch noch erklärte, was gestern geschehen war, würde das dem Ganzen die Krone aufsetzen. Die Tatsache, dass er ohne Aufsicht auf einem Pferd geritten war, dass das Pferd ihn abgeworfen hatte und entlaufen war, wäre nur ein weiterer Beweis für Vaters Leichtfertigkeit. Was hatte Frau Kotschi im Erdkunderaum erzählt? »*Wenn sich die familiären Zustände verschlechtern, können wir den Kindern helfen, indem wir einen Platz in einer Pflegefamilie oder einer entsprechenden Einrichtung finden.*« Ja, so hatte sie es gesagt, Darek erinnerte sich genau an ihre Worte. Sie war sachlich und unpersönlich gewesen: »*Wenn dein Vater auch dieses Mal nicht reagiert, müssen wir entsprechende Schritte einleiten.*«

Darek drehte den Kopf zum Hühnerhof. Man hörte lautes Gegacker und Emas Stimme von dort.

»Put … put … put … put! Hier hast du!« Sie streute den Hühnern Gerste hin und sprach dabei zu ihnen. Die fetteste Henne scheuchte sie mit großen roten Lappen weg. »Du, hau ab, du Vielfraß! Du verschlingst immer alles alleine!«

Das Pyjamajäckchen hatte sie nur mit einem Knopf zugemacht, ihr Hosenbein schleifte am Boden, die Pantoffeln hatte sie längst irgendwo verloren. Sie trat barfüßig in der Hühnerkacke herum und scheuchte die selbstsüchtige Henne mit der Schüssel weg, aus der das Korn herausfiel. Ihre roten Haare, die in den letzten Monaten unkontrolliert gewachsen waren, flogen nicht nur um ihren Kopf, sondern verdeckten auch ihr Gesicht. Ihre Augen waren kaum zu sehen. Sie erinnerte Darek an das Bild des Räubermädchens in dem Buch mit Andersens Märchen.

»Ema!«, rief er ihr zu. Sie hörte nicht. Sie war vollkommen ins Füttern vertieft.

»Ksch, ksch!«, kreischte sie und stampfte mit solcher Wucht auf, dass ihr die Hose halb herunterrutschte. »Geh weg! Lass den anderen auch was über!«

Darek runzelte die Stirn und schluckte, um die Bitterkeit loszuwerden, die sich ihm beim Anblick der Schwester im Hals festsetzte. Er hatte Ema nie als *Fall* betrachtet. Er war an sie gewöhnt und manche ihrer Merkwürdigkeiten weckten eher Belustigung in ihm als Mitleid. Je älter sie aber wurde, desto mehr verging ihm das Lachen. Immer öfter ertappte er sich bei der Frage, wie es weitergehen sollte. Seit Mutter sich nicht mehr um Ema kümmerte, nicht mehr tausendmal mit ihr die erlernten Fertigkeiten wiederholte, ihr nicht mehr vorlas, ihr die Welt nicht mehr erklärte, stockte die Entwicklung der Schwester. Darek konnte es vor Frau Kotschi und anderen Leuten leidenschaftlich leugnen, innerlich wusste er jedoch, dass es stimmte, und das quälte ihn. Weder er noch der Vater überschütteten Ema mit dem Lob, der Zärtlichkeit und der Aufmerksamkeit, die sie gebraucht hätte. Sie konnten es nicht – im Gegensatz zu Mutter. Und im Gegensatz zu Opa. Der war immer liebevoll zu Ema.

»Na, so was! Du gärtnerst hier bei mir?«, wunderte er sich, als sie am Anfang der Ferien bei ihm zu Besuch waren und Ema in einem unbeaufsichtigten Augenblick seine geliebten Kakteen ausgiebig mit schäumendem Spülwasser begossen hatte. Darek erstarrte. Voller Spannung wartete er darauf, was Opa tun würde. Als alter Kakteenzüchter wusste er natürlich, dass Emas Aufguss seinen Lieblingen den Tod bringen würde oder zumindest eine Vergiftung. Trotzdem zeigte er seine Gefühle nicht. Er strich Ema über die Haare, so wie es Mutter getan hätte, lächelte sie durch die Faltenfächer an und sagte freundlich: »Du bist aber lieb, man sieht, dass du Blumen sehr gerne magst.«

Opa war alt und Mutter tot. Daran konnte man nichts ändern, Gedanken darüber waren Zeitverschwendung. Darek wusste, dass er zwei Möglichkeiten zur Auswahl hatte: Entweder im Familienzentrum anrufen und sich eine Ausrede einfallen lassen, oder sich zu beeilen und den besten Eindruck auf die Sozialarbeiterinnen zu machen. Die erste Alternative schien ihm feige. Ein wenig wie die Flucht vor Kawamuras Linie. Im Gegensatz zur Schlacht von Shiroyama hatte Darek in diesem Augenblick zwar kein Full Health – er hatte vor dem feindlichen Feuer überhaupt keine Deckung –, gleichzeitig aber war es die einzige Chance, magische Artefakte und Skillpoints zu sammeln und in das nächste Level zu kommen. Wie Mischa sagte, es ging nicht darum, den Sieg zu genießen, sondern darum, sich nicht in die Hose zu machen. Niveau zu behalten.

»Ema!«, rief Darek wieder und machte sich auf zum Hühnerstall. »Beeil dich!«

»Ich füüüttere!«

»Streu ihnen alles auf einmal hin und komm, ich habe eine super Idee! Wir machen einen Ausflug nach Ostrawa, willst du?«

»Zu Fuß?«

»Mit dem Zug. Aber wir müssen ihn kriegen, also schnell!«

Ema kippte den Rest der Körner vor den Hühnerstall, warf die Schüssel auf den Boden und lief zu Darek.

»Suuuper, Ausflug!«, trällerte sie und stolperte über die rutschende Hose. »Suuuper, mit dem Zug!«

Er fasste sie an den Händen und schwang sie sich auf den Rücken. Klar gab es Millionen Pflegefamilien und Einrichtungen auf der

Welt, die vor total geduldigen Menschen nur so wimmelten, dachte er, während er Ema unter ihrem begeisterten Gekreische wie einen Sack heimtrug. Klar würden sie sich perfekt um Ema kümmern und alles einwandfrei machen. So wie es sich gehörte. So wie es in pädagogischen Lehrbüchern stand. Nur hatten alle diese Fachleute einen Makel: Keiner von ihnen war Emas Bruder oder Emas Vater. Keiner von ihnen hatte Emas Nabelschnur durchtrennt. Keiner hatte sie im Arm gehalten, als sie zehn Minuten alt war. Als sie ein Wunder war.

***

Der Kreißsaal hat eine Tür aus milchigem Glas, die Mutter liegt in dem geheimnisvollen Raum dahinter. Ich kann nicht abschätzen, wie lange. Sie ist auf einer Liege, die von einem Krankenpfleger mit grüner Mütze geschoben wurde, hineingeschwebt. Vater ging nebenher, auch er hatte eine Mütze bekommen und einen Kittel musste er anziehen. Der war ihm um die Schultern herum zu eng, die Schnürchen ließen sich nicht zubinden. Bevor er verschwand, zwinkerte er mir zu. Von da an scheint die Zeit nicht weiterzugehen. Ich bin schon ein paarmal auf Opas Schoß eingeschlafen und wieder aufgewacht. Der Gang ist mit Leuchtstoffröhren beleuchtet, das helle Licht brennt selbst durch die geschlossenen Lider. Ich verkürze mir die Zeit mit der Beobachtung der digitalen Uhr. Die Ziffern wechseln mit schmerzhafter Langsamkeit, die sich kaum aushalten lässt.

»Mädels lassen immer auf sich warten«, sagt Opa. Er geht zum Automaten an der Treppe, wirft ein paar Münzen hinein, bringt mir Schokolade. »Iss, um deine Batterien wieder aufzuladen.«

In der Nacht Schokolade zu naschen, ist etwas Unerhörtes. Ich genieße die Besonderheit. Ich breche die Tafel in Reihen, die Reihen in Stückchen. Opa nimmt auch zwei, er lädt auch auf.

Endlich geht die Tür des Kreißsaals auf, die Spiegelung des Lichts im milchigen Glas macht einen Schwung wie auf einer Schaukel.

»Das Baby ist da!«, verkündet uns die Krankenschwester lachend.

»Sie wiegt zwei Kilo neunzig und ist neunundvierzig Zentimeter lang.«
»Ist das viel oder wenig?«, frage ich.
»Genau richtig. Wollen Sie sie sehen?«
»Dass Sie noch fragen!«, staunt Opa. »Wenn wir schon so lange gewartet haben, wollen wir das Wunder natürlich sehen!«
Die Krankenschwester hilft uns, die Kittel anzuziehen. Meiner ist so lang, dass ich darüber stolpere. Ich muss ihn halten wie eine Prinzessin ihre Schleppe. Wir gehen zum Waschbecken, waschen und desinfizieren uns die Hände. Dann sind wir endlich bereit für Ema. Wir betreten ein schmales Zimmer. Hier gibt es keine Leuchtstoffröhren, nur ein kleines Bettlämpchen. Die Mutter schläft, ihre Haare hat sie mit zwei Gummis über den Ohren zusammengebunden. Es sieht lustig aus, ich muss lachen. Sie sieht aus wie Vendulka, ein Mädchen mit Zöpfen aus meinem Kindergarten. Opa setzt sich zu ihr, nimmt ihre Hand.
»Komm her, Darek.« Vater nickt mir zu. Er steht am Fenster und hält im Arm einen Brotlaib, eingewickelt in eine bunte Decke. Ich kenne sie – Mutter hat den ganzen Sommer daran gehäkelt. Plötzlich bewegt sich die Decke und ein roter Schopf guckt heraus. Ich halte den Atem an.
»Ist das das Wunder?«, frage ich, weil mir erst jetz klar geworden ist, dass der Brotlaib meine Schwester ist. Vater hockt sich hin, zeigt mir Ema aus der Nähe. Sie ist ganz rot, sowohl das Gesicht als auch die Haare.
»Gefällt sie dir?«
»Sie sieht aus wie du, Papa«, sage ich ausweichend. »Nur die Sommersprossen fehlen.«
Der Vater streichelt Ema mit dem Zeigefinger über die Wange. Um sein Handgelenk windet sich ein Bächlein getrockneten Blutes. Ich erschrecke.
»Hat sie dich gebissen?«
»Womit denn, bitte? Das ist nicht mein Blut, sondern ihres. Ich habe ihre Nabelschnur durchgeschnitten.«
»Darf man das?«

»Das muss man. Sie wird doch nicht für immer an die Mutter gekettet bleiben, wie der Gajdoschikov'sche Hund an seine Hütte. Mama hat sie neun Monate lang getragen, jetzt muss sie sich ausruhen. Jetzt kümmern wir uns um Ema. Willst du sie mal auf den Arm nehmen?«
Mit einem Wunder muss man höchst vorsichtig umgehen, das ist ja klar. Ich habe Angst, etwas falsch zu machen, aber ich lasse mir nichts anmerken. Vater legt mir Ema in die krampfhaft vorgestreckten Arme.
»Beuge die Ellbogen ein wenig«, empfiehlt er. »Und halt sie gut fest!«
Ich halte sie, bis mir die Augäpfel aus den Höhlen treten. Ema hat keine Augen, nur kleine Striche, gesäumt von Wimpern, die wie Raupenhärchen aussehen und kaum merklich zucken. Sie wärmt mich, selbst durch die Decke fühle ich ihre Wärme. Und ihr Gewicht. Zwei Kilo neunzig ist vielleicht genau richtig, aber meine Arme fallen schon fast ab. Ich stütze sie von unten mit dem linken Knie. Dann mit dem rechten. Dann halte ich sie eine Weile wieder einfach so. Vater und Opa beobachten mich und ich lächle sie an. Ich will nicht verraten, dass ich nicht mehr kann. Dass Ema schwer ist. Ich werde sie halten, bis sie sie mir wegnehmen.

***

Zuerst hallte das Pfeifen aus dem Tal zu ihnen herüber, dann sahen sie den Zug. Die Lok setzte sich in Bewegung und die kurze Zuggarnitur fuhr langsam aus dem Bahnhof. Ema blieb stehen.
»Abge-fahren!«, stieß sie den Rest des Atems aus und blickte bedauernd dem Zug hinterher.
»Siehst du, ich habe es dir gesagt!« Darek kickte einen Erdklumpen am Wegrand weg, er flog in die Höhe und zerfiel in Stücke. »Wir haben ihn verpasst! Um eine Minute, maximal um zwei!«
Alle drei Waggons zeichneten die fallende Kurve nach und tauchten einer nach dem anderen in den Wald ab. Wieder ertönte ein Pfeifen, dieses Mal länger, entfernter.
»Wenn du nicht so getrödelt hättest, hätten wir ihn kriegen können!«

Ema widersprach nicht. Ihr Gesicht war vor Enttäuschung verzerrt, sie blickte schweigend zu dem Punkt, wo der Zug ihrem Blick entschwunden war.

»Mist!«, fluchte Darek noch einmal. In der Nähe war nichts Geeignetes mehr, was man hätte wegkicken können, also stieß er zumindest die Hände in die Hosentaschen. Die rechte hatte ein kleines Loch, wütend steckte er die Finger hinein und dann die ganze Faust. Er spürte, wie die restlichen Nähte platzen. »Scheiße, was machen wir jetzt, verdammt?«

»Wir werden scheißeverdammtnochmal zu Fuß gehen«, schlug Ema vor.

Darek blickte sie entgeistert an. »Wie bitte?«, schoss es aus ihm heraus.

»Wir werden scheiße...«

»Fluche nicht!«, wies er sie mit Mutters Ton zurecht. Fluchen und vulgäre Ausdrücke hatte er für sich reserviert, bei Ema kamen sie nicht infrage. »Zu Fuß können wir nicht gehen. Es ist zu weit.«

»Wie weit?«

»Zu weit eben«, murrte er. »Das würdest du nicht schaffen.«

»Würdest du es schaffen?«

Darek antwortete nicht. Er hatte keine Kraft, sich mit ihr zu unterhalten, wenn an seinen Eingeweiden das Gefühl der Niederlage nagte. Zusammen mit dem verpassten Zug lösten sich auch alle anderen Pläne und Möglichkeiten in Luft auf. Ihm blieb nichts anderes übrig, als es sich einzugestehen. Sie würden einfach heimkehren. Frühstück machen. Darek würde im Familienzentrum anrufen und einen neuen Termin vereinbaren. Ihm kam die Idee, sich nur mit dem Nachnamen zu melden und mit einer möglichst tiefen Stimme zu sprechen, langsam und bedächtig. Sie würden denken, er sei der Vater. Ja, das war eine gescheite Lösung. Er würde sagen, dass er eine Arbeit gefunden habe und nicht kommen könne. Da wär nichts Unwahrscheinliches dabei, sie würden es ihm glauben. Was aber, wenn sie jemanden schickten, um es zu überprüfen? Wenn Frau Kotschi wieder auftauchte, im Dorf herumfragte und jemand von den Nachbarn ihr alles verklickerte – auch von der Stute im Bach

und von der Feuerwehr? Was, wenn sie herausfand, dass Darek gelogen hatte?
»Würdest du es schaffen?« Ema verlangte nach einer Antwort.
»Nein«, sagte er knapp und machte kehrt. »Komm!«
»Wohin?«
»Heim, wohin sonst!«
»Ich will einen Ausflug machen!«
Sie hielt ihn hinten am Hemd fest, damit er stehen blieb. Er blieb nicht stehen. Er kehrte zurück zum Dorf und zog sie hinter sich her, wie ein widerspenstiges Hündchen. Das Hemd spannte auf seiner Brust und ein Knopf rutschte aus dem Loch.
»Lass mich los!«, rief er über die Schulter.
»Aus-flug«, antwortete sie.
Darek lief langsamer. Wenn Ema sich etwas in den Kopf gesetzt hatte und darauf bestand, packte ihn meist die Wut. Diesmal fühlte er eher Müdigkeit. Er sah sich um.
»Lass es«, sagte er über die Schulter. »Du verknitterst mein Hemd.«
»Ich will…«, fing sie wimmernd wieder an, aber Darek hörte ihr nicht zu. Er konnte nicht. Er war absolut gelähmt von dem Gedanken, der ihm plötzlich kam und ihm nicht nur durch den Kopf schoss, sondern auch durch den ganzen Körper. Es tat weh, als hätte er an einen elektrischen Zaun gepackt. Er hielt den Atem an und senkte den Blick zu seinem Hemd. Dort war der Gedanke gekeimt: Es war sein einziges *anständiges* Hemd. Das letzte Mal hatte er es bei der Zeugnisvergabe getragen. Nachmittags hatte er es mit Eistorte bekleckert, die Anton mitgebracht hatte. Jetzt war das Hemd wieder sauber, um die Manschetten hatte es ordentlich aufgebügelte Falten. Darek wusste nicht, wann Marta es gebügelt hatte. Sie musste es irgendwann am späten Abend getan haben, als er bereits schlief. Ähnlich wie weitere Arbeiten in ihrem Haushalt. Auf einmal stellte Darek sich diese nächtlichen Stunden vor. Heimlich, verschwiegen wischte sie Staub im Wohnzimmer. Legte eine Tischdecke auf den Tisch. Backte einen Strudel oder einen Hackbraten. Natürlich machte sie auch andere Sachen – mit Vater. Sachen, wegen derer Darek sie hasste und sich Gemeinheiten ausdachte, um sie zu belei-

digen, so unverzeihliche, damit sie nie mehr zu ihnen kam. Aber sie kam immer wieder. Ob es ihm gefiel oder nicht, er gewöhnte sich langsam an ihre Hilfe. Er fing an, sich auf sie zu verlassen, sie in sein Leben zu lassen. Es war ein beschämendes Gefühl – als beginge er an Mutter Verrat.

»Warum-warum-warum-waaah-ruuum!«

Emas Geschrei riss ihn aus den Gedanken. Er drehte sich zu ihr um. Ihre Nase lief, ihr Mund war vor Unmut verzerrt.

»Warum was?«, fragte Darek gedämpft, er wollte kein Aufsehen erregen. Aber sie wurden bereits von Frau Gajdoschikova und zwei weiteren Nachbarinnen durch die geöffnete Ladentür beobachtet.

»Warum machen wir keinen Ausflug?«, wimmerte Ema.

Darek seufzte. Er entschied, es ihr zu erklären. In kurzen, verständlichen Sätzen, damit sie es verstand und endlich aufhörte zu heulen.

»Weißt du, es ist mir zu spät eingefallen. Du hast den rechten Schuh gesucht. Der Zug ist weggefahren«, sagte er langsam. »Eigentlich hätten wir jemanden besuchen sollen.«

»Wen denn?«

»Die Leute im Familienzentrum.«

»Was ist das?«

»Das ist da, wo du immer mit Mama zum Turnen hingefahren bist. Wo die Spiele herkommen.«

»Die Feinde?«

Er nickte. Die Gespräche mit Ema verliefen nie gerade auf den Punkt. Sie verirrten sich immer in krummen Nebengässchen.

»Aber das wird nicht klappen.« Er kam wieder zur Hauptsache zurück. »Den Zug haben wir verpasst, und Papa ist nicht zu Hause, verstehst du?«

Ema nickte langsam und widerwillig.

»Also fahren wir ein anderes Mal«, schloss er die Diskussion ab. »Da kann man nichts machen.«

»Warum?«

»Darum! Weil keiner da ist, der uns hinfährt!«, rief Darek, der am Ende seiner Geduld war. Ohne hinschauen zu müssen, spürte er,

dass die Frauen im Dorfladen die Köpfe zusammensteckten. »Wir haben sonst niemanden.«
»Doch, haben wir.«
»Wen denn?«
»Marta.«
Darek stockte. Ema sprach seinen eigenen Gedanken laut aus. Nun konnte er ihn nicht mehr ignorieren, er musste sich damit befassen.
»Marta kann nicht.«
»Wieso?«
»Sie ist bei der Arbeit, auf der Post«, sagte er.
Es war eine klare, wahre Antwort, gegen die man nichts einwenden konnte. Ema senkte den Kopf und schwieg. Sie begriff und nahm die Tatsache hin, dass der Ausflug nicht stattfinden würde. *Sie ist vernünftiger als ich,* fiel es Darek plötzlich ein. *Sie kann sich damit abfinden, was man nicht ändern kann. Ich nicht. Weil ich überzeugt bin, dass man es ändern könnte.*
»Komm!« Er gab Ema die Hand und lief auf die Post zu. Das Gitter vor der Eingangstür war geöffnet. »Wir gehen zu ihr.«
Ema machte große Augen. »Auf die Post?«
Normalerweise machten sie immer einen Bogen um die Post. Auch wenn Ema bettelte, weil sie Marta ein Bild oder ein Kunstwerk aus dem Werkunterricht gern zeigen wollte, ließ sich Darek nicht umstimmen. Er wollte nicht, dass Ema Marta *hinterherlief,* dass Marta sie lobte, sich über Emas schmuddeligen Osterhasen oder die schiefe Prinzessinnen-Papierkrone begeistert zeigte. Er wollte nicht, dass Marta sie zu sich hinter den Schalter nahm und sie Aufkleber und Stempel anschauen ließ. Er tat alles, damit sie sich nicht näherkamen. Eifersüchtig bewachte er die Distanz zwischen ihnen. Die sollte so groß wie möglich bleiben. Das war Mutters Raum, ein Gebiet, das Darek mit aller Kraft zu verteidigen bereit war. Und er verteidigte es auch – bis heute.
Das Postamt befand sich im Rathausgebäude. Am Fahrradständer vor dem Eingang entdeckte Darek Martas Rad. Sie hatte es ziemlich weit zur Arbeit, sie wohnte nicht in der Ortsmitte, sondern etwas abseits, hinter der Bahnstrecke. Manchmal, besonders wenn

es regnete, fuhr sie mit dem Auto. Heute hatte sie es zu Hause gelassen. Darek und Ema betraten den engen Gang mit der Päckchenwaage und den Schließfächern. Von hier aus sah man den Schalter schon. Ein älterer Mann mit einer Einkaufstasche auf Rollen stand davor und aus der Tasche guckte ein kleiner weißer Spitz heraus.

»Auf meinen Namen«, sagte der Mann gerade zu Marta. »Ein Einschreiben. Es liegt seit einer Woche hier. Ich war weg und konnte es nicht früher abholen.«

Marta stand mit dem Rücken zu ihnen, suchte den Brief im Regal. Wir haben noch Zeit, zu verschwinden, dachte Darek. Ema würde zwar protestieren, aber ihm würde schon eine Erklärung einfallen. Da hatte Marta die gesuchte Sendung schon in der Hand.

»Hier ist es«, sagte sie. »Sie unterschreiben die Empfangsbe…«

Marta wandte sich um. Sie verstummte mitten im Satz und erstarrte. Darek war vollkommen verblüfft. Ohne die grimmige Maske oder den schnippischen Zug um die Lippen, wie er sie sonst kannte, sah sie ganz scheu aus.

»Ist was passiert?«, fragte sie mit unverhohlener Angst in der Stimme.

»Wir haben den Zug verpasst«, antwortete Ema. »Um eine Minute. Oder um zwei.«

»Welchen Zug?«

»Um zum Besuch zu fahren. Da, wo man turnt. Wo die Feinde sind«, informierte Ema sie und schaute dabei die Tasche mit dem Hund an. Sie tat einen Schritt auf ihn zu. Dann einen zweiten. Der Spitz zog sie unwiderstehlich an. Sie hockte sich zu ihm, strahlte von einem Ohr bis zum anderen, ihre Finger bohrten sich in sein weißes Fell.

»Die Feinde?«, wiederholte Marta. Schon war die Angst aus ihrer Stimme gewichen, aber die Unsicherheit blieb. »Welche Feinde denn?«

Darek wusste, dass er jetzt etwas sagen musste. Aber wie? Bisher war er immer nur frech zu Marta gewesen. Hatte sie mit seinen Beleidigungen dafür bestraft, dass sie sich in ihre Familie einmischte. Welchen Ton sollte er nun anschlagen? Schließlich trat er an den Schalter und legte wortlos die amtliche Aufforderung auf das Pult. Marta nahm das Papier und flog mit den Augen darüber, so schnell, als würde sie gar nicht lesen. Darek begriff, dass sie das Schreiben kannte. Wahrscheinlich hatte sie es längst am Kühlschrank unter dem Magneten bemerkt, oder Vater hatte mit ihr über die ganze Angelegenheit gesprochen. So wie über andere Sachen. Wer weiß, was er ihr alles anvertraute, wenn sie alleine waren. Darek verspürte das bekannte Stechen in der Magengegend. Mochte es Eifersucht, Leid oder etwas anderes sein, er beschloss, sich nicht damit zu beschäftigen.

»Papa *wollte* hinfahren«, quetschte er zwischen seinen Zähnen hervor. »Er ist aber im Wald, beim Sägewerk. Wegen der Stute.«

Marta nickte – auch das wusste sie. Darek war erleichtert, dass sie keine Fragen stellte. Sie legte das Schreiben weg, nahm die unterschriebene Empfangsbestätigung von dem alten Mann entgegen und legte sie ins Regal.

»Willst du nicht aufstehen?«, forderte sie Ema auf, die auf dem Boden kniete und vor Begeisterung quietschte. Der Spitz hatte ihr schon die Wangen und die Nase abgeleckt und machte sich gerade über ihr Ohr her.

»Keine Angst«, meldete sich der Mann zu Wort. »Unser Besen tut nichts. Er hat Kinder gerne.«

»Ich habe keine Angst«, sagte Marta. »Ich würde Sie nur bitten, dass Sie den Besen nehmen und gehen, ich muss schließen.«

»Schon? Ich dachte, das Postamt hätte noch eine halbe Stunde geöffnet«, wunderte sich der Mann.

»Das dachte ich auch, hat es aber nicht«, antwortete Marta knapp. Ohne jegliche Erklärung oder Entschuldigung. Das war genau ihr Stil, sie führte nie große Reden. Auch eine lange Warteschlange vor dem Schalter konnte sie meistens in ein paar Minuten erledigen, weil sie sich auf die Arbeit und nicht auf den Nachbarstratsch konzentrierte. Sie wartete, bis der Mann mit dem Hund draußen war, dann reichte sie Darek die Schlüssel.

»Schließ das Gitter ab und die Tür«, sagte sie zu ihm und schaute auf ihre Armbanduhr. »Es ist gleich zehn, wir haben viel zu tun. Beeil dich!«

Darek hätte sich gerne beeilt, aber er konnte nicht. Etwas hinderte ihn daran. Er musste die Befürchtungen abschütteln, die ihm keine Ruhe gaben.
»Du fährst also mit uns?«, fragte er mit einer möglichst schroffen Stimme. Marta durfte nicht denken, dass er ihr grenzenlos dankbar war.
»Deshalb seid ihr doch zu mir gekommen, oder nicht?«
»Und was sagst du denen im Zentrum?«
»Was soll ich schon sagen? Die Wahrheit.«
»Welche Wahrheit?«
»Dass ich die Freundin …« Marta zögerte einen Augenblick, aber beendete dann den Satz entschieden: »… der Familie bin. Dass ich versuche, euch möglichst viel zu helfen, damit die Familie weiter funktioniert, so wie es sein soll.«
»Das ist alles?«, fragte Darek nach. »Nur das? Nichts weiter?«
»Hast du Angst, dass ich von deinem glorreichen Ritt und der Feuerwehr erzähle?«
Darek schüttelte den Kopf. Das war nicht seine größte Sorge.
»Wirst du dich danach bei uns breitmachen? Weil du dann amtlich genehmigt Mami spielen darfst?«
Marta wurde dunkelrot, ihre Augen blitzten in einer Art, die er gut kannte.
»Ich wollte mich nie bei euch breitmachen!«, zischte sie ihm wütend ins Gesicht. »Und Mami habe ich selbst als Kind nicht gespielt! Ich habe Indianer gespielt, ich habe es dir erzählt. Und wenn ich mich nicht irre, habe ich dir auch erzählt, was ich eines Tages mit dir mache. Ich hoffe, du hast es nicht vergessen.«
Darek grinste zufrieden. Nichts anderes wollte er hören. Auch ihr Ton war ihm angenehm, denn der garantierte ihm, dass alles beim Alten bleiben würde.
»Ich vergesse es nicht«, versicherte er ihr. Und dann, aus einem plötzlichen Impuls heraus, fügte er hinzu: »Weder das Schlechte noch das Gute.«
Wie auch immer sie seine Worte verstand, ihre Wut ließ nach. Sie schloss die Kasse ab, stellte sich auf die Zehenspitzen und zog mit

einer energischen Bewegung den Rollladen über dem hohen Regal herunter.
»Ich hole mein Auto und ihr lauft zum Fluss, damit ich nicht zurückmuss«, entschied sie. »Damit sparen wir Zeit.«
»Wir warten an der Kreuzung hinter der Brücke«, sagte Darek und machte einen Schritt auf die Tür zu. »Ema?«
Er sah sich um. Noch vor einem Augenblick hatte sie hinter ihm gestanden, jetzt war sie weg. Bestimmt hatte sie sich versteckt und war ganz wild darauf, dass man sie suchte.
»Ema!«, rief Marta. »Wir sehen dich! Komm raus!«
Ihr Manöver zeigte keinen Erfolg. Ema blieb mucksmäuschenstill in ihrem Versteck.
»Ema, sag was!« Dareks Stimme schlug mindestens eine Oktave höher an. »Bist du taub?«
Stille antwortete ihm. Er schlug mit der Faust gegen den Schalter.
»Du wolltest doch einen Ausflug machen!«, brüllte er so laut, dass Marta zusammenzuckte. »Also sieh zu, dass du herauskommst, oder wir fahren nirgendwohin! Hast du das verstanden?«
Das Echo seines letzten Wortes hing noch in der Luft, als ein Rascheln ertönte, begleitet von Treten und dumpfen Schlägen. Der Lärm kam aus dem geschlossenen Regal. Marta sprang schnell hin und öffnete den Rollladen. Aus dem Stauraum für Päckchen kroch Ema heraus – die Hände voll mit Tinte und auf der Stirn einen Stempelabdruck. Sie lächelte. Nicht mit dem breiten Clownlächeln, sondern sanft und warm wie immer, wenn sie von einer Idee beseelt war.
»Ich will keinen Ausflug mehr«, sagte sie mit leuchtenden Augen. »Ich will lieber einen weißen Hund.«

4.

Abgeschossen!«

»Träum weiter!«

Darek und Hugo schauten zum Trainer.

»Hugo bleibt im Feld«, entschied dieser. »Weiter!«

Darek stritt sich nicht. Er wusste mit absoluter Sicherheit, dass der Ball Hugo berührt hatte, er wusste aber genauso gut, dass er ihn wieder treffen würde. Auf sein Visier konnte er sich verlassen. Nur ganz selten verfehlte er sein Ziel, deshalb wollten ihn die Dodgeball-Kapitäne immer in ihrer Mannschaft haben. Es war vor allem Dareks Verdienst, dass jetzt, anderthalb Minuten vor Schluss, die meisten Spieler der gegnerischen Mannschaft auf der Spielerbank saßen. Hugo hatte er sich bis zuletzt aufgespart.

Hugo hüpfte mitten auf dem Spielfeld herum und provozierte Darek mit erhobenem Mittelfinger. Darek wartete, bis er sich der Seitenlinie näherte, wo sein Aktionsradius eingeschränkt war. Dann holte er aus und warf so hart und schnell, wie es nur ging. Er zielte auf die Beine, denn er kannte Hugos Reaktion. Es war ihm klar, dass er in die Knie gehen und um jeden Preis versuchen würde, den Ball zu fangen. Doch dazu gab ihm Darek keine Chance, dazu war der Schuss zu flach. Alle verfolgten mit Spannung den Ball. Hugo griff danach, wie Darek erwartet hatte, versuchte ihn mit den Fingern zum Körper zu drehen, aber der Ball rutschte weg und prallte knapp vor der hinteren Feldlinie auf. Die Schreie seiner Mannschaft durchschnitten die gespannte Stille. Hugo, der das Gleichgewicht verloren hatte, kippte vornüber und rutschte noch ein Stück auf den Knien. Der Trainer pfiff ab.

»Reicht das, oder willst du noch ein drittes Mal?«, fragte Darek mit unverhohlenem Triumph.

Hugo antwortete nicht. Er sprang auf und rannte rasend vor Wut auf Darek zu. Doch bevor er sich auf Darek stürzen konnte, packte ihn der Trainer am Arm und drehte ihn entrüstet zu sich.

»Spinnst du? Du kriegst drei Strafpunkte für unsportliches Verhalten! Bis morgen bleibst du von allen gemeinschaftlichen Aktivitäten ausgeschlossen!«, verkündete er scharf und zeigte auf Hugos blutige Schienbeine. »Geh und lass dich verarzten!«

Hugo wollte etwas erwidern, doch er überlegte es sich und stampfte mit verbissenem Gesichtsausdruck zur Krankenstation. Der Trainer schaute zuerst auf seine Uhr, dann zum blanken Himmel. Nur von der polnischen Grenze her näherte sich eine dicke Wolke, die zumindest für eine Weile die Sonne verdecken könnte. Ein paar Tropfen könnten auch fallen. Darek wünschte es sich sehnlichst. Nach dem heißen Tag fühlte er sich matt und ausgedörrt, am liebsten würde er sich in den Schatten der Tribüne legen, die Augen schließen und nichts machen. Doch das konnte er vergessen. Deshalb war er nicht ins Trainingslager gekommen.

Schon auf der Hinfahrt im Bus hatte der Trainer die Regeln klargemacht: »Es wird eine Woche Schwerstarbeit, meine Herren! Wer denkt, dass er zum Faulenzen hinfährt, kann gleich aussteigen. Der Sponsor finanziert unseren Aufenthalt in der Spitzensportanlage nicht, damit wir eine ruhige Kugel schieben! Ich werde euch nicht schonen. Dieses Jahr haben wir den Pokal um ein Haar verpasst, aber nächstes Jahr …« Er ließ den Blick über die fünfundzwanzig Gesichter schweifen. Aus allen Kehlen ertönte ein dröhnendes »… gewinnen wiiir!«.

Deshalb liefen sie hier schon seit vier Tagen von morgens früh *(Aufstehen, meine Herren! Geknackt wird daheim!)* bis abends spät mit und ohne Ball, übten Passtechniken, machten Slalomlauf, schossen aufs Tor, probierten Zweikampfübungen aus, sprangen über das Seil, machten Krafttraining, spielten Dodgeball oder Völkerball, schwammen *(Wer keine fünf Bahnen schafft, macht stattdessen hundertfünfzig Klappmesser!)* und fielen abends erledigt ins Bett.

Ihr Sponsor war Sarka Tunklova aus Piosek, bis vor Kurzem noch ein Profi im Skifahren. Heute war sie ein Muskelprotz und Eigentümerin mehrerer Fitnessstudios. Am ersten Tag war sie gekommen, um das Trainingslager offiziell zu eröffnen, und außer dass sie ihnen ihre krass überdimensionierten Muskeln vorführte, informierte sie die Jungen darüber, was sie von ihnen erwartete.

»Als ich anfing, Ski zu fahren, nahm mich keiner ernst, weil ich nicht einmal über die richtige Ausrüstung verfügte. Meine Eltern aber glaubten an mich. Sie nahmen einen Kredit auf und machten mir ein Geschenk: wunderschöne Dynastar Skier. Ich gewann drei Medaillen mit ihnen. Damals habe ich begriffen, wie wichtig Geschenke sind, die im rechten Augenblick kommen. Diese Woche Training ist mein Geschenk für euch, Jungs. Macht das Beste daraus.«

Gleich nach ihrer Ansprache hatte sie der Trainer alle auf den Sportplatz gescheucht. Warmlaufen, Dehnübungenmachen, Hürdenspringen, Sprinten. Sarka Tunklova lief zwei Runden mit, beobachtete sie eine Weile von der Tribüne aus, schließlich winkte sie ihnen zu und verschwand. Auch wenn sie wie Schwarzenegger aussah, war sie sympathisch und Darek überlegte, ob sie ihre Geschenklust nur beim Fußballnachwuchs auslebte, oder ob sie auch Training für Pferderennen sponsern würde. Obwohl ihm Fußball Spaß machte, war Darek im Gegensatz zu den anderen Jungs nicht richtig besessen davon, er spielte keine große Rolle in seinem Leben. Was ihn dagegen immer mehr anzog, war der Sattel. Weder der erfolglose Ausritt mit Kirke noch die geprellte Rippe, die er sich beim ersten Satteln von Mausfalbe zugezogen hatte, noch eine Reihe weiterer mehr oder weniger schmerzhafter Zwischenfälle konnte an seiner Leidenschaft fürs Reiten etwas ändern. Pferde – bis vor einem halben Jahr noch eine fast unbekannte Größe für ihn – waren zu seinem Alltag geworden. Je mehr Zeit er mit ihnen verbrachte, desto mehr liebte er sie und desto mehr musste er über sie nachdenken. Ehrfurcht, Angst und Träumereien waren allmählich einem tieferen Verständnis der Tiere gewichen. Er fing an, auch das an ihnen zu mögen, was unvollkommen war. Er bemerkte Dinge, die einem am Anfang nicht auffielen.

»Wenn du inzwischen aus eigener Erfahrung weißt, wie ein Pferd treten, riechen, verrücktspielen und abwerfen kann, könntest du auch etwas darüber lesen«, bemerkte Herr Havlik einmal, nachdem er seine Tochter in Ostrawa besucht hatte, und schenkte Darek

Hermsens Pferde-Enzyklopädie. Auch das war ein Geschenk zur rechten Zeit gewesen. Darek fand fast alle Pferde, die sie besaßen, darin beschrieben, auch die wichtigsten Fachbegriffe, sodass er im Gespräch mit Anton oder mit dem Tierarzt nicht mehr »oberer Huf«, sondern »Kronbein« sagte. Und er hatte festgestellt, dass Ganasche kein Schimpfwort war, sondern das runde Seitenteil des Unterkiefers, und er wusste nun, wo sich Fesselgelenk und Sprungbein befanden. Im Internet hatte er alles über den Melbourne Cup gelesen, hatte erfahren, wann der erste Jahrgang des Prix de l'Arc de Triomphe stattgefunden hatte, hatte sich über Westernreiten schlau gemacht und darüber, welche Hindernisse zu einem Parcours gehören.

»Ich muss dich warnen«, stichelte Anton ihn ab und zu. »*Naprawdę* habe ich Angst, dass du mutierst. Ich habe bemerkt, dass dir schon Hufe zu wachsen beginnen. Bald musst du auf die Weide!«

Vater stichelte nicht, aber manchmal, wenn sie mit der Arbeit fertig waren und Darek sich in den Sattel schwang, lehnte er an der Absperrung und beobachtete ihn. Darek las Unruhe in seinen Augen, Gereiztheit. Als würde Vater sich fragen, was sein Sohn an den großen Unpaarhufern mit kleinem Gehirn fand. An manchen Tagen hatte er Darek sogar den Ausritt verboten und es damit erklärt, dass er keine Lust hätte, wieder ein Pferd aus irgendeinem Bach zu fischen. Darek spürte, dass das eine Ausrede war. Seit dem Einsatz der Feuerwehr waren schon sechs Wochen vergangen, das Ereignis verblasste mit der Zeit. Die Verletzungen, die Kirke sich zugezogen hatte, waren an der frischen Bergluft erstaunlich schnell geheilt und Dareks Blutergüsse verschwanden ohne Rückstände. Die Nachbarinnen im Dorfladen hatten längst anderen Tratsch zu besprechen, und auch in der Kneipe bei Herrn Mihule war die durchgedrehte Stute kein Thema mehr. Das Leben ging weiter. Auch Anton winkte die ganze Angelegenheit bereits mit einer Handbewegung ab. Und zum Zeichen des erneuerten Vertrauens brachte er Anfang August einen neuen Hengst, einen großen, hageren Apfelschimmel namens Oskar, mit einem rosa Flecken zwischen den Nüstern. Alles kehrte in die alten Bahnen zurück, alles beruhigte sich. Nur Vater war immer griesgrämig und sparsam mit Worten. Er

bereut wohl, dass er überhaupt in die Pferdezucht eingestiegen ist, dachte Darek bei sich.
»Welches unserer Pferde hast du am liebsten?«, hatte er sich vor einiger Zeit zu fragen getraut, als sie auf der Rauen Wiese zusammen Heu wendeten.
»Ich mach keine Unterschiede zwischen ihnen«, antwortete Vater. »Ich kümmer mich um alle gleich.«
»Weiß ich, aber wenn du die ganze Herde auf einmal verkaufen müsstest und nur eines behalten könntest, welches würdest du wählen?«
»Und wenn wir alle Hühner verkaufen müssten? Welches würdest du behalten?«, fragte Vater zurück.
Darek kicherte. »Keines. Was soll ich mit einem doofen Huhn? Sie gackern nur.«
»Und legen Eier«, antwortete Vater. »Ein Pferd nicht.«
»Papa! Du kannst doch das Huhn nicht mit Pferden vergleichen!«
»Wieso nicht? Beides sind Nutztiere.«
»Nicht *nur*«, wandte Darek ausdrücklich ein. »Und nicht für *jeden*.«
»Nein, du hast recht, für die englische Königin wohl nicht.« Vater verzog die Mundwinkel. »Aber für uns, die wir den ganzen Tag um die Pferde herumhüpfen, müssen sie einen Nutzen bringen. Sonst würden wir unsere Zeit und Arbeit in etwas Einträglicheres investieren, habe ich nicht recht?«
Er hatte nicht recht. Obwohl er es gern gehört hätte. Genauso gern hätte er Darek bei Nachlässigkeiten erwischt. Er kontrollierte seine Arbeit, und wenn er gelegentlich mangelnde Sorgfalt entdeckte, kritisierte er ihn nicht. Im Gegenteil, er sah erfreut aus. Jegliche Unordnung, jede nicht hundertprozentig erledigte Aufgabe war ihm ein Beweis dafür, dass Darek es in Wirklichkeit mit den Pferden nicht so ernst meinte. Dass sie für ihn nicht so wichtig waren, wie er vorgab. Dass sein Interesse nur eine flüchtige Vorliebe war. Deshalb hatte er Dareks einwöchiges Trainingslager nicht nur bereitwillig gutgeheißen, sondern hatte sich auch noch vor der Abfahrt eine Überraschung einfallen lassen.
»Geburtstag hast du zwar erst in ein paar Monaten«, sagte er, »aber

das hier könnte dir doch schon jetzt gefallen, oder?« Und er übergab ihm ein Paar tolle neue Fußballschuhe.

Fußball war in Vaters Augen viel besser als Reiten. Physisch anspruchsvoller, logischer, interessanter. Er selbst war ein verbohrter FC-Banik-Ostrawa-Fan, als Lehrling hatte er einst in der Nachwuchsliga gespielt und er ließ sich bis heute kein Spiel seines Clubs entgehen.

»Eine Woche intensives Spitzentraining! So eine Gelegenheit kannst du dir doch nicht entgehen lassen! Zurzeit sind sowieso alle weg, du würdest hier nur herumhängen.«

Mit dem letzten Satz spielte er auf die Tatsache an, dass weder Hanka noch Mischa in Piosek waren und dass sogar Ema und Marta für den letzten Teil der Sommerferien in ein Kinderferienheim gefahren waren.

»Keine Angst, ich schaffe das hier alleine«, versicherte er Darek und versprach, täglich die Mausfalbe aufzusatteln, damit man sie später nicht neu an den Sattel gewöhnen musste. Und er würde auf keinen Fall Oskar an Herkules heranlassen. Der Apfelschimmel war jünger, dominanter, und sobald er sich ein bisschen Fleisch auf die Rippen gefuttert hatte, fing er an, um die Leitposition zu kämpfen. Er musste in einer abgegrenzten Ecke der Weide gehalten werden und durfte Herkules möglichst nicht sehen. Einmal griff er den Leithengst an, als Vater ihn an die Tränke ließ. Herkules hatte ihn damals mit gefletschten Zähnen verjagt, aber Darek war sich sicher, dass es sich wiederholen würde. Oskars Versuche, zu seinem Rivalen zu gelangen, wurden immer aggressiver, nicht einmal die Umzäunung hinderte ihn. Wenn Vater zu Hause war, hatte er den Hengst mehr oder weniger unter Kontrolle, aber in letzter Zeit fuhr er in eine Tischlerei in Bruntal zum Aushelfen und so blieben die Pferde stundenlang alleine. Darek machte sich Sorgen, was alles passieren könnte.

»Natürlich, du Pferdeanwalt, ohne deine persönliche Aufsicht wird hier alles zugrunde gehen!«, lachte Vater ihn wegen seiner Bedenken aus. »Und was ist mit mir? Und Anton? Und Herrn Havlik, der jeden Tag herkommt? Ist auf uns kein Verlass? Meine Güte, mach dir keine Sorgen und fahr!«

Darek fuhr ins Trainingslager, aber er machte sich Sorgen. Seine Gedanken kehrten immer wieder zu den Pferden zurück.
»Hört mal zu!« Die Stimme des Trainers ertönte über dem Sportplatz. »Lasst uns ein Stündchen relaxen. In dieser Hitze holen wir uns nur einen Sonnenstich. Wer will, kann aufs Zimmer gehen, wer draußen bleibt, geht in den Schatten! Und trinken, meine Herren! Jeder von euch trinkt jetzt sofort mindestens zwei Becher Wasser!«
Darek stand vom Rasen auf, wo er sich ausgeruht hatte, und schloss sich den anderen an. Sie schlenderten in die Garderobe, nahmen das gerade beendete Spiel durch, die Fehler der einzelnen Spieler und die Ungerechtigkeiten des Trainers, sie zeigten sich gegenseitig ihre kleinen Verletzungen und wrangen die durchgeschwitzten T-Shirts aus. In der Schlange vor dem Wasserspender mit gekühltem Trinkwasser reihte sich Darek hinter Simon ein, dem Vizekapitän. Er spielte Kane & Lynch auf dem Handy. Darek schaute ihm eine Weile über die Schulter zu, wartete, bis Simon sich durch eine gemeine Treppenkurve durchlaviert hatte, und fragte dann, ob er ihn eine kurze SMS schreiben ließ. Simon nickte ohne zu zögern.
»So viele und wie lange du magst«, sagte er. »Ich habe tonnenweise SMS gratis.«
Er leerte die Granatschleuder, liquidierte zwei Einheiten schwerstbewaffneter Soldaten, rammte seinem Kumpel eine Adrenalinspritze ins Herz, sprang durch das offene Fenster in ein fahrendes Auto, gab Darek das Handy und ging Wasser trinken.
I not only miss you, tippte Darek schnell. Im Laufe des Tages hatte er genug Zeit gehabt, die SMS vorzubereiten, also musste er jetzt nicht lange darüber nachdenken. Sie war die Antwort auf Hankas Frage, die er morgens per Post bekommen hatte. ***Do you miss me?,*** hatte sie am Rande der Postkarte aus den Arabischen Emiraten in kleiner, schräger Schrift gefragt. Er kannte ihre Schrift nicht, da sie sich bisher nur Mails geschrieben hatten. Auf der Postkarte waren die Festung al-Fahidi, das Hotel Burj al Arab und weitere von der Sonne verwöhnte Sehenswürdigkeiten zu sehen. Die Aufschrift auf der Rückseite verriet, dass es sich um Dubai handelte, und Hankas Hand hatte eine stichwortartige Nachricht hinzugefügt: ***Hitze wie***

im Vulkan, Meer wie Brühe, gestern hat mich eine Qualle geküsst, Sonnenbaden langweilig hoch zwei, würde gern irgendwo alleine hingehen, aber die Alten haben Muffe vor Entführern, nicht mal Mischa lassen sie aus den Augen, freu mich schon auf zu Hause. H. Dann folgte die erwähnte Frage auf Englisch.

Alles, was zwischen ihnen intim war, drückten sie auf Englisch aus. Nicht, dass die Sprache von Tolkien, Pratchett und Rowling sie so verzaubert hätte (Darek beherrschte sie nicht einmal so weit, dass er die Bücher seiner Lieblingsautoren im Original hätte lesen können), aber Tschechisch eignete sich überhaupt nicht für Liebeserklärungen. Es war leer gehört, zu wenig feierlich, zu alltäglich – so wie jede Muttersprache. Darek dachte manchmal, dass englische Muttersprachler eigentlich bemitleidenswert waren. Welche Möglichkeiten boten sich ihnen, um außergewöhnliche Gefühle auszudrücken? Machten sie Liebeserklärungen auf Spanisch? Oder bedienten sie sich der Gebärdensprache? Wie würde Hankas Frage in Blindenschrift aussehen? Und wie wohl Dareks Antwort, die er jetzt eilig tippte und sich dabei vorsichtig umschaute, ob ihn jemand beobachtete?

I can't be without you, my … Eine Weile zögerte er, schließlich tippte er die einzige Anrede, die infrage kam, weil sie ausdrückte, was er fühlte: … ***my love!***

Er schickte die Nachricht an Hankas Nummer und löschte sie sogleich wieder. Simon war zwar kein Tratschmaul, außerdem wohnte er nicht in Piosek, sondern in einem Nachbardorf und er kannte Hanka möglicherweise gar nicht, aber Darek achtete trotzdem auf seine Privatsphäre und stellte seine Gefühle äußerst ungern zur Schau.

»Danke. Du hast was gut bei mir.«

Simon winkte ab und tippte auf sein Handy ein.

»Du kannst auch eine Mail schicken, wenn du willst, ich habe oben ein Laptop«, sagte er, wieder vertieft in Kane & Lynch.

Darek zapfte kaltes Wasser in einen Becher, und während er es in kleinen Zügen trank, ging er aufs Zimmer. Sich aufs Bett zu legen und die Freizeit mit Ausruhen zu verbringen, war das Vernünftigste, was man wohl machen konnte. Als er jedoch die Zimmertür öffnete, kam ihm so ein stickiger Wärmeschwall entgegen, dass er nach Luft schnappen musste. Die Fenster waren geschlossen, die Jalousien zugezogen, und obwohl die Sonne schon hinter der Hausecke verschwunden war, ließ die Hitze nicht nach. Lukas und Jaromir, Dareks Mitbewohner, lagen wie erschlagen auf den Betten.

»Aufstehen, meine Herren!«, äffte Darek den Trainer nach. »Geknackt wird zu Hause!«

Aus Lukas' Bett antwortete ihm ein Schnaufen, aus Jaromirs Richtung kam ein Schimpfwort. Aber auch das war ausgedörrt, ohne rechten Schwung.

Darek nahm sein Handtuch und kehrte in den Gang zurück. Er entschloss sich, in den Waschraum zu gehen und so lange die kalte Dusche auf sich einprasseln lassen, bis er frösteln würde. Dann würde er unten im Imbiss eine eiskalte Cola kaufen, um sich vor dem Abendtraining zu mobilisieren.

Das nicht allzu üppige Taschengeld, das ihm Vater mitgegeben hatte, war inzwischen bedenklich knapp geworden. Darek gab es überwiegend für Eis oder Cola aus, einmal konnte er nicht widerstehen und genehmigte sich bei einem gemeinsamen abendlichen Ausflug in das nahe Städtchen Vidnava zusammen mit den anderen eine Pizza. Sie aßen sie im Biergarten vor dem Restaurant, schoben zwei Tische zusammen, unterhielten sich fröhlich, lachten laut und machten absichtlich viel Lärm, um den verschlafenen Platz wachzurütteln. Allen war klar, dass es einer ihrer letzten Ferienabende war. Bald würden sie nach Hause zurückkehren, die Schule würde losgehen und der Sommer bald vorbei sein.

An dem Abend ließ sich Darek sogar dazu überreden, seine Mundharmonika herauszuziehen und ein kleines Repertoire zu präsentieren. Das Mädchen, das im Restaurant bediente, ermahnte sie, ruhiger zu sein, aber es war deutlich, dass sie nur dem Befehl des Chefs folgte und ihr selbst der Lärm nichts ausmachte. Sie hatte ein Piercing auf der Augenbraue. Darek sah sie an und dachte an Hanka. Es tat ihm leid, dass sie nicht hier bei ihm sein konnte, aber gleichzeitig war ihm bewusst, dass die Augenblicke, in denen sie getrennt waren, auch eine Bedeutung für sie hatten. Diese Augenblicke unterlagen besonderen physikalischen Gesetzmäßigkeiten. Dadurch, dass sie einander nicht sehen oder berühren konnten, schien es, als würden sie sich näherkommen. Es gab keine Logik dahinter, aber er empfand es so. Hanka war ihm so deutlich vor Augen, dass er sich jederzeit bis ins kleinste Detail ihre Augen, ihre Bewegungen, ja, sogar ihren Orangenduft vorstellen konnte. Nur die Stimme entzog sich der genauen Erinnerung. Darek beschloss deshalb, dass, wenn sie die ersten Pferde verkauft haben würden (ungern, aber er hatte sich damit abgefunden, dass Krokant und Kirke schon bald den Besitzer wechseln würden), er sich für seinen Anteil ein Handy kaufen würde. Dann könnte er die ganze Hanka auch in der Ferne haben.

Der Waschraum war am Ende des Ganges. Es roch nach Desinfektionsmittel, aber dank der verdunkelten Fensterscheiben hatte sich die Hitze dort nicht so ausgebreitet wie in den Zimmern. Darek zog sich schnell aus, wählte die Kabine ganz in der Ecke, stellte sich unter die Dusche und drehte das Wasser auf. Er schloss die Augen und ließ genüsslich das Wasser auf Kopf, Nacken und Schultern prasseln. Zuerst war es lauwarm, abgestandene Reste aus den Rohren, bald aber begann es angenehm zu kühlen. Darek bot dem Wasser die Stirn, massierte es sich in die Haare, nahm einen großen Schluck und ließ es wieder aus dem Mund heraussprudeln. Die Müdigkeit fiel schnell von ihm ab. Wie ein Generator kam er sich vor – jeden Wassertropfen wandelte er in Gigawatt Energie um. Er käme erst heraus, wenn seine Zähne klapperten und ihm die Kühle bis in die Knochen drang. Nur so würde die Erfrischung andauern. Und wenn er das abendliche Spiel locker angehen ließ und nicht auf hundert Prozent lief, würde er heute vielleicht nicht einmal mehr richtig schwitzen.

Die Tür des Waschraumes ging auf und wieder zu, Darek hörte Schritte auf den Fliesen. Jemand trat ans Fenster und öffnete es. Dann war das Ratschen eines Feuerzeugs zu hören, ein lautes Ausatmen: Einer der Jungs kam heimlich zum Rauchen her. Darek schob den Duschvorhang ein wenig zur Seite. Im Spalt erschien das offene Fenster und ein Streifen Rauch, der faul in der reglosen Luft schwebte. Das Gesicht des Rauchers sah Darek nicht, seinen Oberkörper auch nicht – die dunkle Fensterscheibe verdeckte ihn –, dafür erkannte er seine Unterschenkel sofort. Die vom Sand aufgeschürften Schienbeine waren mit Jod eingesprüht, auf beiden Knien strahlte ein weißer Verband mit Pflaster.

Darek zog angewidert den Vorhang zu. Hugo verdarb wieder alles, wie gewöhnlich. Das wonnige Gefühl war dahin. In Hugos Anwesenheit war Darek immer in Habachtstellung. Noch vor einem Augenblick hatte er sich gefreut, unterm Wasserstrahl zu stehen, bis ihn die Kälte schütteln würde, jetzt musste er unter der Dusche bleiben, ob er wollte oder nicht. Er überlegte, wie lange es wohl dauerte, eine Zigarette zu rauchen. Drei Minuten? Vier? Und wenn sich Hugo eine zweite anzündete? Dann müsste Darek doppelt so lange aushalten. Er würde statt kaltem warmes Wasser laufen lassen und … Und was, wenn er einfach herauskäme? Würde Hugo eine Schlägerei anfangen? Würde er sich auf ihn stürzen? Dass er ihm Saures geben wollte, war vom ersten Tag an klar, Hugo suchte ständig nach einer passenden Gelegenheit. Hier im Waschraum drängte sie sich sogar auf. Einen Schlüssel gab es hier zwar nicht, aber wenn sie etwas unter die Türklinke klemmen würden, damit sich die Tür von außen nicht öffnen ließ, könnten sie sich hier gegenseitig verschrotten. Sogar töten könnten sie einander, wenn ihnen daran gelegen wäre. Ohne Probleme.

Das Wasser prasselte in gleichmäßigem Strom auf Dareks Kopf, doch er schöpfte keine Kraft mehr daraus, kein Quäntchen Energie. Die Aussicht auf das Bevorstehende ermüdete ihn im Voraus. Er war vom ständigen Kämpfen mit Hugo erschöpft. Es löste nichts. Einmal gewann Darek, einmal Hugo, es wechselte sich ab. Darek wollte dem ein Ende setzen. Aber wie? Konnte man einen Strich unter eine Feindseligkeit setzen, die sich schon so lange hinzog? Es war bald drei Jahre her, dass Darek seinen wütenden Knoten gemacht hatte. Er hatte ihn so fest gebunden, dass ihn niemand jemals lösen konnte. Nur durchschneiden konnte man ihn – so wie Alexander den Gordischen Knoten. Aber würde es helfen?

***

Weihnachten naht. Man kann es nicht übersehen: am Schwarzen Brett in der Schule, in der Kirche, bei Frau Gajdoschikova im Laden, hinter den Fenstern mit den Adventskerzen und auch auf unserem kleinen Bahnhof, der mit einer Lichterkette aus Eiszapfen geschmückt ist. Noch mehr macht Weihnachten in Opawa auf sich aufmerksam und der Kern, der absolute Mittelpunkt von Weihnachten, ist das Einkaufszentrum Silesia. An einem frostigen Samstagnachmittag eilen wir dort hin – Mutter, Ema, ich und Hugo. Ich habe meine Handschuhe im Zug vergessen und kann es jetzt kaum abwarten, ins Warme zu kommen. Der Lichterglanz verheißt schon von Weitem … ich weiß nicht genau, was, aber ich freue mich darauf. Auch Hugo ist ganz ungeduldig. Ursprünglich hätten wir mit seinem Vater fahren sollen, aber das Sägewerk, wo er arbeitet, bekam einen unerwarteten Auftrag, also konnte er sich nicht freinehmen.

»Wollt ihr eine heiße Schokolade?«, fragt Mutter. Natürlich wollen wir. Wir wollen alles, was wir kriegen können. Wenn uns das Glück schon so hold ist und von allen Erwachsenen gerade Mutter sich Zeit für einen vorweihnachtlichen Bummel genommen hat, müssen wir das ausnutzen. Mit unserem oder Hugos Vater hätten wir nicht solche Aussichten gehabt, ihr Verhältnis zu Weihnachten ist eher nüchtern. Mutter lässt sich im Advent immer erweichen.

»Geröstete Mandeln? Lebkuchen? Apfel mit Überzug?«

Wir knabbern Mandeln und Lebkuchen, schlürfen heiße Schokolade, bummeln an den Ständen und Läden vorbei, wir bleiben überall stehen, schauen uns alles an. Mutter widerspricht nicht, setzt sich in den Relax-Sessel, lässt sich von der Verkäuferin fachlich beraten. Infrarote Sensoren suchen die Massagepunkte. Dann folgt eine kostenlose Massage. Mutter strahlt, sie ist von den Möglichkeiten der Technik begeistert. Uns interessiert der Sessel zwar auch, weil er eine Fernbedienung hat, viele Knöpfe und weil er mit seinen automatischen Bewegungen an einen Roboter erinnert, aber am meisten zieht uns ein Laden namens POMPA an. Er ist riesig und vom Boden bis zur Decke mit Spielen und Spielsachen vollgestopft. Sobald wir dort ankommen, wissen wir, dass wir am Ziel sind, und wollen nir-

gendwo anders mehr hingehen. Mutter versucht uns zu überreden, schließlich vereinbaren wir: Sie lässt uns im Spielzeugladen und geht währenddessen in die Buchhandlung nebenan.
»Komm, wir schauen uns ein hübsches Bilderbuch an«, versucht sie Ema zu überreden. Aber Ema will bei uns bleiben. Sie umklammert meine Hand, versteckt sich hinter Hugo. Ich verspreche, dass ich auf sie achtgeben werde, und Mutter geht. Sie dreht sich noch einmal um. »Ich bin gleich nebenan und hole euch hier in etwa einer Viertelstunde ab.«
Jetzt können wir endlich alles erforschen, anfassen, ausprobieren. Hugo und ich spielen eine Runde Tischfußball, dann versuchen wir den Basketballkorb zu treffen, wir springen mit Ema auf dem Trampolin. Hugo wird vom Regal mit den Magic-Karten angezogen, er ist ein begeisterter Sammler. Mir machen Karten keinen Spaß, ich steuere auf die Baukästen zu. Ich bin gerade auf dem Höhepunkt meiner Bionicle-Phase, sehe mir den neuen Katalog an. Kaxium V3 ist nicht übel, aber vom ganzen Angebot finde ich den Devastator am besten. Sie haben ihn hier nicht nur im Karton, sondern auch zusammengebaut in der verglasten Vitrine. Ich kann die Augen nicht von ihm lassen. Wenn er größer wäre, zum Beispiel wie der Geländewagen von Hugos Vater, könnte er alles devastieren, das ist klar. Er bringt die idealen Voraussetzungen dafür mit, ist klasse ausgedacht und sieht außerdem noch wundervoll aus. Der Preis ist nicht mehr so wundervoll. Wenn ich den Mutter zeigen würde, würde sie sagen, dass der Weihnachtsmann nicht Bill Gates heißt. Sie würde mich daran erinnern, wie viele Wünsche ich schon auf meinen Wunschzettel geschrieben habe. Bestimmt würde sie auch die Handschuhe erwähnen, die ich vorhin im Zug verloren habe. Ich überlege, wie ich ihre Einwände widerlegen könnte. Innerlich streiche ich alle alten Wünsche von der Liste. Ich komme auch ohne Handschuhe aus. Ich werde den ganzen Winter die Hände in den Taschen haben. Ich will nichts unter dem Weihnachtsbaum, absolut nichts. Außer dem Devastator.
Ema kommt. Sie zappelt, muss aufs Klo.
»Halt aus«, sage ich. »Gleich ist Mama da.«

Unglücklich schüttelt sie den Kopf: Sie hält es nicht aus, sie muss sofort. Ich führe sie an der Kasse vorbei zum Ausgang. Als wir durch den Detektorrahmen schreiten, geht der Alarm los.
»Stopp!«, hält uns ein Mitarbeiter des Sicherheitsdienstes an.
Er schaut uns streng an, besonders mich. Wahrscheinlich komme ich ihm verdächtig vor. Ich zucke mit den Schultern, aber zugleich fühle ich, wie ich rot werde. Ich hasse Situationen wie diese. Situationen, in denen ich im Mittelpunkt stehe, in denen mich alle misstrauisch mustern und ich beweisen muss, dass ich nichts angestellt habe. Ich beginne dann immer, an mir zu zweifeln.
»Hast du etwas gekauft?«, fragt der Sicherheitsmann. Auf der schwarzen Uniform hat er ein Namensschild, auf dem Namensschild steht sein Name: Boris Krassov. »Hast du etwas aus diesem Laden bei dir?«
Ich schüttele den Kopf. Forschend wandert sein Blick an mir entlang.
»Kannst du deine Taschen leeren?«
Ich werde immer röter. Ich ziehe den Rest der Mandeln aus der Tasche, ein Taschentuch, ein paar Lagerkugeln. Ich lege alles auf das Pult an der Kasse. Boris Krassov schaut sich die Sachen an, dann packt er mich an der Kapuze, er schaut hinein. Ich zucke weg.
»Nicht so hastig!«, ermahnt er mich.
»Fassen Sie mich nicht an«, sage ich. »Ich fasse Sie auch nicht an.«
»Zieh die Jacke aus«, befiehlt er.
»Wieso?« Ich habe überhaupt keine Lust die Jacke auszuziehen. Ich habe ein Werbeblättchen in der Innentasche, das ich vorhin in der Passage gefunden habe. Vorne ist eine Tänzerin in kurzem Röckchen aus bunten Schmetterlingen drauf. Sonst hat sie nichts an. Ich hatte vor, das Bild zu Hause allein für mich zu studieren, jetzt schäme ich mich dafür. Ich hab kein Interesse, dass dieser Boris Krassov es bei mir findet und zu den Mandeln und den anderen Sachen auf das Pult legt. Trotzig verschränke ich die Arme vor dem Körper. »Ich weiß nicht, warum ich meine Jacke ausziehen sollte!«
»Weil ich es dir sage! Hörst du? Wird's bald?«
Ema fängt an, ein verknittertes Gesicht zu machen, also lasse ich den

Trotz lieber. Ich habe Angst, dass sie zu heulen beginnt. Ich ziehe die Jacke aus und schmeiße sie dem Wachmann vor die Füße, um ihn zu erniedrigen. Er hebt sie ohne mit der Wimper zu zucken auf. Wahrscheinlich sind solche Auftritte nicht außergewöhnlich für ihn. Schweigend untersucht er alle Taschen. Natürlich entdeckt er die Tänzerin im Schmetterlingsröckchen. Bedeutungsvoll spitzt er die Lippen, sagt aber nichts. Ich muss noch auf seinen Befehl hin die Hosentaschen umdrehen, dann ist die Kontrolle zu Ende, ich kann meine Jacke wieder anziehen.
»Jetzt du.« Er dreht sich zu Ema um. »Zeig, was du bei dir hast!«
»Ich will aufs Klo«, sagt sie, das Gesicht verknittert wie eine Oma.
»Zeigst du mir, was du in den Taschen hast?«
»Auf-das-Klo«, antwortet Ema und verkreuzt ihre Beine.
»Zeig mir erst die Taschen.«
Emas Gesicht verzieht sich immer mehr – nur noch wenige Sekunden, bis sie zu heulen beginnt. Da sehe ich Mutter von der Buchhandlung kommen. Kaum hat sie uns mit dem Wachmann erblickt, wird sie schneller.
»Was ist los?«
»Ema muss aufs Klo, aber er will, dass sie ihm die Taschen zeigt«, sage ich leise, weil sich ein kleiner Pulk von Leuten um uns versammelt hat.
»Taschen?«, fragt Mutter. »Wieso?«
»Der Detektorrahmen hat angeschlagen«, erklärt der Mann. »Ich bin verpflichtet, eine Kontrolle durchzuführen.«
Ich sehe Mutter die Verlegenheit an. Sie glaubt nicht, dass wir etwas geklaut haben, aber sie will sich mit Boris Krassov nicht anlegen. Seine schwarze Uniform, die strengen Augen und schließlich auch sein Name ermuntern nicht unbedingt zu Diskussionen. Vor allem deuten Emas verkreuzte Beine darauf hin, dass es eilt.
»Also komm«, sagt Mutter mit der leisen, beschwichtigenden Stimme, die Ema immer beruhigt. »Wir zeigen dem Herrn die Taschen und gehen dann zur Toilette.«
Sie beugt sich vor und steckt die Hände in Emas Jackentaschen. Aus

der linken zieht sie einen angebissenen Lebkuchen heraus, aus der rechten ein kleines Päckchen.
»Was ist das? Wo hast du das her?«
Mutter starrt das Päckchen verdutzt an. Sie versteht nichts. Ich habe es schon gecheckt.
»Das sind Karten«, erkläre ich und schaue mich um. Hugo sehe ich natürlich nirgends.
»Magic: The Gathering«, buchstabiert Mutter verständnislos in unauslöschlichem schlesischem Akzent. Dann blickt sie Ema an. »Gefällt es dir? Wolltest du dir die Bilder angucken?«
Ema schüttelt den Kopf.
»Nein? Und kannst du mir erklären, wie die Karten in deine Tasche gekommen sind?«, fragt Mutter sie weiter aus. Ema zuckt mit den Achseln, schweigt. Stattdessen ergreift Boris Krassov das Wort.
»Das ist nicht schwer zu erraten«, bemerkt er in schnippischem Ton. In seinen strengen Augen blitzt Genugtuung. »Solche kleinen Diebe sind mir schon öfter untergekommen!«
Ohne nachzudenken, gehe ich mit der Faust auf ihn los. Ich ziele auf sein Kinn ab, am liebsten würde ich ihm die beleidigende Bemerkung zurück in den Mund rammen, doch ich bin zu klein für ihn. Er packt mich am Handgelenk.
»Halt den Ball flach, Junge.« Er grinst mir ins Gesicht.
»Darek, was erlaubst du dir!«, ermahnt Mutter mich entgeistert. »Du wirst dich jetzt sofort …«
»Ich? Was ich mir erlaube?!«, schreie ich und versuche Boris Krassov zu treten. Es gelingt mir nicht, er weicht mir aus. »Und was erlaubt *er* sich?!«
In dem Moment erscheint ein anderer Wachmann neben uns. Er packt mich grob an der freien Hand, sodass ich mich umdrehen muss, um dem durchdringenden Schmerz zu entgehen.
»Ende der Show, Kleiner«, zischt er mir ins Ohr. Dann schaut er Mutter an. »Kommen Sie, wir klären das im Büro.«
Wir gehen, mich führen sie wie einen Verbrecher ab. Ich bin außer mir vor Wut. Alle starren uns an. Ema weint, sie hat nasse Hosenbeine. Mutter streichelt ihr über die Haare, sie hat Hugo in der

Aufregung vergessen. Ich nicht. Ich weiß, dass er uns von irgendwoher beobachtet. Er kommt nicht heraus: Hugo, der Scheißschlappschwanz. Eingezwängt von den Wachleuten, beiße ich die Zähne zusammen und halte die Wuttränen zurück. Innerlich töte ich Hugo auf hundert Arten und schwöre, dass ich ihm nie verzeihen werde. Nie!

***

Durch das offene Fenster drängte sich die Nachmittagshitze nun auch in den Waschraum. Nur ein Hecheln und Schnaufen war zu hören. Darek rutschte das Bein weg, er hielt sich aber rechtzeitig am Fensterbrett fest. Er hatte keine Ahnung, wie lange sie sich hier schon prügelten. Zehn Minuten? Eine Viertelstunde? Hugo war mit seinen Kräften am Ende, hielt sich kaum noch auf den Beinen. Darek hatte ihn schon zweimal zu Boden geschickt. Er vermutete, ein drittes Mal würde Hugo nicht aufstehen. Die Verbände und Pflaster hatte er längst verloren, aus den wunden Knien floss Blut, er schnaufte angestrengt. Darek, von der kalten Dusche angeregt, war ein bisschen besser dran. Außerdem hatte er den Vorteil des Überraschungseffekts. Zumindest am Anfang. Als er den Duschvorhang zur Seite geschoben und den Kopf herausgesteckt hatte, erwischte er Hugo unvorbereitet. Faul am Fenster lungernd, zündete dieser sich gerade die zweite Zigarette an.

»Willst du immer noch was in die Fresse?«, rief Darek ihm zu, während er sich in aller Eile den Slip über die nassen Beine zog.

Hugo zuckte zusammen, drehte sich um und machte große Augen, als hätte er einen Geist gesehen. Doch dann kam er schnell zu sich und nahm freudig die Herausforderung an.

»Ich massakrier dich!« Er warf die glimmende Zigarette ins Waschbecken, sprang zur Tür, sicherte sie mit dem Wischmopp. »Komm, du Arschloch!«

Auch wenn sie es nicht aussprachen, spürte Darek, dass das heute ein anderer Kampf werden würde als alle anderen zuvor. Es ging ums Ganze. Ihr gegenseitiger Hass hatte seinen Wendepunkt erreicht. Es galt zu entscheiden, wie es weiterging, sie mussten eine neue Richtung für ihre Beziehung bestimmen. Auch eine Feindschaft verbraucht sich. Darek hatte sich schon ein paarmal dabei ertappt, dass ihn Hugos Anwesenheit nicht mehr so störte wie früher. Das kam vor allem durch Hanka (durch sie war er in letzter Zeit immer gut aufgelegt), die Arbeit mit den Pferden hatte ihn aber auch verändert. Wenn er sie unter Kontrolle haben wollte, musste er vor allem sich selbst beherrschen. Er hatte gelernt, geduldig zu sein, sich nicht so leicht provozieren zu lassen.

Im Bus, auf der Fahrt ins Trainingslager, hatte er Hugo beobachtet, der genau vor ihm saß. Über Ohrstöpsel hörte er irgendeine Musik, wippte dabei im Rhythmus und trommelte mit den Fingern auf die Lehne. Er sah entspannt aus und Darek merkte plötzlich, dass Hugo ihm gleichgültig war. Das war eine schockierende Feststellung. Fast drei Jahre lang war er nicht fähig gewesen, Hugo objektiv zu betrachten. Er hatte eine solche Abneigung gegen ihn gehabt, dass ihm schon sein Anblick körperlichen Schmerz zufügte. Automatisch lief immer der verdorbene Adventssamstag vor seinen Augen ab, die Sicherheitsleute in schwarzen Uniformen, Ema mit ihrer vollgepinkelten Hose, sein verdrehter Arm auf dem Rücken und Hugo – der unsichtbare Hugo –, versteckt irgendwo hinter den Regalen. »Lass ihn«, riet die Mutter damals, als sie aus dem Büro gekommen waren und Darek sich wütend nach Hugo umschaute. »Du wirst sehen, er kommt uns hinterher.«

Sie hatte recht gehabt. Hugo schlurfte den ganzen Weg vom Einkaufszentrum bis zum Bahnhof immer einen Block hinter ihnen her. Wenn sie stehen blieben, blieb er auch stehen. Mutter rief ihn nicht. Erst im Zug gelang es ihr, sich ihm zu nähern. Sie nahm ihn an der Hand. Sie machte ihm keine Vorwürfe. Sie sagte, dass sie nicht böse auf ihn sei. Dass er sich die Karten wahrscheinlich sehnlichst wünschte. Sie versprach, dass sie es seinen Eltern nicht sagen würde. Darek hatte größte Lust, ihr den Mund zu verbieten. Er verstand nicht, warum sie so redete. Wie konnte sie denn Hugo verzeihen? War es ihr denn egal, wie mies er sich verhalten hatte? Wie er Ema missbraucht hatte? Er hatte gar keine Großzügigkeit verdient! Aber

Mutter konnte nicht anders. Sie fühlte sich in jeden hinein. Sie stand mit Hugo im Gang und hielt ihn an den Schultern, als wären sie die besten Freunde. »Es bleibt unter uns, ja?«, schlug sie ihm vor und Hugo nickte eifrig. »Was passiert ist, kann man nicht ändern. Ich weiß, dass es dir am meisten leidtut. Ich bin sicher, dass du es nicht noch einmal tun würdest, wenn du den heutigen Nachmittag zurückdrehen könntest.«

Darek musste damals seinen Kopf abwenden, sonst hätte er den Blick auf Hugos bereuendes Gesicht nicht ausgehalten. *Mich täuschst du nicht, du Heuchler!*, schrie er ihm innerlich zu. *Mutter glaubt deinem verdatterten Gesicht, aber ich nicht! Ich zahle es dir heim! Für Ema und mich! Wart's ab!*

Die Luft im Waschraum war schwer geworden, das erhitzte Blut pochte Darek wild gegen die Schläfen, die Zeit dagegen stand still. Hugo und er befanden sich in einer Art geschlossener Zeitschlaufe. Vielleicht kämen sie nie mehr heraus aus der Nummer, vielleicht war es ihr Schicksal, sich bis ans Ende aller Zeiten zu prügeln. Und wenn das Ende nicht kam, würden sie sich hier in dem gekachelten, nach Desinfektion stinkenden Raum ewig massakrieren: ein Schlag mit der Rechten, ducken, nach vorn preschen, Tritt, ein Schlag mit der Linken, ducken …

Hugo täuschte vor, wie gewöhnlich. Als es schien, dass er auf dem letzten Loch pfiff, traf er Darek mit unerwarteter Härte am Kinn. Darek wankte und fiel.

»Hast du genug?«, hörte er Hugo über sich. Natürlich hatte er genug. Er wusste, dass Hugo auch genug hatte und dass es nur eine Frage der Zeit war, wer am Ende am Boden bleiben und wer den Kampfplatz verlassen würde, um sich den Sieg auf die Fahne zu schreiben.

»Ja, ich habe genug«, sagte er, »genug von dir, Hurensohn.«

Darek stemmte sich am Waschbecken hoch und spuckte hinein. Die Spucke war blutgefärbt. Er sah, wie sie langsam zu Hugos Zigarette hinunterrutschte, und dabei wurde ihm klar, wie viel Zeit er mit Hugo und dem Hass auf ihn verloren hatte. Wie viel Energie er in die Schlägereien mit ihm investiert hatte. Wie unsinnig es war. Wie idiotisch. Für nichts.

»Es ist so langweilig mit dir, dass es nicht mal mehr Spaß macht, dir die Fresse zu polieren«, verkündete er.
»Keinen Spaß, he?« Hugo lachte. »Wer hat gerade die Fresse poliert bekommen? Wer spuckt gerade seine Zähne ins Waschbecken? Hast Muffe vor mir, stimmt's?«
»Ich wüsste nicht, warum!«, erwiderte Darek und spuckte erneut aus. Dieses Mal war die Spucke nur noch blassrot – wahrscheinlich hatte er sich lediglich innen in die Wange gebissen.
»Dann steh auf und lass mich dir den Rest geben!«
»Gib dir selber den Rest, Milchbubi!«
»Nenn mich nicht Milchbubi!«
»Entschuldige, Milchbub.«
Hugo trat ihn von hinten. Darek stieß mit dem Kopf gegen den Wasserhahn und griff reflexartig nach hinten. Dabei bekam er, ohne dass er es geplant hätte, Hugos Knöchel zu fassen. Er packte fest zu und drehte sich um.
»Weißt du, was ich jetzt mit dir anstellen könnte?«, bemerkte er und sah zu, wie Hugo taumelte und sich aus Dareks Umklammerung loszureißen versuchte, auf einem Bein hüpfte und nur schwer das Gleichgewicht hielt. »Ich könnte dir noch die zweite Flosse wegziehen und dich hier auf den Fliesen fertigmachen. Du bist wahrscheinlich tierisch geil drauf, aber sorry, du musst jemand anderen darum bitten.«
Darek schleuderte Hugos Fuß weg und erhob sich. Er spürte, wie sich ihm alles im Kopf drehte.
»Für mich«, sagte er und blickte Hugo fest in die Augen, um das Karussell in seinem Kopf anzuhalten, »bist du weniger als die Kippe, die du gerade weggeschmissen hast. Für mich existierst du nicht mehr.«
»Und wer hat dir gerade eins auf den Deckel gegeben, wenn ich nicht existiere, du Hohlkopf?«, verlachte Hugo ihn, beide Beine wieder fest auf dem Boden. »Wer wollte es sich denn mit mir liefern? Die Kippe vielleicht?«
»Nur damit du es weißt, heute war das letzte Mal. Von nun an pfeife ich auf dich. Schlag dich, mit wem du willst, lass mich aber aus dem Spiel. Kein Interesse.«

»Aha? Und deine behämmerte Schwester? Pfeifst du auch auf die?«
Darek sah in das grinsende Gesicht vor sich und überlegte niedergeschlagen, wie es weitergehen sollte. Es gab keinen Ausweg. Über Ema hatte Hugo ihn in der Hand. Er konnte mit ihm machen, was er wollte. So wie in einem Pfandspiel. Er konnte Darek jederzeit, wenn es ihm beliebte, zu einer Schlägerei zwingen, das war klar und unausweichlich. Darek verstand nur nicht, welche Gründe Hugo hatte. Was trieb ihn? Hatte er denn nicht selbst die Nase voll? Wäre es nicht besser, sich ein für alle Mal auszusprechen und sich nicht mehr wie kleine Jungs auf dem Boden zu wälzen?
»Mann, Hugo, was ist eigentlich mit dir …«, fing er an. Und plötzlich wusste er es. Aus heiterem Himmel kapierte er: Für Hugo war es noch schwerer, die ganze Angelegenheit aus seiner Erinnerung zu verbannen, als für ihn selbst. Ja, damit erklärte sich alles! Er hatte sich deswegen bestimmt keinen Knoten gemacht, aber konnte trotzdem nicht vergessen. Er war nicht imstande, Darek das *eigene* schlechte Gewissen zu verzeihen, seine *eigene* Niederträchtigkeit, den eigenen Mangel an Mut, vielleicht sogar Mutters Großzügigkeit. Der drei Jahre zurückliegende Adventsnachmittag schleppte sich unermüdlich weiter und drohte niemals zu enden. Sie waren dadurch aneinandergekettet. Siamesische Zwillinge, die sich losreißen und sich aus den Augen gehen wollten, es aber ohne fremde Hilfe nicht schafften.
»Ich habe immer alles alleine mit dir geklärt, aber das werde ich nicht mehr«, sagte Darek so ruhig, dass er über sich selbst staunte. Wieso spürte er keine Wut mehr? »Wenn du Ema noch ein Mal anfasst, wenn du sie beschimpfst oder etwas anderes mit ihr anstellst, schicke ich Vater zu dir.«
Hugo prustete los. »Und was macht der dann mit mir?«
»Das lasse ich ihn entscheiden.« Darek ließ Wasser laufen, beugte sich über das Waschbecken, wusch sein verschwitztes Gesicht und spülte seinen Mund aus, um den eisernen Blutgeschmack loszuwerden, der ihm immer noch am Gaumen haftete. Aus den Augenwinkeln beobachtete er Hugo, denn er hatte keine Lust, sich wieder treten zu lassen. »Ich denke, du kennst ihn gut genug, dass du es dir vorstellen kannst.«

Hugo amüsierte sich prächtig – er lachte aus voller Brust.
»Da hascht du misch aber zu Tote erschräkt!«, höhnte er wie ein Affe, während er sich kringelig lachte. »Schau, wie isch Angscht hab! Gottschen, isch glaub, isch scheisch misch gleisch an!«
»Mach doch«, forderte Darek ihn auf. »Sei ganz du selbst.«
Er drehte den Wasserhahn zu und trocknete sich das Gesicht ab. Der Schlag, den er aufs Kinn bekommen hatte, war ordentlich gewesen, sein Kopf wollte nicht aufhören zu dröhnen. Er hatte unwiderstehliche Lust, die Augen zu schließen, traute sich aber nicht, die Kontrolle über das Schlachtfeld zu verlieren. Er sah, wie Hugo zum Fensterbrett zurückging, das Päckchen Zigaretten aufhob, sich eine ansteckte. Er lachte nicht mehr. Er blies den Rauch aus dem Fenster und warf Darek einen Blick voller Abscheu zu.
»Wahrscheinlich kommen dann beide, oder? Dein Alter und der Macker aus Polen. Sie stopfen mich in den Truck und schicken mich mit euren Klappergäulen zum Schlachthof, was? Oder zerteilen sie mich gleich daheim? Machen sie Kabanossi aus mir? Leberkäse? Gulasch? So viele Steaks wie die schwarze Mähre, die du letztens im Bach ertränken wolltest, gebe ich zwar nicht her, aber …«
»Halt die Klappe, du Steak!«, fuhr ihm Darek müde über den Mund und blinzelte ein paarmal, um die Sternchen zu verjagen, die er vor Augen hatte. »Du bist doch nur neidisch!«
»Ich?« Hugo blies Darek den Rauch entgegen. »Da liegst du aber richtig!«
»Also, um was geht es dir dann? Was hast du gegen unsere Pferde? Stört es dich, dass ich reite und du nicht? Wenn du darauf stehst, kannst du gerne …«
»Ich reite keine Leichen.«
»Was quatschst du da von Leichen?! Blödsinn.«
»Ha, ha, ha«, erwiderte Hugo. Hinter jedem *ha* machte er eine Pause und blies ein Wölkchen Rauch aus.
»Gut, am Anfang waren es Klappergestelle«, gab Darek zu, »aber wir haben sie aufgepäppelt. Frag Mischa oder … komm ruhig gucken, hindert dich jemand? Jetzt haben wir fünf echt schöne Hengste, drei Stuten, die gut beisammen sind, und der Rest geht auch.«

»Ihr habt einen Dreck«, gab Hugo zurück. Darek hatte ihn nicht beeindruckt. »Wann hast du deine Stuten, die so toll beisammen sind, denn zuletzt gesehen? Wo sind die fünf schönen Hengste denn in diesem Augenblick?« Hugo machte einen Schritt auf Darek zu. Es war keine drohende Geste, seine Augen zeigten eher Mitleid. Als würde ihn Dareks Begriffsstutzigkeit ehrlich quälen. »Zu Hause wartet eine leere Koppel auf dich, du Hohlkopf! Satteln kannst du jetzt höchstens deinen Alten. Denn deine Pferde, die du so wunderbar aufgepäppelt hast, werden gerade irgendwo in Italien von Schlächtern zerteilt.«

»Was laberst du hier?«, schrie Darek. Die Sternchen vor seinen Augen wurden dichter und ihre Bewegung schneller. »Hör auf mit dem Scheiß, Hugo!«

Statt zu antworten, leckte Hugo sich Mittel- und Zeigefinger ab und hob sie schweigend zum Schwur. Sein ernster Blick und das regungslose Gesicht beunruhigten Darek mehr als alles andere. Er spürte, wie ihm ein Frösteln über den verschwitzten Rücken lief.

»Du weißt nichts über unsere Pferde! Wir haben sie zur Zucht und nicht als Schlachtvieh«, setzte er wieder an, aber lange nicht mehr so sicher wie noch vor einem Augenblick. »Viele von ihnen haben Papiere, sie waren nur bei dummen Leuten, die sie heruntergeritten haben. Jetzt sind sie aber in Ordnung und wir haben sogar schon Käufer für sie gefunden.«

»Schlächter.«

»Hugo, mach die Klappe zu, sonst fängst du dir wieder eine!«, kreischte Darek. Hugos ruhiger Ausdruck rief Panik in ihm hervor, die er überschreien musste. »Keine Schlächter! Antons Kundschaft, die sich mit Pferden auskennt! Wir verkaufen sie, aber ich kann jederzeit vorbeigehen und gucken, wie es ihnen geht! Anton hat's mir versprochen, er mag Pferde total gern …«

»Na klar, er ist der große Pferdekumpel«, nickte Hugo, machte die Zigarette aus und warf sie aus dem Fenster. »Wie, denkst du, hat dein Horse Buddy die ganze Kohle gemacht? Er hat zwei LKWs, und Typen wie dein Vater machen die ihm voll mit Fleisch. Leichenverkäufer – anders nennt man ihn bei uns im Sägewerk nicht! Immerwährend pendelt er zwischen Italien, Polen, Litauen und wo auch immer er die halb toten Viecher einsammelt. Zum Schnäppchenpreis kauft er sie, für umme kriegt er sie gefüttert und für einen schönen Batzen verkauft er sie. Weißt du, was es ihm einbringt? Und dir bringt es auch was, du hängst doch mit drin, also reg dich nicht auf!«

Er schenkte Darek noch einen spöttischen Blick und steuerte auf die Tür zu.

»Das ist nicht wahr!«, schrie Darek ihm hinterher. Er hätte ihn gerne eingeholt und ihm ins Gesicht geschrien, aber in seinem Kopf drehte sich alles. Er musste sich am Waschbecken festhalten. »Ich hänge nirgends mit drin! Und mein Vater auch nicht!«

Hugo beseitigte den Wischmopp, öffnete die Tür. Bevor er auf den Gang hinaustrat, drehte er sich noch einmal um.

»Klar«, grinste er. »Ihr mögt doch Pferde total gern.«

***

Der Platz in Vidnava war genauso verschlafen wie beim letzten Mal. Schatten legten sich schon auf das Pflaster, die Tische vor der Pizzeria gähnten vor Leere. Eine Gruppe Radfahrer vor einem Orientierungsplan, einige Leute an der Bushaltestelle und zwei sich anbellende Hunde unter Kastanien belebten die ruhige Abendatmosphäre. Darek ließ sich auf dem Denkmalsockel nieder, der immer noch warm von der Sonne war, zog eine Wasserflasche heraus und trank durstig, fast ohne zu schlucken, die Hälfte aus. Er war gehetzt, sein Herz klopfte wild, das T-Shirt klebte ihm am Körper. Er erinnerte sich nicht, wann er zuletzt so schnell gelaufen war. Vielleicht noch nie. Ihm war klar, dass er den Bus kriegen musste – eine andere Möglichkeit existierte nicht für ihn –, und so schaltete er sein Gehirn aus, verdrängte alle Gefühle und konzentrierte die Kraft, die ihm blieb, in seinen Beinen. Sie waren heiß, wund, er hatte nach dem abendlichen Spiel nicht einmal andere Schuhe angezogen. Er blieb in den Fußballschuhen und rannte wie um die Wette. Er rannte wie ein Pferd.

»Und was sollen wir dem Trainer sagen, wenn er dich sucht?«, wollte Lukas wissen, als er sah, dass Darek in aller Eile die Jacke in den Rucksack stopfte und im Begriff war, zu verschwinden.
»Seit dem Abendessen habt ihr mich nicht gesehen«, schlug Darek vor. »Ihr wisst nicht, wo ich hin bin, ihr wisst nicht, wann ich wiederkomme. Ihr wisst nur, dass mir nichts passiert ist.«
»Das klingt unlogisch«, wandte Lukas ein. »Du kennst ihn, er kann leicht die Nerven verlieren.«
»Gut, dann sagt ihm, dass er sich um mich keine Sorgen machen soll, dass ich etwas Privates erledigen musste und dass ich entweder anrufe oder morgen wieder da bin.«
»Und, *bist* du morgen wieder da?«
Darauf hatte Darek keine Antwort. Es kam auf eine ganze Reihe von Umständen an. Am Anfang dieser Reihe stand Hugo mit seiner ungeheuerlichen Behauptung. Die war so schwachsinnig, so absurd, so vollkommen unglaubwürdig, dass es keinen Sinn machte, sich darüber auch nur einen Augenblick den Kopf zu zerbrechen. Natürlich fütterten sie die Pferde nicht für den Schlachthof! Natürlich hatte sich Hugo alles aus den Fingern gesogen! Er log wie gedruckt. Nichts davon, was er im Waschraum gesagt hatte, stimmte, er hatte keine Ahnung von ihren Pferden. Nicht nur, dass er Hugo, der Scheißschlappschwanz war, er war darüber hinaus auch Hugo, der Lügner. Keine Lüge war ihm zu schade, wenn es darum ging, Darek zu zermürben und zu erniedrigen. Man kann ihm nicht glauben, dachte Darek. Nicht einen Buchstaben!
Während der heiße Nachmittag verging und es Abend wurde, kam es jedoch in seinem Kopf zu einer seltsamen Veränderung. Hugos Worte spukten immer noch in ihm herum. Es gelang ihm nicht, sie auf dem Sportplatz zu vertreiben, auch verdampften sie nicht mit seinem Schweiß, er konnte sie nicht mit der nächsten Dusche herunterspülen. Hugos Worte waren wie Zecken: Sie hatten sich an ihm festgebissen und ließen sich nicht abschütteln. Darek blieb nichts anderes übrig, als Simon aufzusuchen.
»Ich muss ins Netz«, verkündete er ohne weitere Erklärung. Er wusste, dass seine Forderung unverschämt klang, aber er war zu

keiner höflicheren Formulierung fähig. Zum Glück war Simon niemand, der wegen eines Mangels an Höflichkeit beleidigt gewesen wäre. Er blickte Darek an und gab ihm ohne weitere Fragen sein Laptop.

»Du musst in der Umkleide oder im Essraum bleiben«, sagte er. »Oben im Zimmer hast du eine ganz schlechte Verbindung.«

Darek setzte sich in eine Ecke des Essraums, klickte sich ins Netz und schaute zuallererst nach (vielleicht in der Hoffnung, die tröstliche Unwissenheit noch andauern zu lassen), ob er eine Mail bekommen hatte. Im Posteingang fand er eine zwei Tage alte Nachricht von Mischa, der sich im Gegensatz zu Hanka am Strand von Dubai nicht langweilte, sondern sich die Zeit mit dem iPod verkürzte. Er schrieb, dass er einen Haufen neue Spiele habe, das beste sei Aufstand der Feueraffen, dass er versuchen werde, sie für Darek zu Hause herunterzuladen, um sie auch auf seinem Rechner spielen zu können. Er käme Samstagabend zurück und werde, wenn es nicht zu spät sei, zu den Pferden kommen. Er freue sich schon darauf.

Die zweite Nachricht war aus der Slowakei, wo Ema und Marta schon die zweite Woche verbrachten. Marta teilte in ihrem nüchternen Poststil mit, dass es ihnen in dem Erholungsheim gefalle, dass sie dort gut bekocht würden und ein Zimmer mit Balkon hätten, dass es am Sonntag und Montag geregnet habe, aber nun wieder warm sei. Im Wald hätten sie ein Taschenmesser gefunden. Ema freue sich, dass Darek ihr damit ein neues Boot schnitzen würde. Unter dem Text waren zwei Fotos angehängt. Auf dem einen war Ema in einer Gruppe von Kindern vor dem Heim, auf dem anderen bei einer Schafskoppel. Ihrem Gesichtsausdruck nach zu urteilen, hatte sie bestimmt in dem Augenblick gebettelt, eins der weißen Schäfchen nach Hause mitnehmen zu dürfen.

Darek sah sich die beiden Bilder mit düsterer Miene an. Es war dasselbe Erholungsheim, in das Mutter mit Ema gefahren war, aber daran erinnerte sie sich wahrscheinlich nicht mehr. Überhaupt kam es ihm so vor, als ob Mutter aus Emas Gedächtnis langsam, aber unwiederbringlich entschwand. Bald würde Marta ihren Platz eingenommen haben. Und wieso? Nur deshalb, weil Martas Leben nicht von einem *Ereignis* durchkreuzt worden war. Die Lebenden waren den Toten gegenüber im Vorteil. Darek fand das ungerecht und spürte, dass er sich damit nie würde abfinden können, aber er hatte keine Waffen, mit denen sich Marta bekämpfen ließ. Er hatte nicht einmal Argumente – im Gegenteil, alles sprach für sie. Sie spielte nicht Mami, sie machte sich nicht breit bei ihnen, durch sie lief alles gut zu Hause. Sie tat, was nötig war, und sie tat es so sorgfältig, dass auch Frau Kotschi und ihre Kolleginnen vom Familienzentrum beruhigt waren. Sie hatten Marta ihr Vertrauen geschenkt und aufgehört, von Pflegefamilien und anderen Einrichtungen zu sprechen und im Dorf auf den Klatsch zu hören. Frau Kotschi und Co. hatten begriffen, dass es nichts zu lösen gab. Martas Einfluss war auch beim Vater spürbar, er verbrachte mehr Zeit zu Hause als in der Kneipe. Dafür war Darek Marta allerdings dankbar. Den Rest, was auch immer er darüber dachte, musste er in Kauf nehmen.

»He, du Frechdachs! Der Sockel ist nicht zum Sitzen da!«, tönte es plötzlich über ihm. Er blickte hoch. Ein weißhaariger Mann wedelte mit einem Spazierstock entrüstet vor ihm herum.

»Wozu ist er denn da?«, fragte Darek.

»Schau, dass du hochkommst!«

»Erklären Sie mir erst, wozu der Sockel da ist.«

»Er stützt die Marienstatue, siehst du das denn nicht?«

Darek hob den Blick. Über ihm ragte eine Säule auf und darauf stand eine steinerne Frauengestalt in wallendem Gewand.

»Schön. Wie lange ist sie denn schon da?« Er zog das Gespräch in die Länge. Immer noch fühlte er die Müdigkeit in seinen Muskeln und hatte überhaupt keine Lust, seine gemütliche Position zu wechseln.

»Sie steht hier schon fast dreihundert Jahre«, antwortete der alte Mann mit solchem Stolz, als hätte er die Jungfrau Maria damals eigenhändig aufgestellt.

»Und warum?«

»Was warum?«

»Warum steht sie hier?«

»Warum wohl!« Der Mann schüttelte den Kopf. »Wozu gibt es wohl Heiligenstatuen!«

»Ich weiß es nicht.«
»Sie halten die Hand schützend über uns.«
»Ich kapiere. Ihr habt sie hier als euren Bodyguard.«
Der Stock des Alten machte einen gereizten Wink.
»Stehst du nun endlich auf? Warum setzt du dich nicht auf die Bank?«
Er blickte gekränkt drein. Offenbar war er überzeugt, dass Dareks Hintern auf dem Sockel die Jungfrau Maria beleidigen und sie es sich mit dem Beschützen anders überlegen könnte. Darek überwand sich und stand auf. Seine Fußsohlen brannten, aber sonst war es erträglicher, als er erwartet hatte – in angespannten Muskeln machte sich Müdigkeit weniger bemerkbar als in den gelockerten. Er trat einige Schritte zurück und hob erneut die Augen zur Statue. Er konnte die Züge im Steingesicht nicht genau erkennen, dafür war die Säule zu hoch, aber es schien ihm, dass Marias Mundwinkel nach oben gezogen waren. Sie sah nicht leidend aus, sie lächelte. Ähnlich wie die am Rückspiegel in Antons Auto. Darek lief ein Schauer über den Rücken.
»Sie beschützt auch Mistkerle«, bemerkte er. »Wussten Sie das?«
»Mistkerle?«, wiederholte der Mann, und der Ärger, der für eine Weile aus seinem Gesicht gewichen war, kehrte wieder zurück. »Was redest du da? Warum sollte sie das tun?«
»Sie ist neutral.«
»Neutral ist die Schweiz!«, gab der Alte zurück. Dareks Bemerkung brachte ihn in Rage, er wedelte mit seinem Spazierstock wild in der Luft herum. »Kein Heiliger kann neutral zu Mistkerlen sein! Und die Heilige Mutter schon gar nicht! Wo hast du denn so einen …«
Seine Worte wurden vom Dröhnen des ankommenden Busses übertönt. Darek packte seinen Rucksack und hängte ihn sich über die Schulter.
»Ich wollte Sie bloß warnen«, sagte er. »Behalten Sie sie im Auge. Sie hilft jedem, der gut beten kann. Und manche Schweine können wirklich brutal gut beten!«
Er winkte dem erzürnten Alten zum Abschied, überließ ihn der Obhut der Jungfrau Maria und rannte zur Haltestelle.

»Nach Krnow«, bat er den Fahrer. Während er zahlte und darauf wartete, dass die Fahrkarte gedruckt wurde, überlegte er, wie seine Reise weitergehen könnte. Es sah nicht besonders gut aus. Von Krnow nach Hause waren es noch mindestens dreißig Kilometer und in seiner Tasche war eine letzte Zehnkronenmünze. Er hatte einen Fehler gemacht. Er hätte nicht so Hals über Kopf aufbrechen sollen. Er hätte sich von Simon oder Lukas Geld leihen sollen. Oder noch besser von Hugo! Wenn er gelogen hatte, hatte er verdient, ordentlich dafür zu bezahlen. Aber was, wenn der Schurke diesmal nicht gelogen hatte? In einem Punkt hatte er auf jeden Fall die Wahrheit gesagt, das wusste Darek schon, aber wie weit die Wahrheit reichte und welche Folgen sie für ihre Pferde hatte, davon musste er sich mit eigenen Augen überzeugen. So bald wie möglich. Sofort. Darek drückte sich die Hände an die Schläfen. Der Kopf tat ihm weh und seine Augen tränten. Das waren nicht nur Nachwirkungen der Schlägerei, alles deutete auf einen leichten Sonnenstich hin.
Die Tür schloss sich mit einem Warnsignal und der Bus fuhr langsam los. Darek ging durch den Gang nach hinten, setzte sich, legte den Rucksack neben sich. Schloss die Augen. Er verspürte eine gewisse Erleichterung, aber sie war nur von kurzer Dauer. Auch hinter den geschlossenen Augenlidern zogen scharfe Lichtgrenzen an ihm vorbei und jedes Geräusch hallte schneidend in seinem Schädel wider. Er zog die Wasserflasche heraus, trank sie aus, stillte seinen Durst jedoch nicht damit. Die Augen hatte er stets geschlossen. Durch das Fenster strömte Abendluft herein, der Bus wippte auf und ab und in Darek kam eine lang vergessene Erinnerung hoch. Er zuckte heftig mit dem Kopf, blinzelte, versuchte sie zu vertreiben. Er wollte in der Gegenwart bleiben, im Jetzt. Jetzt war Wahrheit, Erinnerungen logen. Er wusste selbst am besten, wie oft er den vergangenen Geschehnissen einen neuen Anstrich gab, mit welcher Selbstverständlichkeit er längst ausgesprochene Worte und gemachte Gesten verformte. Aber die Erinnerung drängte an die Oberfläche, er konnte ihr nicht entkommen.

***

Ich sitze auf der alten Couch in der Küche. Ich weiß nicht, wie alt ich bin, aber ich bin noch Einzelkind. Ich habe Halsweh, weine. Der Vater steckt mir einen Löffel Honig in den Mund. Der Honig ist ziemlich flüssig, trotzdem kann ich ihn nur schwer hinunterschlucken.

»Hier, spül es herunter.« Er hält mir eine Tasse Tee an den Mund. »Das hilft dir.«

Der Schluck Tee entfacht in meinem Hals glühende Kohlen. Ich versuche sie auszuspucken, fange stattdessen an zu husten.

»Wo ist Mami? Ich will zu Mami!«, stoße ich hervor. Tränen laufen über meine Wangen und vor lauter Heulen und Husten bekomme ich plötzlich keine Luft. Hysterisch wedele ich mit den Armen.

»Na, na, schön ruhig!« Vater klopft mir auf den Rücken. »Mami liegt oben im Bett. Sie hat auch Angina.«

»Hat sie nicht! Sie liegt nicht!«, protestiere ich. »Du lügst! Du lügst! Du lügst!«

Vater nimmt mich wortlos in den Arm und geht mit mir nach oben. Die Treppen knarren laut unter unserem gemeinsamen Gewicht und mich beruhigt dieses vertraute Geräusch. Vor der Schlafzimmertür bleiben wir stehen.

»Psst!«, ermahnt mich Vater nachdrücklich und legt seinen Finger auf meine Lippen. »Wir dürfen sie nicht aufwecken!«

Er drückt die Türklinke leise hinunter und nähert sich dem Bett. Im Zimmer riecht es nach Honig, die Nachttischlampe ist mit einem Tuch bedeckt, daneben steht eine dampfende Teetasse. Mutter liegt unter der Bettdecke, die Haare kleben an ihrer Stirn. Sie hat geschlossene Augen, atmet schwer im Schlaf. Obwohl sich dunkle Ringe unter ihren Augen abzeichnen und ihre Wangen vor Fieber brennen, spüre ich eine Erleichterung, denn Vater hat nicht gelogen. Ich strecke mich in seinen Armen und streichle meine Mutter – ganz leicht, nur mit den Fingerspitzen, um sie nicht zu wecken. Mein Herz füllt sich mit Freude und Stolz: Ich bin genauso krank wie Mutter, wir beide haben die gleichen Halsschmerzen, den gleichen Tee mit Honig, die gleiche Angina.

»Ist meine kleiner?«, frage ich Vater, wieder unten in der Küche.

»Was deine?«
»Angina.«
»Ich weiß nicht, ob es unterschiedliche Anginagrößen gibt. Eher stärkere und schwächere Bazillen.«
»Meine sind sehr stark, stimmt's?«, frage ich hoffnungsvoll.
Vater nickt. »Aber du besiegst sie. Du zeigst ihnen, wo es langgeht.«
Er will mich auf die Couch legen, aber ich verschränke meine Arme hinter seinem Hals und lasse mich nicht abschütteln.
»Ich siege besser, wenn du mich hältst, Papa.«
Er fängt an, mit mir durch die Küche zu spazieren, dabei pfeift er leise vor sich hin. Ich vergesse den Schmerz im Hals, lege meinen Kopf auf seine Schulter, horche. Eines Tages werde ich auch so wunderschön pfeifen können. Ich werde alles so können wie er, auch die gleiche Kraft werde ich haben. Da erblicke ich eine Spinne über der Tür. Ich zeige sie dem Vater. Er bleibt nicht einmal stehen, nur sein Blick wandert darüber. Sein Desinteresse überrascht mich.
»Frau Gajdoschikova nimmt eine Fliegenklatsche für Spinnen«, informiere ich ihn. »Sie schlägt auch Fliegen und Bremsen. Sie kann gut treffen. Du nicht?«
Vater hört auf zu pfeifen.
»Es geht nicht ums Treffenkönnen.«
»Um was geht es?«
»Spinnen bringen Glück. Deshalb haben sie so viele Beine – damit sie es tragen können. Hast du das nicht gewusst?«
»Du tötest auch keine Wespen«, erwidere ich. »Warum?«
»Ich mache nicht gerne Sachen, die endgültig sind. Die sich nicht ändern lassen«, erklärt er. »Hast du schon mal gesehen, wie eine tote Wespe wegfliegt?«
Ich schüttele den Kopf. Soweit ich weiß, fegt Frau Gajdoschikova die kleinen Insektenleichen aus dem Laden heraus, zusammen mit Staub und anderem Dreck.
»Frau Gajdoschikova hat einen Feger dafür. Manchmal fegt sie einen großen Haufen zusammen«, sage ich. »Sie tötet Käfer, Ameisen … alles.«
»Ich töte nur, wenn es nötig ist.«

»Wann ist es nötig?«
»Frag nicht, schlaf.«
»Dann sag es mir und ich werde sofort schlafen«, verspreche ich. »Wann tötest du?«
»Hier und da mal eines unserer Hühner, ein Kaninchen…«, murmelt er widerwillig.
Dass wir Hühner und Kaninchen essen, weiß ich, aber bisher habe ich mir keine Gedanken über deren Weg vom Hof bis auf den Teller gemacht. Jetzt bin ich verdutzt und versuche, es mir vorzustellen. Das Bild von Vater, der mit der Fliegenklatsche auf die Hühner losgeht, ist lächerlich, ja, unglaubwürdig. Er löst es wohl anders.
»Wie, Papa?«, versuche ich es herauszufinden. »Wie tötest du sie?«
Er antwortet nicht gleich. »Ungern. Mit geschlossenen Augen.«
Seinem Ton nach zu urteilen, wird Vater weitere Fragen nicht mehr beantworten. Ich lege meinen Kopf wieder auf seine Schulter, umarme ihn. Seine Offenbarung ist für mich kein Eingeständnis der Schwäche – im Gegenteil, ich fühle mich ihm nun näher.
»Ich werde so wie du, Papa«, flüstere ich ihm ins Ohr. »Ich werde auch keine Sachen tun, die endglü… die sich nicht ändern lassen. Nur wenn es nötig ist. Und nur mit geschlossenen Augen.«

***

Der Mond war tiefer gerutscht, er berührte schon mit seinem unteren Rand die Wipfel des Waldes. Sein Licht wurde schwächer. Darek ging, so schnell er konnte. Die schattengescheckte Straße konnte man immer noch gut sehen. Bald, wenn der Mond hinter dem Wald verschwunden war, würde es ganz dunkel werden.
Er überlegte, wie spät es war. Als er in Krnow in den Zug eingestiegen war, war es fast zehn gewesen. Er hatte keine Fahrkarte gehabt und hatte sich im Klo eingeschlossen, aber der Schaffner entdeckte ihn ein paar Stationen später und scheuchte ihn hinaus.
»Dass du dich nicht schämst, Lausbengel!«, schimpfte er und fügte jedem Wort einen Stoß in den Rücken bei. »Wegen solcher Halunken wie dir wird unsere Bahn bald bankrott sein! Schau, dass du

aussteigst, du Schmarotzer! Oder soll ich dich im Dienstabteil einschließen? Soll ich dich in Olmütz der Polizei übergeben?«
Die zweite Alternative war unsinnig – bis nach Olmütz wollte Darek gar nicht. Er diskutierte mit dem aufgebrachten Schaffner besser nicht, sondern stieg aus.
Die Haltestelle trug den stolzen Namen Schlesisch Riesa. Sie hatte nur einen Bahnsteig, gähnte vor Leere, aber neben dem Warteraum war ein Wegweiser angebracht. Auf dem Wanderweg waren es vierzehn Kilometer, an der Straße entlang neunzehn bis nach Piosek. Darek zögerte eine Weile, doch dann entschied er sich für den längeren Weg. Er hatte vergessen, eine Taschenlampe mitzunehmen, und die Vorstellung, dass er über dunkle Waldwege stolpern würde, war ihm unangenehm. In der offenen Landschaft fühlte er sich sicherer. Der Mond war fast voll und in seinem Licht konnte man nicht nur den Straßenbelag deutlich sehen, sondern auch die umliegenden Wiesen und die kantigen Körper der Kühe. Hin und wieder drehte sich eine nach Darek um und muhte zum Gruß. Es klang anders als tagsüber: wehmütig, eindringlich.
»Hallo, Kuh«, antwortete er. Mit denen, die näher standen, begann er sogar ein Gespräch: »Kannst du nicht schlafen? Bist du hungrig? Vorsicht, dass du im Dunkeln nicht etwas Giftiges frisst!«
Er war froh, sich selbst hören zu können. Viel zu lange hatte er geschwiegen, er spürte ein starkes Bedürfnis, das eigene Schweigen zu durchbrechen, egal womit. Als er anfing zu pfeifen, hörte er gleich wieder auf. Pfeifen war Vaters Domäne, und an Vater wollte er sich jetzt nicht erinnern, sonst wurde ihm schlecht.
Die Übelkeit hatte schon im Speisesaal begonnen. Es war die Mischung von Gerüchen – Darek erkannte Vanille, Gurkensalat und einen Braten. Vor der Ausgabe begann sich allmählich eine Warteschlange zu bilden. Besteck klirrte, Teller klapperten. »Schnell, beweg dich, es gibt Zwiebelrostbraten!« Jaromir winkte ihm von dem Tresen zu. »Und Dampfnudeln mit Vanillesoße!«
Darek saß in der Ecke an Simons Laptop und googelte schon seit einiger Zeit. Er durchstreifte verschiedene Seiten, Portale und Diskussionsforen, änderte die Suchbegriffe, fand bislang aber nur wenig

brauchbare Beiträge. Als er gerade vorhatte, den Computer zuzuklappen und sich in die Schlange vor der Essensausgabe zu stellen, klickte er noch schnell auf einen Link und eine ganze Reihe von Bildern erschien. Darek sah sie sich nacheinander an. Bereits das zweite Foto machte ihn unruhig, das dritte stutzig, bei dem vierten hielt er inne und starrte es entgeistert an. Er sah ein Gittertor und davor einen LKW. Der Wagen war hinten offen und ein Pferd mit hervortretenden Augen hing heraus. Einige Männer zogen es am Seil. Ein Vorderbein ragte in die Luft, das zweite ragte nicht. Es war am Kniegelenk abgehackt. Unter dem Foto standen fünf Worte: ***Italien: das Ende der Reise.*** Dareks Blick glitt über die Buchstaben, kehrte aber schnell zum Bild des zugerichteten Pferdes zurück. Es war nicht tot, an den Augen konnte man erkennen, dass es bei Sinnen war. Das Weiße umrundete die braune Iris, die erweiterten Pupillen zeugten von Grauen und Schmerz.

»Mach schon!«, tönte Jaromirs Stimme aus der Warteschlange zu ihm herüber. »Damit du noch was abkriegst!«

Darek reagierte nicht. Wie benebelt sah er sich die Blutlache neben dem Wagen an. Es war ein großer Lastwagen für den Transport von Tieren. Manchmal sah Darek solche Laster auf den Straßen. Meist hatten sie keine Aufschrift. Dieser hier hatte eine blaue Fahrerkabine und auf der Seite ein Logo. Ein Logo, das Darek gut kannte. Das Bild des rennenden Pferdes wirkte auf dem himmelblauen Hintergrund romantisch, die Aufschrift ***Horse Buddy*** weckte Sympathien. Darek stellte sich auf einmal vor – nein, es war keine Vorstellung, in einem plötzlichen Durchdringen des höheren Bewusstseins konnte er ganz klar sehen, wie der Lastwagen durch eine flache Landschaft fuhr, wie der Fahrer rauchte, mit dem Beifahrer plauderte, mit seinen Kindern telefonierte, mit ihnen lachte und sie fragte, wie es in der Schule war, und dabei den Laderaum hinter sich überhaupt nicht wahrnahm. Den mit Verzweiflung geladenen Raum, der bis zum letzten Fleck mit lebendigem Pferdefleisch vollgestopft war. Es war ein heftiges, blendendes Aufblitzen der Hellsicht. Es dauerte nur kurz, aber Darek war trotzdem jedes Details bewusst. Im Anschluss überkam ihn eine Hitzewallung und ihm wurde so schlecht, dass er es kaum schaffte, hinauszulaufen. Er übergab sich ins Gras hinter dem Speisesaal, den Geruch von Rostbraten und Vanille immer noch auf der Nasenschleimhaut, vor Augen den abgehackten Stumpf des Pferdebeines. Er übergab sich und wusste, dass er die erweiterten Pupillen des panischen Tieres stets in sich tragen würde.

Das Dröhnen eines Flugzeugs schnitt unerwartet laut in die nächtliche Stille. Die Waldkuppe verdeckte schon die ganze untere Hälfte des Mondes und mit abnehmendem Licht schienen die Umgebungsgeräusche schärfer. Im Gras neben der Straße waren Grillen zu hören, von der entlegenen Wiese tönte das derbe Schreien eines Wachtelkönigs, das an das Geräusch eines Kamms erinnerte, mit dem man über eine Streichholzschachtel streicht. Darek spürte ein Kribbeln an der Sohle – es war die Erinnerung seines Körpers an die unangenehme Begebenheit am Ende des Frühlings, als er einen jungen Wachtelkönig fast totgetreten hätte. Er war dabei, die Wiese von Pferdeäpfeln zu säubern, und plötzlich erblickte er etwas Lebendiges unter dem Schuh. Er sprang zur Seite und beobachtete fasziniert den gelblichbraunen Vogel, der sich unter knarrendem Geschrei zwischen den Zweigen und Grashalmen entfernte. In wenigen Sekunden verschwand er aus seinem Blickfeld. Er verschmolz perfekt mit seiner Umgebung, doch Darek ahnte, dass er zum Greifen nahe war. Das war das Erstaunlichste an Wiesen: Auf den ersten Blick sahen sie passiv, fast leblos aus, aber wenn man achtgab, entdeckte man ganz viel. Alles hing miteinander zusammen. Herr Havlik hatte recht, wenn er sagte, dass Zusammenhänge überall zu erkennen seien, man müsse sich nur konzentrieren. »Doch dafür sind die meisten Leute zu zerstreut«, sagte er. »Wir glotzen hin, wir glotzen her, und aus Angst, etwas zu verpassen, sehen wir schließlich nichts. Wir haben vergessen, was Konzentration überhaupt ist.«

Die Tiere hatten es nicht vergessen. Darek schaute manchmal aus der Ferne zu, wie sich Pferde verhielten, wenn sie alleine waren. Sie weideten oder liefen scheinbar sorglos über die Wiese, aber es reichte, dass Herkules durch eine wahrgenommene Information aufmerksam wurde, und der Rest der Herde übernahm sofort sein Verhalten. Sie blickten sich um, spitzten die Ohren und sogen den Wind mit solcher Aufmerksamkeit in die Nüstern, dass für sie nichts anderes existierte. Sie bildeten *einen* Organismus. In diesen Momenten spürte Darek Neid. Am liebsten hätte er dort mit ihnen gestanden und das Gleiche wie sie gehört und gerochen. In solchen Augenblicken wäre er am liebsten auch ein Pferd gewesen.

Er warf den Rucksack von den Schultern und blieb stehen. Müdigkeit übermannte ihn, aber das war nicht das Schlimmste. Vor allem war er wütend auf sich. Er hatte sich vorgenommen, die Pferde zumindest für ein paar Stunden aus seinem Gehirn zu vertreiben, aber es gelang ihm nicht. Sie kamen immer wieder zurück, auf verschiedensten Wegen – nicht nur die eigenen, auch die fremden Pferde, die er im Internet entdeckt hatte. Die besonders. Sosehr er sich auch dagegen wehrte, blitzten die Fotos immer und immer wieder vor ihm auf. Es waren mindestens zehn gewesen, eines erschütternder als das andere. Sie zeigten das Leiden der Tiere und die Brutalität des Menschen in allen erdenklichen und unerdenklichen Varianten. Anton selbst hatte Darek auf keinem der Bilder gefunden. Zum Glück. Wenn ihn aus einem der Fotos plötzlich Antons lachendes Gesicht angeguckt hätte, hätte er möglicherweise das Laptop in einem Wutanfall zerschlagen. Er las noch eine Reportage über polnische und litauische Züchter und Großhändler durch. Dort stieß er wieder auf das Logo von Horse Buddy. Dieses Mal war es auf einem größeren, moderneren LKW zu sehen. Der Text darunter erklärte, dass zehn und mehr Pferde hineinpassen würden, je nach Größe. Dass sie auf diese Weise nach Italien zu Schlachthöfen gebracht würden. Die Reise würde bis zu vierzig Stunden dauern. Die Pferde bekämen nichts zu trinken, damit das Fleisch nach der Schlachtung nicht wässerig sei. Viele Tiere würden sich unterwegs verletzen, manche würden den Transport nicht überleben. Die verletzten und niedergetrampelten Tiere müsse der Geschäftsmann unter Wert verkaufen, oder sie würden in der Abdeckerei landen, aber es sei trotzdem ein besonders einträgliches Business.

Als Darek mit großer Überwindung zu Ende gelesen hatte und dachte, es könne nichts Schlimmeres mehr kommen, entdeckte er auf Youtube das Video. Seitdem waren bestimmt mehr als sechs Stunden vergangen, aber der Eindruck verblasste nicht, der Effekt stumpfte nicht ab. Noch jetzt fühlte er das Mitleid, den Zorn und die Hilflosigkeit, mit der er sich die Aufnahmen der versteckten Kamera angesehen hatte. Sie waren qualitativ schlecht, verwackelt und ungenügend belichtet, aber das verlieh ihnen eine noch größere Authentizität. Eigentlich zeigten sie nichts anderes als einen Pferdetransport – vom rabiaten Treiben in den LKW hinein über den Zusammenschnitt der ganzen Fahrt bis hin zum Ausladen der halb toten Tiere auf dem Schlachthof. Die Aufnahme dauerte lediglich ein paar Minuten. Mit der Schlachtung war sie zu Ende.

Darek hatte es bis zum Schluss ausgehalten. Jetzt war er nicht mehr derselbe. Als hätten ihn das Video und die Fakten, die er erfahren hatte, infiziert. Als hätte er etwas Schlechtes gegessen, etwas, das er nie wieder aus sich herausbekommen würde, etwas, das sich in ihm zersetzte und langsam jede Faser seines Körpers und der Seele vergiftete. Wer weiß, ob er jemals wieder über den Fußballplatz jagen, mit Mischa über Dummheiten lachen, Samurai spielen oder unbeschwert Hanka küssen könnte? Wer weiß, ob er jemals wieder einem Pferd in die Augen schauen könnte?

Er sprang über den Straßengraben und lief über den Rasen weiter. Tau war bereits gefallen, die Wiese roch intensiv nach Wildem Kümmel. Darek dachte an die Mausfalbe, die die Blätter von Kümmel, Fenchel und Kamille vergötterte. Sie lief über die Weide wie ein Kräuterweib, fraß alles, was duftete, und nieste um die Wette. Wo war sie wohl um diese Zeit? Auf der Hasenwiese? Oder auf der Rauen? Hatte Vater sie für die Nacht in den Stall gebracht? Oder …?

»Vergiss deine Stuten und deine schönen Hengste«, kamen ihm Hugos spöttische Worte wieder in den Sinn. *»Zu Hause wirst du nur eine leere Koppel finden, Hohlkopf!«*

War es wirklich möglich, dass in diesem Augenblick irgendwo in Italien ihre Pferde geschlachtet wurden? Schlug man sie mit elektrischen Peitschen, jagte man sie durch einen Betonkorridor, hielt man ihnen, einem nach dem anderen, die Bolzenpistole vor die Stirn und …? Darek schüttelte heftig den Kopf.

»Blödsinn!«, stieß er hervor. Im Anschluss noch auf Englisch, damit es deutlicher wurde: »Bullshit!«

Trotz aller Informationen und Eindrücke aus dem Internet wusste er nicht, woran er war. Er zweifelte nicht an der Echtheit der Bilder, aber er konnte nicht glauben, dass die Angelegenheit etwas mit ihm zu tun hatte. Dass sie etwas mit Vater zu tun hatte. Und mit ihrer Herde. Soweit es um Anton ging, waren die Beweise offensichtlich. Sie ließen sich nicht verleugnen. Anton war *nachweislich* in den Handel und Transport von Pferden verwickelt. Er hatte eine Firma, die sich an dem Tod von Tieren die Taschen vollmachte. Er verstellte sich. Spielte vor Darek den Kenner, Züchter und Pferdeliebhaber, dem nichts als ihr Wohlergehen am Herzen lag. Dabei ging es ihm nur darum, dass die Tiere zunahmen und er möglichst viel für sie einsteckte. Darek kam in den Sinn, dass Herr Havlik Antons falsches Spiel womöglich durchschaut hatte. Deshalb war er ihm gegenüber so ablehnend. Darek hatte nichts durchschaut. Er hatte in Anton einen Freund gesehen. Er hatte die Reitstiefel angenommen, war mit ihm im Auto herumgefahren, hatte Eis mit ihm gegessen. Er duzte ihn. Er war ihm auf den Leim gegangen. Er hatte gedacht, sie würden das Gleiche wollen, sie hätten das gleiche Ziel. Natürlich wusste er von Anfang an, dass es auch um Geld ging, aber je mehr Zeit ins Land ging, desto mehr war in ihm die Überzeugung gewachsen, der Verdienst sei Nebensache. Was wichtig war, waren die Pferde. Ihre Gesundheit und Zufriedenheit. Ihr Leben.

Schon tauchte der See auf. In der Dunkelheit sah er größer aus. Die schwarze Wasseroberfläche war ruhig, still, ohne Glanz. Darek nahm den kleinen Uferpfad und gab acht, nicht über die herausragenden Baumwurzeln zu stolpern. Hin und wieder ging er an den Anglersitzen vorbei, die aus Baumstümpfen und Brettern zusammengenagelt waren. Ein Stück weiter stand eine Holzhütte, in der man sich bei Regen unterstellen konnte. Sie hatte keine Tür und innen roch es nach frischem Heu, das jemand von der Wiese hereingetragen hatte. Darek blieb stehen. Ob er eine kurze Pause machen sollte? Oder lieber die Müdigkeit wegschieben, die Hütte hinter sich lassen und weitergehen? Konnte er überhaupt noch? Erst jetzt, als er stehen geblieben war, spürte er seine Erschöpfung. Sein Rücken schmerzte, die Beinmuskeln zuckten, er hatte steife Schultern. Er warf den Rucksack ab, nahm seine Jacke heraus und ließ sich in das duftende Heu sinken. Es war weich, raschelte und wärmte angenehm in der mittlerweile kühl werdenden Nacht. Wahrscheinlich waren hier eine Menge Käfer und Spinnen zu Gast, vielleicht hatte sich sogar eine Maus hierher verirrt, aber Darek war das egal. Er legte sich die Jacke unter den Kopf und streckte mit einem Seufzer der Erleichterung seinen müden Körper.

Er hörte dem Rauschen der Bäume und dem Pochen seines Herzens zu, sonst war es still. Die Welt um ihn herum schlief. Die Augen fielen ihm zu und allmählich löste sich die schmerzhafte Spannung, die sich während des Tages angestaut hatte. Er hatte unüberlegt gehandelt, dachte er. Zu Hause war bestimmt alles in Ordnung. Am Kern des Problems änderte das natürlich nichts. Antons Unternehmen ließ sich nicht entschuldigen. Es war außerhalb der Werteskala, in der sich Darek bisher bewegt hatte. Falls F12 = –F21 galt, erwartete Anton eine schreckliche Belohnung. Nach dem Gesetz von Kraft und Gegenkraft würde er einmal selbst den Schrecken und den Schmerz erleben müssen, den er den Pferden zufügte. Auch mit ihm würde niemand Mitleid haben. Darek bemitleidete ihn keineswegs, selbst wenn er für sein Handeln wenigstens eine Erklärung zu finden versuchte. Wahrscheinlich schickte Anton nur die kränklichen, alten und schwachen Tiere auf den Schlachthof. Solche, die keine anderen Aussichten mehr hatten. Das betraf ihre Pferde aber nicht. Die waren schön. Vielleicht nicht kostbar, aber absolut in Ordnung. Sie in den Tod zu schicken, widersprach dem gesunden Menschenverstand. Nein, Vater würde in eine Schlachtung niemals einwilligen! Niemals! Sie weiden oberhalb des Hofes und Darek wird sie schon bald sehen – in ein paar Stunden. Er muss sich nur ein bisschen ausruhen.

***

Sag mal, was hast du dir eigentlich dabei gedacht?« Vater stand vor der Scheune, das Halfter, das er gerade Krokant abgenommen hatte, in der Hand. Er sah Darek erstaunt, fast beleidigt an. »Haben wir uns etwa zu wenig Mühe mit den Pferden gegeben? Haben wir zu wenig Geld reingesteckt? Es sind doch Vorzeigeexemplare! Hast du wirklich geglaubt, ich würde sie töten lassen? Meinst du, ich hab dich die ganze Zeit an der Nase herumgeführt?«

»Du nicht, aber Anton«, verteidigte Darek sich. »Er liefert Fleisch an die Schlachthöfe. Du solltest sehen, unter welchen Bedingungen! Wenn du willst, dann zeige ich dir im Internet seine LKWs. Er lügt …«

»Pass auf, was du sagst!« Vater legte die Stirn in Falten. »Anton ist mein Freund, mach ihn nicht schlecht! Wenn du etwas gegen ihn hast, sag es ihm ins Gesicht.«

»Werd ich auch! Er nutzt dich nur aus, Papa! Nicht nur, dass er eine billige Arbeitskraft aus dir gemacht hat, du bist zum Mittäter geworden! Und ich auch! Wir helfen ihm bei seinen widerlichen Geschäften! Horse Buddy ist eine Firma, die Schlachtpferde in ganz Europa herumschiebt, um möglichst viel Geld herauszuschlagen! Er verkauft nicht an Züchter! Das hat er uns weisgemacht, um …«

Ein lautes Platschen. Und noch eines. Es wischte nicht nur ihr Gespräch weg, sondern auch das Halfter in Vaters Hand, die Scheune, den ganzen frühmorgendlichen Traum. Darek wachte verwirrt auf. Schade, dachte er enttäuscht, immer fiel er auf seine Träume herein. Sie waren so echt, so lebendig, dass man ihnen nur glauben konnte. Er setzte sich auf, steckte den Kopf aus der Hütte. Es dämmerte. Die Wasseroberfläche, nachts glatt und ruhig, war jetzt in Bewegung. Die Fische sprangen empor und fielen wieder herunter, sie wirbelten das Wasser auf, machten Wellen. Der Himmelsfarbe nach zu urteilen, war es noch früh, die Berge verschwanden im Nebel.

Kaum war er aus dem Heu gekrabbelt, schüttelte ihn die Kälte. Er machte die Jacke bis zum Hals zu, schwang sich den Rucksack über die Schulter und lief schnell los. Das würde ihn aufwärmen. Falls er sich richtig orientierte, trennten ihn noch drei Täler von Piosek, jedes von einem Bach durchzogen. In einer Stunde würde er zu

Hause sein. Jetzt musste er an einem Felsen vorbei, der wie eine Schüssel aussah, und dann würde er den kurvigen Pfad bergauf nehmen.

Vor zwei Jahren hatte Dareks Klasse mit dem Englischlehrer einen Ausflug hierher gemacht. Sie wollten bis zum Großen Talkessel gehen, kamen aber nur bis zu dieser Stelle. Ein Stück weiter fanden sie eine tote Gämse. Sie lag auf dem Boden, die Beine unter dem Körper, die Nase in die Erde gebohrt, so wie sie vom Felsvorsprung gefallen war. Als sie sich näherten, erblickten sie eine Wunde am Hals. Rundherum war überall Blut. Der Lehrer meinte, dass jemand die Gämse erschossen habe. Sie warteten bei dem getöteten Tier, bis die Förster kamen. Keinem war nach Reden zumute, niemand hatte mehr Lust auf einen Ausflug. Darek fasste die Gämse heimlich an, obwohl es der Lehrer verboten hatte. Es kam ihm vor, als fühlte er unter dem rauen Fell noch den geduckten Atem, der jeden Augenblick wieder strömen könnte. Es war reine Einbildung. Die Linie zwischen Leben und Tod war dünn, konnte aber nur in einer Richtung überschritten werden. Die Fliegen wussten es – sie kamen schon zum Festmahl angeflogen. In Kürze hatte sich über der Gämse eine ganze Wolke davon gebildet.

Auch jetzt waren sie hier. Sie schwirrten auf steilen Flugbahnen durch die Luft, manchmal landete die eine oder andere auf dem Wasserspiegel. Der Bach floss über die Steine herab, und als Darek sich darüber beugte, sah er unzählige Luftblasen im Strom tanzen. Er hielt die Handflächen zusammen, schöpfte das unruhige Wasser und trank. Zum letzten Mal hatte er in Krnow auf dem Bahnhof getrunken, er fühlte sich ziemlich ausgedörrt. Das Wasser war kalt, beim Hinunterschlucken biss es im Hals, und als er sich aufrichtete und seinen Weg fortsetzte, blieb in seinen Geschmackskelchen ein leichtes Tannennadelaroma.

Vom nächsten Bergkamm aus konnte er schon die Bahnstrecke sehen. Dahinter erhob sich der Schieferberg. In seiner überwiegend grauen Färbung leuchteten die roten Farbtupfer von Hagebutte und Vogelbeere. Sie signalisierten das Ende des Sommers. In ein paar Tagen würde sich das Schultor öffnen und alles würde einen anderen

Rahmen bekommen. Einen engen, kantigen, beschränkenden Rahmen. »Was stört euch an der Schule? Was würdet ihr gerne machen, wenn ihr erwachsen seid? Wie stellt ihr euch die Zukunft vor?«, hatte die Gemeinschaftskundelehrerin kurz vor der Zeugnisausgabe gefragt und als Thema für einen Aufsatz an die Tafel geschrieben. »Was wollt ihr im Leben erreichen?«

Sie hatten überhaupt keine Lust zum Schreiben gehabt. Warum über die Zukunft sinnieren, wenn hinter dem Fenster die Sonne schien, der Wald roch und man jetzt gleich, nicht erst in der Zukunft, eine Menge aufregende Dinge erleben konnte! Darek hatte schließlich zwei Seiten ungesüßten, ungewürzten Text über seine Pläne zusammengeschmiert. Er hatte geschrieben, dass er gern genug Geld hätte, um gute Pferde kaufen und sich einen Rennstall einrichten zu können. Er hatte aufgezählt, wie viele Mitarbeiter er haben müsste, welche Pferderassen er halten wollte und an welchen Wettrennen seine Pferde teilnehmen würden. Er hatte über Dressur, über Pferdepflege, über Sieg und Erfolg geschrieben. *Es wird deutlich, dass du eine klare Vision von deiner Zukunft hast,* hatte die Lehrerin lobend daruntergeschrieben und ihm eine Eins gegeben.

Als er sich nun über die Hügel der heimischen Weide näherte, musste er unwillkürlich an den Aufsatz denken. Es war ein Haufen Lügen gewesen, um seine Lehrerin zu beeindrucken. Hätte er seine wahrhaftigen Zukunftserwartungen ausdrücken wollen, wäre das Blatt leer geblieben. In Wahrheit war er auf kein spezielles Ziel fixiert. Natürlich weckten Medaillen Begierde – aber was hatte man davon? Nach jedem Wettrennen stellte sich der Alltag wieder ein. Das Pferd musste verschnaufen und getränkt werden, zur Normalität zurückkehren. Die meisten Pferde waren am glücklichsten, wenn sie bis zu den Knien im Gras standen und eine Brise über der Wiese wehte. Wenn niemand sie sattelte, niemand ihnen ein Gebiss einlegte, niemand sie antrieb und zu Leistung zwang. Wenn sie einfach nur da sein konnten. Sie wollten kaum etwas anderes. *Nur wir Menschen meckern immer,* dachte Darek. *Wir wollen immer etwas, was wir nicht haben.* Ihm kam in den Sinn, dass Unzufriedenheit möglicherweise die typischste aller menschlichen Eigenschaften sei. *Doch wir nennen das Ehrgeiz und finden das gut.* Auch die Gemeinschaftskundelehrerin. »Du hast Ehrgeiz«, hatte sie zu Darek anerkennend gesagt, nachdem sie seine Arbeit gelesen hatte. »Damit kannst du im Leben weit kommen.«

Unter der hohen Lärche am Ende des dritten Tales gönnte er sich eine Pause. Er zog seine Jacke aus und hockte sich mit dem Rücken gegen den Stamm. Seine Stirn war heiß, er hatte Seitenstechen und war schweißgebadet. Er war zu schnell gegangen, fast gerannt. Vor ihm lag nur noch der letzte Hügel. Darek erkannte zwischen den Bäumen den Ausschnitt, wo der bequeme Waldweg zum Haus von Herrn Havlik führte. Entweder würde er dort entlanggehen oder ihn kreuzen und auf dem steilen Rehpfad wie bisher bleiben. Wenn er dann auf der anderen Seite aus dem Wald herauskam, könnte er schon die Bienenstöcke sehen. Seit der Geschichte mit Kirke waren sie längst repariert. Vater war es damals gelungen, den entflogenen Bienenschwarm im Kirschgarten einzufangen. Zum Glück war die Königin auf dem Rahmen geblieben, und sobald das verwirrte Volk sie gerochen hatte, krabbelte es zurück ins Bienenhaus. Jetzt waren die Waben bestimmt mit dunklem Waldhonig gefüllt, den Vater bald ernten würde. »Ich warte, bis du zurückkommst«, hatte er zu Darek vor der Abfahrt ins Trainingslager gesagt. »Du hilfst mir.«

Hilfe war dabei gar nicht so wichtig. Darek wusste, dass Vater die letzte Honigernte des Jahres gerne feierte. Im Vorjahr war noch Mutter dabei gewesen, kurz bevor der Krankenwagen sie wegbrachte. Sie hatten Stühle und Tische auf die Wiese getragen, Mutter hatte leckere Honigkuchen gebacken, Ema hatte ein neues Kleid angehabt. Sie hatten die Janoschs, Herrn Havlik und ein paar von Vaters Arbeitskollegen eingeladen. Dieses Jahr würde es anders sein. Nicht der Honig, der schmeckte jedes Jahr gleich. Aber Vater und seine Freunde fuhren nicht mehr gemeinsam zur Arbeit, und auf Mutters Platz würde Marta sitzen …

Darek fuhr sich mit der Hand übers Gesicht. Der Schweiß war eingetrocknet, die heiße Stirn abgekühlt. Er sprang auf und lief eilig weiter. Die innere Unruhe ließ ihn nicht los, er wollte möglichst schnell oben sein. Erst dort, beim Anblick der Pferde, konnte er wirklich rasten. Während er überlegte, wie spät es wohl war, hallte ein schrilles Pfeifen vom Tal hoch. Der Zug war durch den Nebeldunst nicht zu sehen, doch Darek wusste, dass er in den Bahnhof einfuhr. Also war es Viertel nach sieben. Gleich, wenn der Zug den Bahnhof verlassen hatte und zum zweiten Mal pfiff, wollte Darek schon oben sein.

An der Weggabelung begegnete er einer Gruppe kleiner Pfadfinder. Sie hatten orangefarbene Mützen mit grinsenden lila Bibern auf und trugen Rucksäcke, die größer waren als sie selbst. In ihren Händen hielten sie Butterbrote.

»Guten Tag«, grüßte ein Mädchen in Emas Alter höflich. »Wissen Sie vielleicht, ob wir hier zum Hohen Stock kommen? Unser Gruppenleiter hat sich verirrt.«

Das »Sie« belustigte Darek. Er tat, als würde er das verlegene Gesicht ihres Anführers nicht sehen, und wies dem Mädchen den Weg. Schon vom nächsten Bergsattel würden sie den Hohen Stock sehen können.

»Danke! Wir winken Ihnen dann von oben zu«, sagte sie. Ihr Akzent und die singsangmäßig gezogenen Endungen verrieten Darek, dass sie aus Prag kam. Eine Weile blickte er der Gruppe nach, um sich zu vergewissern, dass sie in die richtige Richtung gingen – dann stieg er weiter bergauf.

Schwirrend kamen ihm als Erstes die Bienen entgegen. Eine landete sanft auf Dareks Hals. Es kitzelte, während sie dort herumspazierte und in seine Haare kroch, aber er hatte Angst, sie wegzuscheuchen, er wollte nicht gestochen werden. Sie kam an seinem linken Ohr vorbei, krabbelte zur Schläfe und schließlich setzte sie sich in die Mitte der Stirn. Es tat ihm leid, dass er keinen Spiegel dabeihatte. Bestimmt sah er beeindruckend aus. Durch die Biene bekam sein auffälliger Stirnknochen endlich einen Sinn. Er überlegte, ob er nicht ein Gedicht für Hanka darüber schreiben sollte. *Eine Biene schmückt meine Stirn, ich schenk sie dir mit Herz und Hirn,* fing er an. *Hab keine Angst vor dieser Gabe…* Die Biene flog weg und ein weiterer Reim fiel ihm nicht ein. Eine Weile dachte er angestrengt nach. Vielleicht Wabe – aber was mit Wabe? Oder Rabe… Küchenschabe? Nein, jetzt

hatte er es: *In Geschenkpapier ich sie nicht wickel, nimm sie nur, es ist kein Pickel!* Das klang gut, Hanka würde begeistert sein!
Aufgeheitert kam Darek aus dem Wald und blieb zwischen hohen Farnbüschen stehen. Er sah das Haus von Herrn Havlik und dahinter eine gespannte Wäscheleine mit Hosen. Ihren Hof sah er von hier aus nicht, der Hügel verdeckte ihn. Dafür hatte er den oberen Teil der Rauen Wiese direkt vor Augen. Die Wiese war leer. Darek zwängte sich durch den Farn und lief am elektrischen Zaun entlang zu der Stelle, an der die alte Absperrung aus Baumstämmen begann. Er kletterte hinauf und sah sich um. Nichts. Auch der untere Teil der Wiese gähnte vor Leere. Im abgeweideten Gras lagen Pferdeäpfel, um die Tränke war die Erde zertrampelt und in den Hufabdrücken stand Wasser.
Darek stellte sich auf die Zehenspitzen, aber sosehr er sich auch streckte, es gelang ihm nicht, um den Hügel herum zu sehen, er verlor dabei nur sein Gleichgewicht. Mit den Armen wedelnd, sprang er über den steinigen Weg den Hang hinab. Beim Laufen versuchte er seine wild gewordenen Gedanken zu beruhigen. Nur keine Panik! Die leere Raue Wiese bedeutete noch gar nichts. Die Herde weidete zweifellos auf der Hasenwiese. Ganz bestimmt! Vater hatte sie dorthin gebracht, weil das Gras da nachgewachsen war und weil er keine Zeit hatte, die Pferdeäpfel aufzusammeln. So war es! Logisch – er arbeitete seit ein paar Tagen in der Tischlerei und hatte selbstverständlich keine Zeit, sich mit dem Säubern der Weide aufzuhalten!
Die Haustür und alle Fenster bei Herrn Havlik waren geschlossen, aber ein schmaler Rauchstreifen über dem Schornstein verriet, dass er schon eingeheizt hatte. Darek lief weiter bis zur Hecke, von wo aus man die ganze Hasenwiese überblicken konnte. Das dichte, buschige Gras winkte mit verblühten Rispen, doch niemand weidete dort. Darek berührte den Zaun – es war kein Strom drauf. Er kroch zwischen den Drähten durch und schritt quer über die Weide bis zur Koppel … Er hatte es nicht mehr eilig. Er wusste bereits, dass Hugo die Wahrheit gesagt hatte. Die Pferde waren weg.
Ihre Abwesenheit machte aus der Wiese einen ganz anderen Ort.

Einen weniger einzigartigen. Einen verwechselbaren. Es blieben nur ausgetretene Pfade, abgeknabberte Buschzweige und ein flüchtiger Geruch, den der Wind verwehen und der Regen abspülen würde. Auch die Hufabdrücke würden bald verschwinden, genauso wie auf Dareks Stirn keine Spur von der Biene geblieben war, die ihn eben noch geschmückt hatte. Nur, dass daran nichts Tragisches war: Die Biene breitete ihre Flügel aus und flog in den Wald, wo sie sich mit den anderen tummelte. Ihre Pferde tummelten sich nirgends. Ihre Pferde … Darek ließ den Gedanken fallen. Er hatte keinen Mut, ihn zu Ende zu denken und sich vorzustellen, wo die Pferde in diesem Augenblick waren. Wenn sie überhaupt noch existierten.
Er kam schlendernd auf die Koppel. Hier war das Gras bis zu den Wurzeln ausgetreten, die Hufabdrücke tief und vielschichtig. An der Stange hing die Longe, im Karabiner war ein Büschel Pferdehaare eingeklemmt geblieben. Der Farbe nach von Oskar oder Mausfalbe. Darek fasste es an. Wenn er den Karabiner öffnete, würde das Haar davonschweben, über Berge und Täler, bis nach Polen, in die Slowakei oder noch weiter. Vielleicht bis nach Italien. Sein Magen rollte sich schmerzhaft zu einem Knäuel zusammen. Er wandte sich ab und schluckte ein paarmal.
Sein Blick schweifte über den Hof. Der Unterstand für das Auto war leer, auch der Anhänger war nicht da. Wahrscheinlich hatte Vater irgendein nagelneues Tischlerprodukt nach Bruntal gebracht. Er arbeitete meistens in der Nacht, weil tagsüber zu wenig Zeit war. Darek hatte Vater immer mit eiligen Aufträgen geholfen. Beiden tat die gemeinsame Arbeit gut, und auch wenn sie dabei kaum sprachen, gab es im Rhythmus ihrer Bewegungen doch eine Kommunikation. Als hätten sie sich in den stillen Augenblicken schweigend etwas erzählt.
Darek presste die Kiefer aufeinander und lehnte sich mit dem Rücken gegen den Schuppen. Er musste nicht einmal die Fäuste ballen, sein ganzer Körper war zu einer Faust geballt. Nie wieder würde er mit Vater schreinern! Er würde ihm mit nichts mehr aushelfen. Auch beim Honig wär er nicht mehr dabei. Er konnte ihn mal! Wenn er ihm gegenüberstand, würde Darek nicht lange fackeln und ihm ins

Gesicht spucken. »*Du Feigling*«, würde er zu ihm sagen. »*Was hast du getan, als Anton mit dem Truck kam? Hast du die Pferde mit einer Möhre hereingelockt? Oder hast du einen Stock in die Hand genommen, wie die Typen auf Youtube? Erzähl mal! Hast du es ungern getan? Hast du dabei die Augen zugemacht? Hast du dir dabei gesagt, dass das nötig ist, weil du nicht die englische Königin bist und Pferde nur Nutztiere sind? Hat es dich nicht gestört, dass es endgültig ist? Dass man es nicht ändern kann?*«

»Darek … bist du das?«

Er zuckte zusammen und schaute zur Hofeinfahrt. Herr Havlik stand dort.

»Ich habe dich schon vorhin oben am Wald gesehen, aber ich dachte, ich hätte mich geirrt. Was machst du hier, Junge?« Er ging über den Hof auf die Koppel zu, seine Bewegungen verrieten Unruhe. »Ich dachte, du würdest erst übermorgen kommen. Ist etwas passiert?«

Die Frage entfachte Wut in Darek. Sollte das ein Witz sein? Er stand einer leeren Koppel gegenüber, guckte auf die verlassene Weide und fragte, ob alles in Ordnung sei?

»Nein, alles ist perfekt!«, schmetterte er ihm entgegen.

»Weiß dein Vater, dass du hier bist?«

Darek schwieg. Es kam ihm unverschämt vor, unter diesen Umständen ein Gespräch zu führen. Den Mund zu öffnen, Silben zu Wörtern zusammenzusetzen, Gedanken auszusprechen. Ach was, Gedanken, Geschwafel! Ihm war früher schon aufgefallen, dass Erwachsene reden, um die Klinge ihrer Taten stumpf zu machen und die Aufmerksamkeit vom Wesentlichen abzulenken. Wenn ein Pferd starb, wenn jemand es tötete – planmäßig, berechnend, gemein, ohne Mitleid –, war das an sich so schrecklich, so abwegig, dass man darüber nur schweigen konnte. Man konnte sich höchstens in sein Zimmer einschließen, sich unter der Bettdecke verstecken und heulen, solange man Tränen hatte. Oder weglaufen und nie wieder zurückkommen. Weg von dieser Weide, von dieser Koppel, von dem verwaisten Pferdehaarbüschel … Weglaufen und sich niemals mehr umdrehen. Man konnte versuchen, wenn schon nicht zu vergessen, so doch sich wenigstens nicht so oft zu erinnern. Aber man konnte sich nicht darüber unterhalten. In keiner Sprache. Nicht einmal auf Englisch.

Er setzte sich in Bewegung, ging wortlos zu dem Koppeltor, das sperrangelweit offen stand *(hier wurden sie entlanggetrieben, eines nach dem anderen)*, um im Haus zu verschwinden. Es gelang ihm nicht. Herr Havlik hob die Krücke, versperrte ihm den Weg und zwang Darek, zur Seite zu rücken. Dadurch standen sie sich plötzlich von Angesicht zu Angesicht gegenüber. Herr Havlik atmete schwer, Darek hörte, wie es in seinen Bronchien rasselte.

»Hast du die Sprache verloren? Bin ich es nicht wert, dass du mir antwortest?«

Seine grauen Augenbrauen standen zu Berge, doch nicht vor Ärger, der Blick verriet eher Besorgnis. Auch sein Arm mit der Krücke zitterte. Darek zögerte, dann machte er noch einen Schritt auf ihn zu. Er wollte möglichst dicht vor ihm stehen, nur so konnte er spüren, wenn er ihn anlog.

»Wann?«, stieß er hervor. »Wann haben sie sie weggebracht?«

»Warte, beruhige dich …«

»Wann?!«

»Vor …« Herr Havlik räusperte sich. »Schon vor drei Tagen.«

»Wohin?«

»Ich weiß es nicht. Das musst du deinen Vater fragen.«

Im Kies inmitten des Hofes waren deutliche Spuren *(hier stand der Laster)*, und als Darek Herrn Havlik über die Schulter schaute, sah er sie deutlich vor Augen *(als Erstes Herkules, getreu seinem Charakter, gleich hinter ihm der wunderschöne, dunkle Krokant)*. Zögernd stiegen sie die Rampe hoch, blickten sich ein letztes Mal fragend um, um dann getrieben von den ungeduldigen Rufen der Männer im Schlund des LKW-Riesen mit dem romantischem Logo auf der Seite zu verschwinden *(Kapazität zehn bis zwölf, je nach Größe)*.

Darek hatte die Szene so plastisch vor Augen, dass er versucht war, scharf zu pfeifen, um die Pferde aufzuscheuchen. Wenn er vor drei Tagen hier gewesen wäre, hätte er es getan. Er hätte sie daran gehindert, einzusteigen, er hätte sie über die Straße gejagt, damit sie zwischen den Bäumen auseinanderliefen – weg, weit weg, den Berg hinauf! Er hätte gern zugesehen, wie jemand sie am Hang einfing. Warum war er nicht da gewesen, verdammt? Alles war seine Schuld! Warum hatte er sich bloß überreden lassen und war weggefahren? Warum hatte er dem Vater so naiv vertraut?

Nie wieder würde er ihm auf den Leim gehen! Nie wieder beknackten Fußball spielen! Und im Sattel – im Sattel würde ihn auch nie wieder jemand sehen!

»Ich gebe Ihnen Ihre Sättel zurück.« Trotz aller Anstrengung, seine Stimme unter Kontrolle zu bekommen, hörte er, wie sie versagte. Sie zitterte wie die ausschwingenden Töne einer Mundharmonika. »Und die Longen. Und die Trensen.«

»Ich habe sie dir geschenkt. Ich will sie nicht zurück.«

»Dann schmeiße ich sie weg! Ich werde sie nicht mehr brauchen!«

»Schrei nicht, beruhige dich ...«

»Ich will mich nicht beruhigen!«, schrie er und die Tränen schossen ihm aus den Augen. »Warum sollte ich still sein? Am Sonntag waren hier Pferde! Ich will mich nicht beruhigen, ich will wissen, wo sie sind!«

»Wahrscheinlich haben sie es ...« Herr Havlik sah sich um, als würde er auf Hilfe hoffen. Aber es war nichts dergleichen in Aussicht, also musste er den Satz selbst beenden. »Wahrscheinlich haben sie es schon hinter sich. Sie haben sie schon ... schon geschlachtet, mein Junge. Aber du darfst es dir nicht grausam vorstellen – sie haben sicher nicht gelitten. Auf dem Schlachthof geht es schonend zu. Schonend und stressfrei. Es ist mehr oder weniger ein schmerzfreier Tod ...«

Darek hielt sich die Ohren zu und wandte sich ab. Doch es half nichts, die Koppel war immer noch leer. Er drehte sich abrupt wieder um.

»Und Sie haben es gewusst! Die ganze Zeit! Schon damals in der Nacht, als Sie mit mir gewartet haben, als Kirke aus dem Bach gefischt wurde! Und damals, als wir Krokants Hufe verarztet haben! Es war Ihnen klar, dass es nicht für lange ist, dass sie sowieso bald umgebracht würden! Von Anfang an haben Sie gewusst, was Vater und Anton planen!«

Herr Havlik schüttelte den Kopf.
»Ich habe nichts gewusst, glaub mir.«
Seine Augen und sein flehentlicher Ton bewiesen, dass er vor allem sich selbst davon überzeugen musste. Darek begriff plötzlich, dass es ihm ähnlich ging. Auch er kämpfte mit Gewissensbissen. Hatte ihm Vater nicht eine Menge Signale gegeben? Hatte er ihn mit seinem schroffen Verhalten nicht warnen wollen? Damit, dass er die Pferde nicht an sich heranließ? Hatte ihn nicht oft genug sein Blick verraten? Seine scheinbar harmlosen Bemerkungen? *»Ein Pferd ist ein Nutztier wie eine Ziege, Kuh oder Kaninchen – aus Fleisch und Knochen. Es besitzt keine übernatürlichen Kräfte, und besonders intelligent ist es auch nicht. Es muss Nutzen bringen…«* Hatte er sich nicht schon damals verraten, als sie die Wiese ausgemessen hatten und Darek ihn gefragt hatte, womit sie die Pferde im Winter füttern würden? *»Bis Winter ist noch viel Zeit«,* war seine ausweichende Antwort gewesen. Darek hätte es als Warnung begreifen müssen, stattdessen hatte er nur blöd dazu genickt. Wie konnte er nur so naiv sein? So leichtsinnig? Warum hatte er Anton nie nach den Namen und konkreten Adressen der Zuchthöfe gefragt, wo die Pferde hin verkauft werden sollten? Er hatte sich an der Nase herumführen lassen, und jetzt ließ er seine Wut an Herrn Havlik aus.
»Ab und zu wurde der eine oder andere Tratsch aus der Nachbarschaft an mich herangetragen, ich habe das nicht ernst genommen … nur Vermutungen angestellt«, beteuerte Herr Havlik.
»Trotzdem! Sie hätten es mir sagen sollen!«, schrie Darek auf, um eigene Vorwürfe und Schuldgefühle zu übertönen.
»Was hättest du getan?«
»Ich hätte die Koppel aufgemacht, solange noch Zeit war! Ich hätte sie abhauen lassen!«
»Wohin? In den Wald? Aufs Feld? Zum Sägewerk? Überall hätte man sie eingefangen. Außerdem glaube ich, dass sie gar nicht weggelaufen wären. Sie fühlten sich hier wohl. Sie hatten uns gern.«
»Und Sie hatten sie nicht gern?«
»Was ist das für eine Frage? Du weißt genau, was sie mir bedeutet haben.«

»Und ist es Ihnen egal, dass Sie sie hätten retten können und es nicht getan haben?«

Herr Havlik starrte auf die leere Weide und schüttelte machtlos den Kopf.

»Ich konnte es nicht verhindern, Junge«, sagte er. »Ereignisse verhindert man nicht, vor Ereignissen kann man nicht weglaufen …«

»Erzählen Sie mir nicht wieder was von Ereignissen!«, platzte Darek heraus. Er musste sich zusammenreißen, um Herrn Havlik nicht zu packen und ordentlich zu schütteln. Schließlich entlud er seine ganze Wut durch einen heftigen Tritt gegen das Koppeltor. »Sie reden sich nur heraus! Sie sind einfach ein Feigling! Sie hatten keinen Mut!«

Herr Havlik ertrug seine Attacken ohne Widerstand.

»Um Mut ging es nicht«, wandte er ein. »Dein Vater war im Eimer, Junge. Der Tod eurer Mutter hat ihn schlimm mitgenommen. Außerdem gab es immer weniger Arbeit, er brachte kaum Lohn nach Hause … Die Felle schwammen ihm weg und im Glas hat er seine Sorgen auch nicht ertränken können. Da ist Anton mit seinem Plan aufgetaucht, einem zweifelhaften, aber zu dem Zeitpunkt die einzige Rettung. Dein Vater hat daran festgehalten. Sollte ich ihm etwa übel nehmen, dass er sich aufgerappelt hat? Dass er die Kraft gefunden hat, neue Hoffnung zu schöpfen?«

»Neue Hoffnung nennen Sie das?!« Darek kochte über. »Sie denken, dass Sie die Dinge ändern können, wenn Sie sie nicht klar beim Namen nennen? Klingt es so für Sie weniger ekelhaft? Haben Sie da ein besseres Gefühl?«

»Um mein Gefühl geht es nicht. Aber es ist sinnlos, wenn du dir einredest, dass das jetzt das Ende der Welt ist.«

»Ich? Mir etwas einreden? Und was ist mit Ihnen? Haben Sie mir nicht vor ein paar Minuten erzählt, dass es auf dem Schlachthof schonend und schmerzfrei zugeht?«

»Mehr oder weniger schmerzfrei, habe ich gesagt.«

»Was Sie alles gesagt haben, ist kiloweise Scheiße! Unter anderem, dass Pferde Engel sind und dass sie Liebe brauchen! Wie wäre das für Sie, wenn man Sie in einen engen Käfig sperren würde, wenn Sie sich

Hunderte von Kilometern um die Ohren schlagen würden und nicht wüssten, wieso und wohin? Würden Sie das als Zeichen der Liebe sehen?«

Herr Havlik senkte den Blick.

»Nein …«, kam es schließlich aus ihm heraus, »… ich kann es mir nicht vorstellen.«

»Dann versuchen Sie es, verdammt noch mal! Man würde Ihnen nichts zu trinken geben. Und schließlich, wenn Sie so fertig wären, dass Sie nicht mehr stehen könnten, würde man Sie schlagen, Sie anbrüllen und in eine Halle schleifen, die nach Blut stinkt. Bevor Sie an die Reihe kämen, müssten Sie zugucken, wie man Ihre Freunde tötet, und dann würde man Ihnen die Pistole an die Stirn setzen und schonend, total stresslos …« Darek streckte den Zeigefinger aus und drückte mit dem Mittelfinger den imaginären Abzug. »… peng! Vielleicht wären Sie nicht gleich tot, aber das macht nichts, man würde Ihnen die Halsschlagader aufschneiden und Sie zum Ausbluten mit dem Kopf nach unten aufhängen. Mehr oder weniger schmerzfrei.«

Dareks Arm mit der fiktiven Pistole sank herab. Er atmete hörbar. Unter dem Adamsapfel spürte er den beklemmenden Schmerz, wie immer, wenn er aufgeregt war, in seinen Schläfen tickte es. Da schien es ihm auf einmal, als habe er ein Wiehern gehört. Er spitzte die Ohren und sah sich um, aber es musste Einbildung gewesen sein. Die Weide war leer und still, nur der Wind rauschte im Gras und vom Hühnerhof wehte ein Gackern herüber. Herr Havlik lehnte an den Krücken und betrachtete Darek zerknirscht. Darek fiel erst jetzt auf, dass er tiefe, schwarze Ringe unter den Augen hatte.

»Schwarz und weiß, weiß und schwarz, das wechselt dauernd. Nie hält eine Farbe sehr lange. Genauso wie eine Stimmung«, hatte Hanka behauptet, als sie Darek im Frühling ihre Fotogalerie auf Facebook gezeigt hatte. Er hatte ihr damals recht gegeben, jetzt war er sich aber nicht mehr so sicher. Die Stimmungen vergingen zwar, aber nicht spurlos. Manche hielten einen so fest, dass man nach Luft schnappte.

»Ich weiß, wie du dich fühlst, Junge, aber du musst versuchen, deinen Vater zu verstehen.«
»Warum sollte ich das müssen?«
»Es war kein Spaß für ihn.«
»Für ihn! Na toll! Und für die Pferde? Für die war es wohl Spaß? Und was ist mit Ema und mir – hat er gar nicht an uns gedacht?«
»Gerade an euch hat er gedacht, Junge! Wegen euch hat er das doch getan! Ihr steht für ihn an erster Stelle!« Herr Havlik war durch Dareks Ausbruch vorhin so aus der Fassung gebracht, dass er immer wieder die Finger auf dem Krückenhandgriff schloss und streckte. Es war ihm wohl gar nicht bewusst. »Ich weiß, dass du es jetzt nicht begreifen kannst, aber lass Zeit ins Land gehen und du wirst sehen …«
Darek drehte sich von ihm weg und ging zum Haus. Er brauchte keinen Trost, er musste allein sein. Ihm war klar, dass Herr Havlik auch traurig, vielleicht sogar verzweifelt war, aber es nicht zeigte. Er war älter, konnte sich gut beherrschen. Darek hingegen musste seine Gefühle loswerden, sie herausheulen, um nicht zu ersticken.
»Die Zeit heilt alle Wunden, glaub mir«, fuhr Herr Havlik mit tröstender Stimme hinter ihm fort und Darek hatte größte Lust, ihn anzuschreien, er solle doch endlich still sein. Nicht, dass er es ihm nicht glauben wollte, im Gegenteil. Er wusste, dass er recht hatte, und das war das Schlimmste. Natürlich, die Trauer wird mit der Zeit leichter, der Schmerz stumpft ab, der Verstand findet eine Erklärung, die Schuld wird verziehen. Nur Tatsachen bleiben. Mit ihnen weiß sich die Zeit keinen Rat. Zwölf getötete Pferde macht sie auch nicht wieder lebendig. Pferde, die über die Weide laufen können, sich Streicheleinheiten abholen kommen und Darek zum Gruß zuwiehern …
»Iiiaaaah!«
Er blieb stehen. Das Wiehern kam von irgendwo hinter ihm und klang so echt, so glaubwürdig, dass es sich um keine Täuschung handeln konnte. Wenn das eine Halluzination war, dann sollte er sich untersuchen lassen, denn seine Sinne versagten. Er wandte den Kopf. Herr Havlik stand nicht mehr an der Koppel, sondern vor der

Scheune. Er hatte die Krücke nun in der Linken und mit der Rechten versuchte er den Riegel am Scheunentor beiseitezuschieben.
»Haben Sie das gehört?«, rief Darek ihm zu. »Was war das?«
Da gab der Riegel nach und der Torflügel öffnete sich langsam. Von drinnen leuchtete ein weißer Fleck. Dareks Herz fing an zu pochen. Er trat unentschlossen ein paar Schritte vor, blieb voller Zweifel wieder stehen, zögerte, dann hielt er es aber doch nicht aus und rannte los. *Tickst du wieder aus? Es ist ein Traum, Blödmann! Fall nicht drauf rein,* schimpfte er mit sich. Er rannte an Herrn Havlik vorbei, stürzte in die Scheune und sah sich mit angehaltenem Atem um.
Waliserin stand in einer der Boxen. Im Kegel des Lichtes, das durch die Dachluke hereinströmte, glänzte ihr *fasttotalweißes* Fell wie Silber. Als sie Darek erblickte, schüttelte sie den Kopf und wieherte wieder.
»Waliserin!«, rief er und wartete, dass seine Stimme die Vision zerschlagen würde. Träume zerschlugen sich meist an Geräuschen. »Bist du das?«
Ungläubig näherte er sich der Stute. Sie streckte ihren Hals, begrüßte ihn mit freundschaftlichem Schnauben und ungeduldigem Hin- und Hertreten. Und das sah alles echt aus. Darek war sich aber immer noch nicht hundertprozentig sicher, ob er nicht träumte. Er musste sie anfassen. Er kletterte unter dem Latierbaum durch und streckte mit klopfendem Herzen die Hand nach der Stute aus. Seine Finger bohrten sich in die dichte Mähne und ihr feuchter Atem umwehte ihn. Er begriff, dass sie kein Traum war. Sie war lebendig. Aus dem Hechtkopf sahen ihn große, sanfte Augen an, unter der Hand spürte er ihre warme Haut, und als er sein Gesicht an sie drückte, erkannte er den vertrauten Geruch einer frisch abgewischten Schultafel.
»Ach, Waliserin«, flüsterte er, die Kehle schmerzhaft zusammengezogen, den Mund plötzlich voller Spucke. In seiner Nase zwickte es und aus seinen Augen rannen unaufhaltsam Tränen. »Es ist so schön, dass du geblieben bist. So wunderbar!«

***

Die Straße war nach dem Nachmittagsregen noch nass, aber die Wolken waren schon in die Höhe gestiegen und der Wind jagte sie über die Berge. Es dämmerte, in den Ästen schnatterten die Vögel. Darek hörte sie durch das offene Fenster. Er saß am Tisch in seinem Zimmer, stützte seinen Kopf mit den Händen und starrte stumpf auf den FORTSCHRITT. Über den Sommer war die Aufschrift noch mehr verblichen, manche Buchstaben waren schon ganz verschwunden. Bald würde das Dach des Kuhstalls zusammenfallen, der Rest der Mauern von Holunder überwuchert sein und niemand wüsste mehr, was hier einmal stand. Es würde aus dem Gedächtnis des Dorfes schwinden, so wie der Grafenhof. Die Spatzen und Amseln kümmerte es jetzt schon nicht. Sie hoppelten auf dem Geflügelhof herum und versuchten, sich an dem Abendessen der Hühner zu bereichern.

»Tschh, weg da!«, ertönte Vaters Stimme und im Anschluss das Quietschen der Hühnerstalltür. Davor hatte Darek ihn am Wegrand mit der Sense Gras mähen gesehen. Als er zurück zum Haus gekommen war, hatte er zum Dachgeschoss hochgeschaut, aber Darek hatte sich schnell gebückt. Er wollte Vaters Blick nicht begegnen. Reden wollte er auch nicht mit ihm. Am liebsten hätte er ihn nie wiedergesehen.

Die Geräusche im Hühnerhof verstummten, Vaters Gestalt tauchte wieder auf. Er schritt zur Scheune, einen Eimer in der Hand. Wahrscheinlich brachte er Waliserin Haferkleie. Solange sie zwölf Pferde gehabt hatten, hatten sie mit Hafer sparen müssen, für *eine* Stute gab es davon mehr als genug. Bevor Vater in der Scheune verschwand, blickte er wieder zum Dachgeschoss hoch, und Darek versteckte sich wieder blitzschnell hinter dem Fensterrahmen.

»Glotz nicht, Mörder!«, fuhr er den Vater im Flüsterton an. Dabei wurde sein Blick von dem eingerahmten Foto an der Wand angezogen. Mutter hörte zwar nicht auf zu lächeln, aber Darek wusste, dass ihr seine Worte nicht gefielen. Na und?! Sie war tot! Sie hatte keine Macht mehr über sein Verhalten. Bereits am Nachmittag hatte er ihr das unmissverständlich klargemacht. Die Schimpfwörter, mit denen er Vater in der Einsamkeit seines Zimmers tituliert hatte, waren von solchem Kaliber, dass er sie nicht einmal gegen Hugo eingesetzt hätte. Dann hatte er sich mit dröhnendem Kopf aufs Bett geworfen und lange vor sich hin gestarrt. Draußen war es still und grau. Der Tag verging, der Nebel verwandelte sich in Nieselregen und schließlich in einen unaufhörlichen Regen. Darek hätte auch gern geweint, aber er konnte nicht mehr. Die meisten Tränen hatte er in Waliserins Mähne vergossen.

Er kam sich unbedeutend vor. Die Dinge geschahen und er konnte sie nicht beeinflussen. Die Erwachsenen trafen Entscheidungen und er konnte sie nicht daran hindern. In ein paar Jahren würde auch er erwachsen sein und Entscheidungen treffen – vielleicht genauso schlechte wie Vater. Vielleicht würde ihn sein Sohn auch hassen.

Das Scheunentor quietschte, das Licht innen erlosch, der Vater kam auf den inzwischen dunkel gewordenen Hof.

»Darek!«, rief er und schaute zum offenen Fenster hinauf. Darek sah ihn direkt an, bewegte sich jedoch nicht. Er wusste, dass er in der Dunkelheit des Zimmers unsichtbar war. »Würdest du kurz runterkommen? Ich muss ein paar Bohlen vom Scheunendachboden herunterholen!«

»Hol sie dir alleine«, riet Darek ihm leise, ohne sich zu rühren. Er bezweifelte, dass Vater die Bohlen wirklich brauchte. Es war eher ein weiterer Versuch, Darek herauszulocken. Die vorherigen waren gescheitert.

»Darek! Hör auf zu spinnen und komm her! Gleich wird's ganz dunkel sein und wir sehen nichts mehr!«

Darek stand auf und trat so nah an das Fenster, dass das Licht von draußen auf sein Gesicht fiel. Ein paar Sekunden sah er Vater an, dann knallte er das Fenster heftig zu und drehte den Fensterknauf um. Vater warf die Arme auseinander und sagte etwas, doch durch das doppelt verglaste Fenster konnte man kein Wort verstehen. Dabei hatte Vater schon alles gesagt, nachmittags, als er aus Bruntal zurückgekommen war und den Kanister auf dem Hof stehen gesehen hatte.

Darek hatte den Kanister aus der Werkstatt herausgeholt, nachdem es aufgehört hatte zu regnen und er endlich aufgestanden war. Das Haus war still, das Knarren der Treppe klang lauter als sonst. Unter dem Kleiderständer standen sowohl die Fußballschuhe als auch die Reitstiefel von Anton. Darek stopfte beide Schuhpaare mit Stroh und Papier aus, trug sie auf den Hof und errichtete auf dem nassen Kies einen kleinen Scheiterhaufen. Er wusste, dass es nur eine kleine Geste war, absolut nichtig, verglichen mit der Tat von Vater und Anton, aber es fiel ihm nichts Besseres ein. Er öffnete den Benzinkanister und übergoss die Schuhe ausgiebig. Ursprünglich hatte er auch die Sättel verbrennen wollen, entschied sich aber, sie doch zu verschonen. Nicht nur wegen Waliserin, sondern auch wegen Herrn Havlik. Ihn wollte Darek nicht bestrafen. Als er das Streichholz anzündete und es auf den Schuhhaufen warf, kam ihm noch etwas in den Sinn. Rasch lief er nach oben in sein Zimmer und kam mit der abgewetzten Schnur voller Knoten zurück. Er warf sie in das lodernde Feuer.

»Du kannst mich auch mal!«, schrie er auf. Und weil es ihm lau, wenig nachdrücklich vorkam, verabschiedete er sich noch auf Englisch von der Schnur: »Fuck you, you fucking fuck!«

Er sah zu, wie die Schnur rauchte, wie sie sich wand und wie an der Stelle, an der sie mehrfach verknotet war *(genau dieser Knoten gehörte Vater)*, die Flammen heftiger, fast wütend flackerten. Als die Schnur nach wenigen Minuten zu Staub zerfiel, verspürte Darek Erleichterung. Zumindest mit einer Sache war er fertiggeworden. Keine Knoten mehr! In Mutters Welt funktionierten sie vielleicht, aber Darek stolperte nur darüber. Von nun an würde er sich seine eigenen Gesetze machen!

Er kehrte in sein Zimmer zurück und betrachtete das Feuer vom Fenster aus. Die Fußballschuhe verbrannten schnell. Die Stiefel brauchten länger, aber auch von ihnen blieb nicht viel übrig. Die Reste der schmorenden Sohlen rauchten noch, als das Geräusch von Vaters Auto ertönte. Darek blieb ans offene Fenster gelehnt und wartete, bis der Wagen in der Kurve erschien. Erst als er sicher war, dass Vater ihn bemerkt hatte, wich er zurück ins Zimmer. Gelassen, ohne Eile. Er wollte nicht, dass es so aussah, als hätte er sich verkrochen. Er hatte das Recht, nicht mit Vater zu sprechen. Er hatte das Recht, ihn zu ignorieren. Möglicherweise für immer.

»Darek?« Dieses Mal kam Vaters Stimme aus dem Flur. Er stand vor der Tür. »Mach keinen Unsinn, komm raus! Ich muss mindestens fünf Bohlen vom Dachboden herunterholen. Ohne dich schaffe ich es nicht!«

Ich bin nicht da, antwortete Darek ihm innerlich. *Du hast mich zum Trainingslager geschickt, also rede nicht mit mir!*

»Ich schreinere gerade einen Schrank, morgen muss er fertig sein. Gut, dass du zurück bist. Kannst mir helfen.«

Darek schüttelte den Kopf. Vaters Tricks waren armselig durchschaubar. Natürlich machte er keinen Schrank fertig, die Werkstatt war aufgeräumt, nirgendwo eine Spur von einer angefangenen Arbeit. Er log wieder nur.

»Darek, mach auf, wir reden. So löst man doch nichts!«

Was willst du noch lösen?, dachte Darek bitter. *Die Pferde hast du schon gelöst.*

»Wenn du denkst, dass ich es leichten Herzens getan habe, dann täuschst du dich«, fuhr Vater hinter der Tür fort und Darek fiel auf, dass Erwachsene, immer wenn sie was anstellen, behaupten, es sei ihnen nicht leichtgefallen. Als wäre die Welt voll von Abscheulichkeiten, die schweren Herzens verbrochen werden.

»Du bist doch schon ein großer Junge, verdammt! Verstehst du denn nicht, dass ich euch absichern wollte – dich und Ema? Damit ihr nicht ganz ohne Geld dasteht, für den Fall, dass mir etwas passieren würde«, fuhr der Vater mit seiner angriffslustigen Selbstverteidigung fort. Im Anschluss wurde sein Ton weich. »Wenn Mama hier wäre …«

Dann hätte sie es dir nie erlaubt, versicherte Darek ihm innerlich. Auf dem Flur wurde es plötzlich still, nur Vaters Atem, schwer und abgehackt, war zu hören. Darek spürte mit jeder Pore seine Hilflosigkeit. Er hatte Schultern wie Mister Olympia, aber ohne Mutter war er schwach. Er verdeckte es mit Wut.

»Hörst du, verdammt noch mal?!«

Zornig rüttelte er an der Klinke, aber die doppelt verschlossene Tür hielt.

»Konnte ich denn ahnen, dass du dich in die Viecher so verliebst?

Ich hab versucht, die ganze Sache noch zu stoppen … aber es war schon zu spät. Ich habe unsere ganzen Ersparnisse hineingesteckt. Ich musste sie wenigstens wieder herauskriegen! Man konnte nichts machen, verstehst du?«

Man kann immer etwas machen, widersprach Darek lautlos.

Vater verstummte kurz. Als er weitersprach, klang seine Stimme höhnisch.

»Du weißt einen Dreck über das Leben, also spiel hier nicht den Richter. Du denkst, dass Waliserin umsonst bei uns bleiben durfte? Dass Anton sie mir aus Freundschaft dagelassen hat? Spinner! Er hat sie mir von den Ausgaben abgezogen, keinen Heller habe ich nachgelassen bekommen! Er hat zwar vorgeschlagen, sie mir als Vorschuss zu geben … für das nächste Geschäft, aber ich habe abgelehnt. Soll ich dir sagen, warum? Interessiert es dich?«

Darek bewegte sich nicht, reagierte nicht, wartete.

»Damit du's nur weißt«, Vaters Stimme war nun merklich ruhiger, »es wird kein nächstes Geschäft geben. Anton bringt keine neue Ladung Pferde her. Ich habe den Vertrag mit ihm aufgelöst. Mehr konnte ich nicht tun. Wir haben Schluss gemacht, wir sind keine Partner mehr. Was sagst du dazu?«

Darek trat dicht an die Tür heran. Es war ein seltsames Gefühl, den Vater nur ein paar Zentimeter von sich entfernt zu wissen und ihn trotzdem nicht zu sehen. Was für ein Gesicht machte er wohl? Er blickte bestimmt anders, privater, wahrhaftiger drein, als wenn sie sich gegenüberstanden.

»Also, was sagst du?«, wiederholte er. Die Dringlichkeit in seiner Stimme war so unverhohlen, dass es fast kindlich wirkte.

Darek spürte, dass es dieses Mal nicht damit getan war, innerlich mit ihm zu reden – er musste ihm laut antworten. Zumindest kurz. Vielleicht mit einem einzigen Satz.

»Wenn du das nicht getan hättest«, sagte er, »dann würde ich weglaufen und du würdest mich nie wiedersehen, Papa.«

Plötzlich übermannte ihn große Müdigkeit. Er ließ sich aufs Bett fallen, schloss die Augen, zog die Bettdecke über den Kopf.

»Ema sagen wir nichts. Sie muss nicht wissen, was mit den Pferden wirklich passiert ist«, vernahm er noch schwach, an der Grenze zum Schlaf. »Sie wäre unnötig traurig …«

Mehr hörte Darek nicht. Er schlief ein. Er hoffte, dass der Schlaf tief sein würde, ohne Träume.

***

Und Papa Schlumpf?«

»Im Zirkus.«

»Was macht er da?«

»Was weiß ich! Er tanzt auf den Hinterbeinen, so wie er getanzt hat, als ich ihn im Frühling satteln wollte. Das war ein Zirkus! Erinnerst du dich noch, wie er sich angestellt hat?«

Ema kräuselte die Augenbrauen, presste die Faust gegen die Stirn und dachte angestrengt nach. Nach einer Weile schwappte die Erinnerung an die Oberfläche.

»Er hat dich gebissen!«, stieß sie hervor. »Tut es noch weh?«

Darek schüttelte den Kopf.

»Zeig mal.«

Er krempelte sein Hosenbein hoch und zeigte Ema den Knöchel. Die Hornhaut bedeckte genau die Stelle, wo vor einem Vierteljahr der Huzule zugebissen hatte. Ema fuhr mit dem Finger über die Narbe. Ein Stück höher, auf der Wade, bemerkte sie einen blassen blauen Fleck. Von dem einst großen Bluterguss waren nur noch Reste gelblicher Ränder zu sehen.

»Was ist das?«

»Da habe ich mir wehgetan, als Mausfalbe mich im Sommer abgeworfen hat.«

Emas Gesicht verfinsterte sich, sie spitzte die Lippen.

»Mausfalbe … Wo ist sie jetzt?«

»Mit Krokant weg. Wir haben sie beide zusammen verkauft. Du weißt doch, dass sie sich gern hatten.«

»Werden sie Kinder haben?«

»Na klar.«

»Und wer hat Herkules gekauft?«

»Hab ich dir doch schon hundert Mal erzählt!«, gab er schroff zurück. »Versuch dich zu erinnern.«
»Irgendeine Frau.«
»Sie hat einen Hof bei Eger«, ergänzte Darek. Seit Ema aus dem Erholungsheim gekommen war, hatte er seine Geschichten täglich wiederholt, sodass er sie inzwischen auswendig konnte. Anfangs wurde er rot beim Erzählen, aber als er sah, wie gebannt sie zuhörte und um alle Einzelheiten bettelte, verschwand die Schamröte. »Ich habe dir erzählt, dass sie uns eingeladen hat, zu Besuch zu kommen, aber das ist weit weg.«
»Wie weit?«
»Sehr. Wir würden eine Menge Geld für Benzin bezahlen. Außerdem hat Papa jetzt keine Zeit für Ausflüge. Du weißt, dass er auch sonntags arbeitet.«
»Wir können mit Anton fahren.«
Darek presste die Lippen aufeinander und schüttelte heftig den Kopf. Antons Name rief bei ihm wie immer einen Schauer hervor.
»Warum nicht?«
»Darum.«
»Warum darum?«
Es war nicht leicht, Märchen zu erzählen. »Anton hat ein kaputtes Auto.«
»Deshalb kommt er uns nicht mehr besuchen?«
Darek nickte.
»Dann fahren wir mit Marta.«
»Wir fahren nirgends hin«, sagte er und nahm die Longe in die Hand. »Ich sage dir doch, dass es zu weit ist!«
»Kirke ist auch weit weg«, insistierte Ema. »In dem … wo noch mal?«
»Lass gut sein jetzt.«
Aber Ema ließ sich nicht abwimmeln.
»Wo – ist – Kir-ke? Wo – ist …«
»In Österreich«, sagte er. »Ein Rennstall hat sie gekauft.«
»Sie hat eine Medaille gewonnen«, stieß Ema stolz hervor. »Eine goldene?«

Darek durchforstete sein Gedächtnis. Hatte er sich eine goldene Medaille ausgedacht? Nein, eine goldene bestimmt nicht. Auch wenn er log, versuchte er auf dem Boden der Wahrscheinlichkeiten zu bleiben. Unwahrscheinliche Ereignisse musste er sich nicht ausdenken, die trafen von alleine ein.

»Bronze.«

»Sie wollten Waliserin auch kaufen, stimmt's? Aber Papa hat ihnen gesagt… Was hat er ihnen gesagt?«

Ema hing an seinen Lippen. Diesen Teil der Erzählung hörte sie besonders gern.

»Papa hat gesagt …« Darek machte eine wirkungsvolle Pause und dann ahmte er Vater nach: »Seid ihr verrückt geworden? Um nichts auf der Welt!«

»Um nichts auf der Welt«, wiederholte Ema glücklich. Mit beiden Armen hielt sie Waliserins Kopf und drückte ihr einen Kuss auf die Nase. »Weil du weiß bist und von allen die Liebste!«

Die Stute ließ Emas Zärtlichkeiten ohne Widerstand über sich ergehen. Der halb herunterhängenden Unterlippe und den entspannten Ohren nach zu urteilen, fand sie die sogar angenehm.

»Waliserin verkaufen wir an niemanden, stimmt's?«

»Stimmt.« Darek tätschelte die Stute am Hals, rückte die Decke auf ihrem Rücken zurecht und schnallte die Longe am Nasenriemen fest. »Also, steig auf!«

Ema stieg auf die Bank, hielt sich an Waliserins Mähne fest und mit einem kleinen Sprung war sie oben. Alle Bewegungen führte sie sicher aus, ohne Angst und längst nicht mehr so tollpatschig wie vor einem halben Jahr. Darek half ihr, das Bein auf die andere Seite zu schwingen.

»Zuerst du, dann ich«, erinnerte er sie an die verabredeten Regeln. »Kein Verhandeln, dass du dann noch ein bisschen länger willst und dann noch ein bisschen länger, klar?«

»Kla-haar«, flüsterte Ema abwesend. Sie saß aufrecht, die Wirbelsäule locker, die Unterschenkel an Waliserins Seiten gelegt. Ihr Gesicht hatte diesen seligen Ausdruck, den es nur bekam, wenn Ema ritt. Darek verlängerte die Longe, schnalzte und die Stute setzte sich in Bewegung. Sie lief auf der Koppel, wo der Septemberregen längst die Hufabdrücke der anderen Pferde ausgespült hatte.

»Schneller?«

Ema nickte.

»Dann halt dich aber gut fest!« Darek gab ein Zeichen und Waliserin ging in leichten Trab über. Die Stute trug den Hals hoch, der Schweif wehte hinter ihr her und die Kruppe bewegte sich energisch. Sie machte einen fröhlichen, vitalen Eindruck. Nicht nur, dass sie weiß war und auch die Verlässlichste der ganzen Herde. Vaters Entscheidung war bestimmt auch von der Tatsache beeinflusst gewesen, dass Waliserin perfekt ausbalanciert lief und einen breit gebauten Rücken hatte, auf dem Ema ohne Risiko wippen und verträumt ihre Murmelgedichte brummen konnte.

Darek drehte sich im Zentrum des Longezirkels, sein Blick folgte den Bewegungen der Stute und allmählich … verwandelte sich ihre weiße Gestalt in eine dunkelbraune.

Wir haben uns eine Weile nicht gesehen, mein Freund, aber ich bin wieder hier, hörte er Krokants freudiges Wiehern. *Für dich springe ich locker über den Bach! Oder über den Zaun! Oder, wenn du es willst, sogar über die Scheune! Damit du siehst, dass ich ein Ass bin!*

Der vertraute Schmerz im Magen meldete sich, seine Nase begann zu beißen und hinter den Augen drückte es. Darek blinzelte schnell, um den Tränen Einhalt zu gebieten. Es gelang ihm auch – leichter als gestern und viel leichter als noch vor einem Monat. Morgen würde er das noch besser schaffen. So wie er es jeden Tag besser schaffte, dem Vater nicht auszuweichen und wenigstens einsilbig seine Fragen zu beantworten, mit gesenktem Blick. Wer weiß, eines Tages würde er vielleicht wieder dazu imstande sein, ihm in die Augen zu schauen. Irgendwann würden sie möglicherweise wieder normal miteinander reden. Herr Havlik hatte wie gewöhnlich recht – die Zeit wirkte Wunder. In jeder Hinsicht.

»Ah, schau mal, du hast das erste Barthaar bekommen!«, hatte Hanka begeistert ausgerufen, als sie mit Darek auf dem flachen Stein am Bachufer lag, weit hinter dem Dorf, weit weg von allen. »Du musst darauf aufpassen.«

»Wieso?«
»Kennst du denn diesen Brauch nicht? Wenn ein Mann sein erstes Barthaar nicht verliert, wenn er es hegt und sein Leben lang darauf aufpasst, dann bleibt in ihm ewig das Herz eines Kindes.«
»Das Herz eines Kindes? Was ist das für ein Quatsch! Dass es schneller pumpt? Weniger wiegt?«
»Die Träume bleiben darin.«
Darek lachte. »Das ist kein Brauch, das ist ein Aberglaube!«
»Funktioniert aber angeblich.«
»Und wenn Mann das Haar herausreißt?«
Sie zuckte mit den Schultern. »Dann hat er keine Wahl. Er muss alles so nehmen, wie es kommt. You gotta face reality.«
Darek wog eine Weile die Vor- und Nachteile der beiden Möglichkeiten ab. So weit sein Gedächtnis reichte, waren seine Träume immer nur trügerisch gewesen. Er fummelte am Kinn herum. »Wo ist es?«
Hanka führte seine Hand, bis er die Spitze seines ersten Barthaares zu fassen bekam. Er hielt sie zwischen den Fingerkuppen fest.
»Pass auf, du riskierst was«, warnte sie ihn mit gespielter Sorge. »Überleg es dir noch einmal!«
»Hast du nicht gesagt, dass dein Freund Mut haben muss?« Dann zog er das Haar mitsamt der Wurzel heraus. Es zwickte ein bisschen, mehr nicht.
»Nun ist es vorbei mit den Träumen«, bemerkte Hanka. »Was jetzt?«
»Wir haben keine Wahl mehr.«
Darek blies auf die Fingerspitzen und überließ sein kindliches Herz dem Wind. Dann drehte er sich zu Hanka. Noch vor einem halben Jahr hatte er sich davor gefürchtet, mit ihrem Blick zu experimentieren. Jetzt war alle Angst dahin. Er beugte sich über sie, ganz nah: »Let's face reality.«